ullstein

CLAUDIA THESENFITZ kann auf eine lange journalistische Karriere zurückblicken, hat unter anderem fest angestellt als Chefreporterin bei TEMPO und *petra* gearbeitet, bevor sie sich 2001 als freie Autorin und Journalistin selbstständig machte. Sie schreibt für alle großen Frauenzeitschriften und Magazine (*emotion*, *Brigitte*, *petra*, *Für Sie*, *Gala* u. v. m.) und hat unter anderem die Autobiografien von und mit Nena (2005, Luebbe), Dieter Wedel (2008, Luebbe) und Uwe Ochsenknecht (2013, Luebbe) geschrieben.

claudia
thesenfitz

schlaflos auf sylt

EIN GLÜCKSROMAN

Ullstein

Besuchen Sie uns im Internet:
www.ullstein.de

Wir verpflichten uns zu Nachhaltigkeit

- Klimaneutrales Produkt
- Papiere aus nachhaltiger Waldwirtschaft und anderen kontrollierten Quellen
- ullstein.de/nachhaltigkeit

MIX
Papier
FSC FSC® C083411

Das Gedicht auf Seite 253 stammt aus: Sark, *Starke, wilde Frauen* (Deutsch von Elisabeth Liebl), Verlag Droemer Knaur, München 1999.

Originalausgabe im Ullstein Taschenbuch
1. Auflage Juni 2022

Umschlaggestaltung: zero-media.net, München
Titelabbildung: Frauen: © Image Source / Alamy Stock Foto / Lena Mirisola; Ballons: © Marek Kosmal / Alamy Stock Foto; Horizont, Düne, Meer: © mauritius images / Westend61; Möwe, Himmel: FinePic®, München; Dünengras, Strand: © mauritius images / rphstock; Schafherde: © Ian Dagnall / Alamy Stock Foto; einzelnes Schaf links: © WILDLIFE GmbH / Alamy Stock Foto
Gesetzt aus der Quadraat Pro powered by *pepyrus*
Druck und Bindearbeiten: CPI books GmbH, Leck
ISBN 978-3-548-06510-6

Für Gisela

1

»Ich habe die Enten verheiratet!«, verkündete Merles Mutter, als sie aus dem Bad zurückkam, und strahlte verschmitzt.

Die verschiedenfarbigen Plastik-Enten, die sich auf Merles Badewannenrand tummelten, waren ein Goodie von einem Klamottenladen, in dem Merle oft shoppte. Bei jedem Kauf bekam man eine Ente. Mittlerweile waren es siebzehn.

Merles Mutter hatte die Enten paarweise mit den Schnäbeln zueinander gestellt, sodass es aussah, als würden sie sich küssen. Nur die hellgrüne Ente mit den Engelsflügeln stand alleine auf dem Fenstersims und betrachtete das Treiben. Merle, die zum Nachschauen ins Bad gegangen war, musste grinsen.

»Du bist bekloppt, Mama«, befand sie, als sie zurück in die Küche kam.

In fünf Tagen würde Merle Merbach (ja, sie könnte ihre Eltern immer noch würgen für diese vermeintlich witzige Namensgebung) ein halbes Jahrhundert alt werden. Solche Geburtstage werden traditionell groß gefeiert, aber Merle war schon immer allergisch gegen Traditionen.

Fünfzigjähriges Firmenjubiläum … Fünfzig Jahre Berufserfahrung ... Seit fünfzig Jahren im Familienbetrieb – gegründet 1972 ... Das klang alles uralt ... So viele Jahre ... Fünfzig – was für eine furchtbar große Zahl! Merle wollte sich vor ihr verkriechen, verstecken, herumdrücken vor den Ziffern, die eindeutig das Ende ihrer Jugendlichkeit einläuteten. Sie würde ihr Jubiläum einfach ignorieren. Ein kleines, gänzlich unspektakuläres Abendessen mit ihren Eltern schwebte ihr vor. Mit wem auch sonst?

Mit Jonas, ihrem Ex, und seiner so blöden wie blonden zwanzig Jahre jüngeren und mehrfach schönheitsoperierten neuen Freundin sicher nicht. Die letzten Monate ihrer fünfzehnjährigen Beziehung hatte sich der verbissene Anwalt in einer heftigen Midlife-Crisis befunden. Je dünner und grauer sein Haar wurde, umso mehr versuchte er, sich in Extremsportarten zu profilieren. Merle hatte einen Lachkrampf bekommen, als sie ihn zum ersten Mal in seinen hautengen neongelben Rennradshorts gesehen hatte. Bei seinem letzten Wettkampf – einem *Ironman*-Marathon im Death Valley bei fünfzig Grad – wäre er fast kollabiert. Und jetzt tobte er sich an der Plastikblondine aus.

»Was willst du denn nun an deinem Geburtstag machen, Merli?«, hakte ihre Mutter nach und nippte am Rotwein.

»Das haben wir doch schon besprochen, Mama«, erwiderte Merle leicht genervt. »Ich lade euch nach Sylt ein, und wir gehen abends schön essen. Sonst nichts!«

»Hast du denn jetzt endlich gebucht?«, erkundigte sich Renate. »Rolf und ich würden dann schon gerne mal wissen, wo wir landen.«

Merle hatte auf ein günstiges Last-minute-Schnäppchen

gehofft, das aber leider nicht eingetroffen war. Sylt im Juli war teuer – daran ließ sich nichts ändern.

»Ja, ich habe gestern im *Hotel Lindner* für uns reserviert.«

»Ah«, nickte ihre Mutter beruhigt. »Und wo ist das?«

»In Wenningstedt.«

»Schön!« Renates Blick versank im Weinglas. Sie lächelte. »Ich freue mich!«

»Ich mich auch!«, sagte Merle, leicht irritiert von dem Grinsen auf Renates Gesicht.

»Und wo gehen wir dann essen?«, wollte Renate wissen.

»Na, in der *Sansibar!*« Wenn sie schon nicht feiern würde, wollte sie sich wenigstens grandios bewirten lassen, hatte Merle beschlossen.

»Schön«, sagte ihre Mutter schon wieder, deren Kommentar-Vokabular heute auf dieses Adjektiv begrenzt zu sein schien. »Schade, dass Miriam und Maren nicht dabei sein können«, fügte sie hinzu.

»Ja, echt doof«, bestätigte Merle. Miriam war ihre ältere und Maren ihre jüngere Schwester. Miriam war in den letzten Jahren zur international gefragten Künstlerin aufgestiegen und hatte ausgerechnet an Merles Geburtstag eine große Vernissage in New York. Und Maren war seit fünf Monaten in Asien mit ihrem Hippie-Bus unterwegs und fand »Zahlen und Daten unwichtig«.

»Willst du denn nicht eine Freundin einladen? Gabi? Oder Birgit?«, erkundigte sich ihre Mutter.

»Nee, lieber nicht. Dann muss ich die während unseres

gesamten Sylt-Trips bespaßen – und das würde mich extrem nerven.«

Renate nickte.

»Ist doch super so«, befand Merle und holte die Tiefkühlpizza aus dem Ofen, die sie mit Thunfisch und Zwiebeln verfeinert hatte.

»Schön«, sagte ihre Mutter erneut.

Als sie aufgegessen hatten, verabschiedete sich ihre Mutter, die ihren Vater vom Skatabend abholen wollte, bevor er zu viele Herrengedecke intus hatte und die ganze Nacht so laut und arrhythmisch durchschnarchen würde wie ein Rasenmäher mit Borderlinestörung.

»Dann treffen wir uns am Mittwoch um 9:34 Uhr am Bahnhof, meine Süße«, sagte Renate, nahm Merle in den Arm und gab ihr einen liebevollen Kuss auf die Wange.

»Ja, Mama.«

2

Renate und Rolf standen schon seit zwanzig Minuten am Gleis, als Merle schweißüberströmt und restlos abgehetzt die Treppen hocheilte und genau in dem Moment oben ankam, als der Zug gerade eintraf. Wieder mal war im Parkhaus kein Platz zu finden gewesen und die Stadt im morgendlichen Berufsverkehr restlos zugestaut. Ihre Eltern quittierten Merles Zuspätkommen mit genervten Blicken – es war ja nicht das erste Mal. Komisch, sich die Zeit korrekt einzuteilen war ihr aus irgendeinem Grund unmöglich. Sie hatte einfach kein Gefühl dafür, wie lang oder kurz fünf oder zehn Minuten waren, und schätzte die Zeitspanne deshalb grundsätzlich zu lang ein. Wenn sie sich im Bad die Zähne putzte, die Haare zurechtmachte und schminkte, kam es ihr vor, als wären nur drei Minuten vergangen, dabei waren es meist über zwanzig.

Ihre Eltern erklommen bereits ein Zugabteil, Merle atmete kurz durch, wuchtete ihren Koffer die Stiege hoch und folgte Rolf und Renate durch den Wagen.

Der Zug nach Westerland fuhr pünktlich ab, was einer Sensation gleichkam. Ständig gab es auf der Strecke Hamburg-Westerland Verspätungen oder Zugausfälle, weil die Gleise über den Hindenburgdamm nur einspurig führten. Hatten die betagten Diesselloks, die den Auto-Shuttle zogen, eine Panne (was angesichts ihres Alters relativ häufig vorkam) oder gab es irgendwelche anderen Probleme auf und an den Gleisen, kam es zu Zugausfällen, Verspätungen und in der Folge langen Autostaus auf den Zufahrtsstraßen. Das hatte in letzter Zeit zu jeder Menge Ärger, massiver Bevölkerungsempörung und großem Medienecho geführt. Arbeitskräfte, die sich eine Wohnung auf der teuren Insel nicht leisten konnten und pendeln mussten, waren die eine Sache. Die konnten sich ja leider keine Alternative leisten und mussten die Behinderungen zwangsläufig in Kauf nehmen. Warum aber gut betuchte Urlauber Wartezeiten von fünf Stunden und mehr (ohne Toilette) in Kauf nahmen, um auf eine neunundneunzig Quadratkilometer große Sandbank zu reisen, von der sie ab einundzwanzig Uhr nicht mehr zurückkamen, war Merle ein absolutes Rätsel. Und noch mehr irritierte sie, dass die Politik nichts dagegen unternahm.

Renate und Rolf arbeiteten sich unstoppbar wie Planierraupen durch die Gänge des überfüllten Zuges. Zum Glück hatte Merles Mutter Sitzplätze reserviert, sodass sie sich schließlich an einem Vierertisch fallen lassen konnten. Den vierten Platz am Gang belegte ein gelfrisierter Teenager, der sich von seinen In-Ears bedröhnen ließ und ohne Unterlass auf sein Handy eintippte.

Kaum, dass sie sich gesetzt hatte, packte Renate auf den Tisch, was sie für die kurze Reise eingetuppert hatte: belegte

Brote, Gurken- und Mohrrübenschnitze – und eine Thermoskanne Kaffee. Rolf entfaltete laut knisternd die *Welt*, hinter der er für den Rest der Zugfahrt verschwand. Flashback – alles war genau so, wie es als Kind schon gewesen war. Merle fühlte sich plötzlich wieder wie zwölf und musste lächeln. Es war mindestens schon dreißig Jahre her, dass sie mit ihren Eltern in einem Zug irgendwohin gefahren war. Wo ihre Mutter wohl dieses schaumgummiartige Graubrot herbekam, das sie offenbar immer noch aß ... Merle nippte am Kaffee und ließ die Landschaft vor dem Fenster an sich vorbeiziehen.

Morgen würde sie also fünfzig werden! Als ihre Mutter fünfzig geworden war, war Merle vierundzwanzig gewesen, und Renate war ihr uralt vorgekommen! Und heute galt fünfzig als das neue dreißig. Sharon Stone, Liz Hurley, Jennifer Aniston – sie alle sahen aktuell besser aus denn je. Mit Topfiguren und -frisuren. Und sie selbst? Merle kämpfte seit Jahren gegen ihr stetig zunehmendes Bauch- und Hüftgold, das man auch liebevoll »Love Handles« nennen konnte. Nur gab es in ihrem Leben leider aktuell niemanden, der diese Körperteile beim Sex liebevoll anpacken, also »handeln«, würde: Seit der Trennung von Jonas vor drei Jahren war sie mehr oder weniger Single. Klar hatte sie diverse Onlinedates probiert – am Ende aus Verzweiflung sogar auf *Tinder*, aber es war leider nie etwas Beziehungsähnliches dabei herausgekommen. Ihre Rendezvous hatten ausschließlich aus neurotischen Nerds und lieblos frisierten Resterampe-Ladenhütern bestanden.

»Das ist das Alter«, hatte ihre Freundin Gabi ihr erst vor Kurzem attestiert: »Männer um die fünfzig suchen sich was Jüngeres – oder sind bekloppt.«

»Und jüngere Männer?«, wollte Merle wissen.

»Die suchen bestimmt keine ältere Frau – obwohl man auf alten Schiffen ja gut segeln lernen soll.« Sie lachte verschmitzt.

»Du meinst, so MILF-artig?«

»MILF???«

»Mother, I'd like to fuck«, lachte Merle.

»Oh Mann«, Gabi verdrehte die Augen. »Du bist zwar keine Mutter, aber für eine Nacht könntest du sicher noch einen jungen Kerl abstauben«, überlegte sie.

»Wäre ja mal ein Anfang«, schmunzelte Merle.

»Um die Spinnenweben zu entfernen?« Gabi schenkte sich Prosecco nach.

»Unter anderem!« Sie stießen an.

Leider war es zu den aufregenden Sexdates, die Madonna mal so eindrucksvoll »Junge Männer wissen zwar nicht, was sie tun, aber dafür tun sie es die ganze Nacht« kommentiert hatte, aber nicht gekommen.

Der Zug hielt in Elmshorn, und Merle beobachtete leicht besorgt, was für eine erschreckende Masse an Leuten hier noch zustieg. Die meisten von ihnen würden die Fahrt wohl im Stehen verbringen.

Der Zug rollte wieder an. Renate löste ein Kreuzworträtsel, Rolf steckte hinter seiner Zeitung. Felder und Wiesen flogen vorbei. Zurück zu morgen: Nun war sie also fünfzig. Wie schnell die Zeit doch vergangen war. Gerade war sie doch noch dreißig gewesen und hatte von Kindern und einer Familie geträumt. Daraus war leider nichts geworden. Jonas wollte erst beruflich Fuß fassen, und auch Merle hatte sich vor der Mühsal von Schwangerschaft und Baby-Aufzucht gedrückt. Der Horror des Geburtsvorganges, den die Komikerin Martina Hill mal als »Stell dir vor, du müsstest einen Medizinball scheißen« beschrieben hatte, hatte ihr regelmäßig den Angstschweiß auf die Stirn getrieben. Und die Aussicht, danach mindestens ein Jahr lang nicht mehr durchzuschlafen, war auch nicht gerade verlockend gewesen.

Und nun, mit fast fünfzig, war das Thema eh durch: Seit der Trennung von Jonas lebte sie in einer Zweizimmerwohnung und teilte sich eine Katze mit ihrer Nachbarin und mittlerweile guten Freundin Gabi. Ihr Leben plätscherte so gemächlich und unspektakulär dahin wie die Landschaft, die am Fenster vorbeiflog: Sie fuhren durch Husum, durch Niebüll, durch endlose platte Weiten, grüne Wiesen, Kuh- und Schafherden und Solar-Panel-Felder und näherten sich schließlich dem Hindenburgdamm, der Sylt seit 1927 mit dem Festland verband.

Merle resümierte ihr bisheriges Leben, das ohne besondere Höhen und Tiefen verlaufen war: Sie hatte die übliche Zahl an üblichen Beziehungen hinter sich, hatte nie geheiratet und arbeitete seit über achtzehn Jahren im selben Job – in der Grafikabteilung einer Werbeagentur.

Im Grunde war alles an ihr »normal«, Durchschnitt

eben: Sie hatte keine exaltierten Hobbys und auch keine ehrgeizigen Lebens- oder Karriereziele. Sie wollte einfach nur einer Arbeit nachgehen, die ihr einigermaßen Spaß machte und genug Geld für ein komfortables Leben einbrachte. Sie hatte einen Mainstream-Musikgeschmack, der sich an den aktuellen Charts orientierte, las die Bücher, die oben auf der Bestsellerliste standen, und streamte die Serien und Filme, die gerade am beliebtesten waren. Sie trug die Turnschuhe, die gerade alle trugen, und machte den Sport, den der jeweilige Zeitgeist gerade als hip ausrief – aktuell war das Yoga. Sie reiste gerne pauschal, und sogar, was sie aß, war inspiriert von der Fernsehwerbung. Sie wollte es so. Genau wie Millionen andere zu sein gab ihr Sicherheit.

Sie biss in eine der Schnitten, die Renate in einer Tupperdose auf den Tisch gestellt hatte. Milder Gouda – der Mainstream-Käse. Genau ihr Geschmack. Sie musste lächeln und betrachtete ihr Gesicht, das sich gerade im Fenster spiegelte.

Auch äußerlich war an ihr alles »normal«: Sie war normal groß, hatte eine normale Figur, war nicht schockierend schön, aber attraktiv. Ihr Gesicht wurde umrahmt von dunkelbraunen Locken, die langsam grau wurden und sich noch immer schwer bändigen ließen. Obwohl viele ihrer Freundinnen sie um ihre Haarpracht beneideten, hatte sie immer wieder versucht, die widerspenstigen Kringel glatt zu ziehen – vergeblich. Mittlerweile hatte sie aufgegeben und sich an ihre »wilden« Haare gewöhnt.

Wenn sie sich Mühe gab und sich schminkte, konnte sie richtig hübsch aussehen, aber in der Regel legte sie nicht besonders viel Wert auf ihre Outfits, die stets eher unspektakulär waren. Bequemlichkeit hatte Priorität: Jeans, Shirts und Blusen mussten reichen – und High Heels tat sie sich auch nur ungerne an. Sie zog sowieso nicht gerne Aufmerksamkeit auf sich.

Das Faszinierendste an ihr war ihr Lachen, hatten ihr Ex-Freunde und gute Freundinnen bestätigt. Und dass sie, wenn sie ein paar Gläser zu viel hatte, zur Temperamentsbombe beziehungsweise zum *Party Animal* werden konnte. Passierte das, sammelte sie reihenweise Herzen ein, weil sie beschwipst so entzückend charmant und tanzwütig war.

Sie aß das Brot auf und spülte mit einem Schluck Kaffee nach.

Wo wollte sie in den nächsten dreißig bis vierzig Jahren noch hin?, fragte sie sich, als der Zug das Festland hinter sich ließ und auf dem Hindenburgdamm durch die offene Nordsee ratterte. Welche Ziele hatte sie? Im Wohnmobil die Welt erkunden? Auf die Kanaren auswandern, um das ganze Jahr über Sonne zu haben? Promiskuitive Beziehungen eingehen, um sich sexuell noch mal so richtig auszutoben, bevor die Gelenke marode wurden? Sie schaute Rolf und Renate an – beide über siebzig. Waren die zufrieden?

Was hieß überhaupt zufrieden? Und reichte das? Wenn ihre Eltern auf ihr Leben zurückblickten, waren sie dann sicher, dass alles optimal gelaufen war? Oder jammerten sie jeweils heimlich über verpasste Chancen und ungelebte Träume? Wäre ihr Vater lieber Rockstar geworden und hätte jede Menge Groupies flachgelegt? Merle schaute ihn an, während er seine Zeitung umblätterte, und musste schmunzeln. Zum exaltierten Rockstar hätte es bei ihrem durch und durch vernunftgesteuerten Vater wohl kaum gereicht. Er konnte ja noch nicht mal tanzen. Und ihre Mutter? Hätte die gerne ein Nomadenleben auf permanenter Weltreise geführt? Immer wieder neue Orte, Erlebnisse und Eindrücke, statt ein Leben lang an demselben Platz zu wohnen? Wohl kaum, wenn sie daran dachte, wie sehr ihre Mutter ihren prachtvollen Garten und ihr liebevoll eingerichtetes Haus liebte.

Was würde sie selbst mit siebzig wohl denken? Nichts sei schlimmer, als zu bereuen, was man nicht getan hat, hieß es doch. Was hatte sie bislang noch nicht getan? Eine ganze Menge! Über die sogenannten »Bucket Lists«, Listen, die aufzählten, was man bis wann getan haben sollte, gab es zahlreiche Bücher. Aber war das nicht auch ein bisschen anstrengend – dauernd irgendwas wahnsinnig Ausgeflipptes, Neues zu machen? Am Ende zählt die Summe der glücklichen Momente und schönen Erinnerungen, sagte man. Wie sah ihr Konto diesbezüglich aus?

Während Merle angestrengt grübelte, fuhr der Zug in den Bahnhof Westerland ein. Da die Menschen sich dicht an dicht zu den Ausgängen schoben, sobald der Zug stand, blieben Merle und ihre Eltern erst mal sitzen. Im Flugzeug war das ja auch immer die beste Taktik. Als ihr Abteil so gut wie leer war, stiegen sie in aller Ruhe aus, schoben ihre Koffer vor sich her und marschierten auf dem Bahnsteig Richtung Taxistand.

3

Über die Keitumer Landstraße und die L 24 ging es direkt nach Wenningstedt, wo sie vor dem Eingangsportal des *Hotel Lindner* wieder ausstiegen. Der Himmel war bedeckt, und es war wie fast immer etwas windig, aber die Luft war lau. Das Hotel lag direkt an der Strandpromenade, und Merle sog tief die herrliche Meeresbrise ein, als sie ihre Koffer ausluden und zum Check-in zogen. Wie gut die Luft, die nach Salz und Algen roch, doch tat.

Vermutlich hatte es das Hotel nett gemeint, Merles Zimmer direkt neben dem ihrer Eltern zu buchen, aber Merle war darüber nicht besonders begeistert. Wenn sie sich richtig erinnerte, schnarchte ihr Vater fürchterlich, und ihre Mutter musste tausendmal pro Nacht aufs Klo. Hoffentlich waren die Wände gut isoliert.

»Ist doch herrlich, dann kann ich öfter mal spontan zu dir rüberschneien«, flötete ihre Mutter begeistert.

Merle fühlte sich zum zweiten Mal an diesem Tag wie zwölf. Und dabei wurde sie morgen fünfzig.

Sie beschlossen, erst mal die Koffer auszupacken und

danach einen ausgiebigen Strandspaziergang zu machen. Sie wollten sich beim Raffelhüschen-Bäcker, der gegenüber dem Hotel lag und draußen ein paar kleine Tische in der Sonne stehen hatte, treffen.

Wie immer in Hotels testete Merle zuerst die Matratze, die zu ihrer Freude angenehm hart war. Durchgelegene oder zu weiche Matratzen, in denen sie versank, als wäre eine fleischfressende Pflanze über ihr zugeschnappt, fand sie furchtbar. Einen Song von Justin Timberlake vor sich hin summend, packte sie ihren Koffer aus. Viel hatte sie nicht mitgenommen – sie blieben ja nur vier Tage. Das »kleine Schwarze«, das sie morgen Abend in der *Sansibar* tragen wollte, hängte sie ehrfürchtig auf einen Bügel und strich es sorgsam glatt. Das Teil hatte über fünfhundert Euro gekostet – für Merles Verhältnisse ein kleines Vermögen. Aber dafür kaschierte es souverän ihre Schwachstellen an Hüften und Bauch und betonte dafür ihr Dekolleté und ihre schlanken Waden. Dazu würde sie ein paar schwarze Ballerinas tragen, die sie letzte Woche extra für diesen Anlass bei *Zalando* bestellt hatte.

Für den Strandspaziergang schlüpfte sie nun aber erst mal in kurze Jeans-Shorts, T-Shirt, Hoodie und Flip-Flops. Sie wollte am Meer unbedingt barfuß gehen, und die Plastiklatschen konnte man dann gut in die Hand nehmen.

In der Bäckerei kaufte sie sich Kaffee »to go« in einem dieser grünen RECUP-Pfandbecher, die es auf Sylt neuerdings überall gab, um die Vermüllung mit den Einmalbechern zu minimieren. Die ökologisch vorbildlichen, da wiederverwendbaren Trinkgefäße kosteten einen Euro, und man konnte sie deutschlandweit in allen teilnehmenden Läden und Restaurants wieder abgeben und das Pfand einlösen.

Zu dem duftenden Filterkaffee gönnte Merle sich ein herrlich zimtiges ofenwarmes Franzbrötchen, setzte sich draußen an einen Tisch und wartete auf ihre Eltern. Kaffee trinken und dabei Leute beobachten – das war etwas, das Merle sehr liebte. Interessiert taxierte sie die Menschen, die an ihr vorbeizogen: Gegelte Zweitwohnungsbesitzer mit teuren Uhren und rosa Polohemden stiegen aus SUVs im Wert einer Eigentumswohnung, Touristen in Funktionskleidung checkten den Postkartenstand, Kleinkinder quengelten an den Händen ihrer Mütter, Senioren schoben sich hinter Rollatoren her. Ein typischer Sommerferientag in einem Touristen-Hotspot.

Endlich kamen auch ihre Eltern aus dem Hotel. Ihre Mutter brauchte stets eine Ewigkeit, um sich »mal eben frisch« zu machen. Ihr Vater hatte auf seinem iPad währenddessen sicher die Sportschau gestreamt.

Mit perfekt ondulierter Frisur und ebensolcher Laune strahlte Renate sie an. »Wollen wir, Mäuschen?«

Mäuschen! Das hatte sie seit Jahren nicht mehr zu ihr gesagt. Merle kam sich sekündlich mehr in ihre Kindheit zurückversetzt vor. Leicht zerknirscht stapfte sie hinter ihren Eltern her, die Richtung Promenade marschierten. Spazieren gehen mit Mami und Papi. Fehlte nur noch, dass sie ihr ein Eis kauften.

»Oh, guck mal, da gibt's Bio-Eis!«, rief Renate begeistert, als hätte sie Merles Gedanken gelesen, und steuerte auf den Eiswagen des *Iismeer*-Restaurants zu, der vor dem Kursaal stand.

»Toll, aber jetzt wollen wir erst mal an den Strand«, befahl Merle barsch und zog so einen ersten Schlussstrich unter weiteres infantiles Abrutschen.

»Na gut«, maulte ihre Mutter. »Die Schlange ist ja auch endlos.«

Sie zeigten am Kartenhäuschen ihre Gästekarten vor und stiegen die Promenadentreppe zum Strand hinab. Die Konstruktion des hölzernen Bauwerkes war eindrucksvoll: An der rechten Seite gab es ein riesiges Stahlrohr, das als Rutsche diente und in dem sich Kinderhorden begeistert kreischend in dic Tiefe stürzten. Auf der linken Seite gab es auf fast jeder Stufe Sitzgelegenheiten und sogar weiße Plastikkissen, um den Ausblick auf Küste und Brandung in Ruhe genießen zu können. Die Leute, die darauf Platz genommen hatten, schauten glücklich auf die grüne Nordseebrandung, aßen etwas, lasen oder hielten mit geschlossenen Augen eine Siesta.

Die Brandung war – wie so oft auf Sylt – eindrucksvoll: Große grüne Wellen rollten heran und überschlugen sich brüllend. Die weiße Gischt sah dabei aus wie Bierschaumkronen. Thomas Mann hatte die Sylter Wellen mal als »Raubtiere« bezeichnet – und so wild und gefährlich, wie sie gerade heranrollten, konnte Merle diesen Vergleich gut nachvollziehen.

Sie spazierten direkt am Wassersaum entlang, und Merle genoss es, ihre Füße immer wieder von der kühlen Brandung überspülen zu lassen.

Ihr Vater hob eine Muschel nach der anderen auf, Renate starrte versonnen auf den Horizont. Sie schlenderten Richtung Kampen, und je länger Merle die faszinierenden Wellen beobachtete, desto mehr Lust bekam sie, hineinzuspringen. Nur leider hatte sie weder Bikini noch Badeanzug dabei. Seit ein paar Minuten war der Himmel aufgerissen, und die Sonne strahlte, aber als sie im Hotel losgegangen waren, war die Wolkendecke so dicht gewesen, dass sie nicht im Traum daran gedacht hätte, Lust zum Schwimmen zu bekommen. Aber was soll's, sagte sie sich. Dann würde sie eben im Slip und oben ohne in die Brandung rennen – das war hier auf Sylt, wo FKK normal und quasi überall erlaubt war, total egal. Hatte nicht Romy Schneider mal gesagt, Sylt könne ihr gestohlen bleiben, denn da würde in jeder Welle ein nackter Arsch hängen? Merle musste grinsen, rief ihren Eltern zu, dass sie mal kurz ins Meer springen würde, und zog sich Hoodie und T-Shirt über den Kopf.

»Nee, ne?«, lachte ihre Mutter und zog zu Merles größter Überraschung ebenfalls ihren Anorak aus. »Meinst du, ich lasse dich da alleine reingehen?« Juchzend rannte Renate splitterfasernackt ins Wasser.

Vollkommen verblüfft schleuderte auch Merle ihren Slip zur Seite und sprintete ihr hinterher. Es war ein unfassbar prickelndes Gefühl, das schaumige, kühle Salzwasser auf der Haut zu spüren. Es fühlte sich an, als würde man in einem Champagner-Whirlpool baden. Merle köpfte durch die heranrollenden Wellen, ihre Mutter ließ sich mit dem Rücken hineinfallen. Es war zwar schon Anfang Juli, aber die Nordsee hatte erst sechzehn Grad, deshalb war es zu Merles Bedauern im Wasser nicht sehr lange auszuhalten.

Auf dem Rückweg begann es auch noch zu regnen. Vollkommen durchgefroren kamen sie im Hotel an und beschlossen, zum Aufwärmen sofort in die Sauna zu gehen.

Die kalten Glieder in der wohligen, nach Eukalyptus duftenden Wärme auszustrecken und sich langsam wieder aufheizen zu lassen, war herrlich. Der pure Genuss. Merle fühlte sich so erfrischt und belebt wie lange nicht mehr – und auch Renate schien es sehr zu genießen.

»So etwas müssten wir viel öfter machen, Merli«, seufzte ihre Mutter, als sie sich nackt und dampfend auf der Außenterrasse abkühlten. Es nieselte immer noch, und Merle breitete die Arme aus, um sich von den feinen Tropfen erfrischen zu lassen.

»Ja, müssten wir echt«, sagte sie mit geschlossenen Augen. »Nur sind wir ja nicht dauernd auf Sylt.«

»Aber in Hamburg gibt es doch auch so viele schöne Wellness-Zentren«, warf ihre Mutter ein.

»Stimmt«, murmelte Merle und war sich nicht ganz sicher, ob sie sich jetzt wirklich auf regelmäßige Sauna-Treffs mit ihrer Mutter festnageln lassen sollte. »Ich springe kurz ins Eisbad und gehe dann noch mal rein«, rief sie ihr deshalb zu und verschwand im Spabereich.

Nordseeluft machte bekanntlich müde und hungrig – erst

recht, wenn man einen ausgiebigen Strandspaziergang, ein Bad in den tosenden Wellen und zwei Saunagänge hinter sich hatte. Bereits um neunzehn Uhr fand sich Familie Merbach deshalb im Hotelrestaurant ein, um sich auf das Halbpensionsmenü zu stürzen. Das Bier stieg Merle nach der Sauna sofort zu Kopf, und sie genoss den angenehm beschwingt-beduselten Entspannungszustand.

Da sie alle müde waren, gingen sie nach dem Essen direkt auf ihre Zimmer. Merle öffnete das Fenster, um die herrliche Luft hereinzulassen, ließ sich mit ausgebreiteten Armen auf die bequeme Matratze fallen und lauschte dem Rauschen der Brandung. Es war ein überraschend schöner Tag gewesen – trotz (oder gerade wegen?) ihrer Eltern.

Sie freute sich auf ihren ruhigen Geburtstag morgen. Dann war sie jetzt eben wieder zwölf – und wurde morgen fünfzig! Sie löschte das Licht, schloss die Augen und schlief erstaunlich schnell ein.

4

Sie wachte durch lautes Klopfen und Happy-Birthday-Gesänge vor ihrer Tür auf, rieb sich die Augen und schaute verschlafen auf die Uhr: Schon neun? Sie hastete aus dem Bett und ließ ihre Eltern herein, die mit einem großen Blumenstrauß, einer Flasche Champagner und einem kleinen Kuchen mit brennenden Kerzen darauf im Hotelflur standen.

»Na endlich!«, rief ihr Vater. »Herzlichen Glückwunsch, meine Kleine!« Er nahm sie liebevoll in den Arm und küsste sie. »Schnell, puste aus! Sonst sind die Kerzen gleich ganz runter!«, rief ihre Mutter und hielt Merle den Kuchen unter die Nase.

Merle pustete alle Kerzen auf einmal aus, was ihre Eltern bejubelten. Renate fächelte hüstelnd den Rauch weg, stellte den Kuchen ab, nahm Merle lange und herzlich in den Arm und flüsterte ihr Glückwünsche ins Ohr.

»Und jetzt gehen wir ordentlich frühstücken!«, rief Rolf. »Mir knurrt schon der Magen.«

Auf dem Frühstückstisch im Speiseraum erwartete Merle

ein weiterer wunderschöner Blumenstrauß. Die Karte daran war von Miriam.

»Wie lieb von ihr«, rief Renate entzückt, und auch Merle war gerührt. Wie hatte sie das bloß von New York aus arrangiert? Ihre ältere Schwester war wirklich ein Organisationstalent.

Während des Frühstücks läutete ihr Handy Sturm. Zahlreiche Anrufe und Glückwünsche gingen ein – sogar von Maren aus Thailand. Sie hatte gar nicht gewusst, dass so viele Menschen ihren Geburtstag präsent hatten. Letztes Jahr hatte kaum jemand an sie gedacht. Seltsam. Aber vielleicht war das eben einfach so, wenn man fünfzig wurde? Merle stellte das Handy auf leise und schob sich ein Stück Spiegelei mit Speck in den Mund.

»Und, meine Süße?«, fragte Rolf gut gelaunt, wischte sich mit einer Serviette den Mund ab und legte sie neben seinen Teller, den er zufrieden gesättigt von sich schob. »Wie möchtest du deinen großen Tag verbringen?«

»Ich würde gerne ein bisschen mit dem Rad über die Insel fahren«, sagte Merle, die sich schon Tage vorher Gedanken darüber gemacht hatte, wie ihr Geburtstag am schönsten zu gestalten wäre. »Ich habe uns E-Bikes gemietet! Habt ihr Lust?«

»Na klar!«, rief Renate begeistert. »Tolle Idee!«

Der Himmel war bedeckt, aber die Luft lau und der Wind nicht besonders stark. »Ideales Fahrradwetter«, befand Rolf.

Zu Merles Überraschung stellten sich ihre Eltern mit den

»hochtechnisierten« (Rolf) E-Bikes erstaunlich geschickt an. Nachdem sie aufmerksam den Anweisungen des Verleihers gelauscht hatten, konnten beide problemlos mit Gangschaltung und E-Motor-Unterstützung umgehen.

»Da muss man ja gar nicht mehr treten!«, rief Renate begeistert und raste in beängstigendem Tempo voraus.

Zum Glück bot Sylt auf der ehemaligen Nord-Süd-Eisenbahnstraße ein sehr gutes, autofreies Fahrradwege-Netz, das sie zunächst durch die Kampener Dünen Richtung List führte.

Auf dem Deich radelten sie den Ellenbogen entlang und genossen den Blick auf den weiten Horizont, die Nordsee und die überall frei herumlaufenden Schafe. Beim *Wonnemeyer* bewunderten sie von der Holzplattform auf dem Kliff aus die Brandung des wilden grünen Meeres und beschlossen, auf der Sonnenterrasse des lässigen lilafarbenen Lokals eine kurze Mittagspause mit Fischsuppe und Bio-Limonade einzulegen.

Rolf hatte bereits ordentlich Farbe bekommen, und Renate beklagte sich wie immer darüber, dass Männer schneller braun wurden als Frauen. Wobei ihre Gesichtshaut nicht die geringste Chance auf einen Sonnenteint hatte, denn sie hatte sich mit Schutzfaktor fünfzig eingecremt und trug zudem noch eine riesige Sonnenbrille und eine Baseballkappe.

Die Fischsuppe war genauso lecker wie die Maracuja-Limonade, und die Stimmung war fröhlich und leicht. Merle genoss den Tag in vollen Zügen und fragte sich, wann sie in den letzten Jahren einen so angenehmen Geburtstag gehabt hatte. Etwas ungewohnt war nur, dass Renate dauernd auf ihr Handy schaute und es auf dem Tisch stets mit dem Display nach unten legte. Komisch. Sonst war sie doch so eine strikte Technik-Verweigerin und ließ ihr Handy meistens zu Hause.

»Erwartest du einen wichtigen Anruf?«, fragte Merle irgendwann irritiert.

»Wieso?« Ihre Mutter schaute sie verblüfft an.

»Weil du dauernd auf dein Handy guckst!«

Renate lachte. »Nein! Ich hatte nur eigentlich für heute den Heizungsmonteur bestellt, hatte dem Sanitärbetrieb gestern Abend auf dem Anrufbeantworter abgesagt und weiß nicht, ob er die Absage noch gehört hat.«

»Ach so.« Merle trank den letzten Schluck Limonade aus. »Dann ruf doch einfach noch mal dort an«, schlug sie vor.

»Och nö! Dazu habe ich jetzt wirklich keine Lust! Außerdem habe ich hier dauernd dänisches Netz, da kriege ich eh keine Verbindung«, sagte Renate, packte ihr Handy in die Tasche und stand auf. »So! Und nun wollen wir mal weiter, oder?«

Von Roaming hatte ihre Mutter offenbar noch nie etwas gehört, schmunzelte Merle. Natürlich könnte sie den Klempnerbetrieb auch dann anrufen, wenn ihr Handy sich ins dänische Netz eingeloggt hätte. Aber es war ja auch vollkommen egal. Belustigt schwang Merle sich auf den Sattel und fuhr ihren Eltern hinterher.

Im Grunde war es erstaunlich, dass ihre Mutter das Gerät überhaupt bedienen konnte. Es hatte extrem lange gedauert, sie an die moderne Kommunikationstechnik heranzuführen – und hatte viel Geduld erfordert.

Den Kauf ihres ersten backsteingroßen Nokia-Modells verdankten Merle und ihre Schwestern einzig dem Umstand, dass sie auf ihren Kurzreisen erreichbar sein wollte. Renates Handy – ein altmodisches preisreduziertes Auslaufmodell – hatte ein riesiges grünes Display, eine Antenne, große Tasten gehabt und war nach ein paar Jahren schon so retro gewesen, dass sie von Freunden und Kollegen öfter gefragt wurde, ob sie denn ihren »Münzfernsprecher« gar nicht dabeihabe.

Nachdem sie ihren »Telefon-Knochen« versehentlich mit Kaffee übergossen hatte, überredeten Merle und ihre Schwestern sie trotz ihrer ungewöhnlichen Kaufkriterien – billig, nicht so schwer, nicht so viele Funktionen (»nur verwirrend«) und möglichst lauter Klingelton (»damit ich es auch höre«) – zu einem kleineren, moderneren Gerät. Um ihr die Annäherung an ihren neuen elektronischen Begleiter zu erleichtern und positiv, das heißt möglichst naturnah, zu besetzen, richteten sie ihr einen Klingelton ein, der Froschgequake imitierte. Da ihr bei Anrufen dadurch aber oft unkontrollierte Blähungen unterstellt wurden, ersetzten sie die ekstatisierten Kröten nach kurzer Zeit durch eine Klaviersonate.

Renate spontan zu erreichen war dennoch nicht so einfach: Ihr Handy war stets in den Untiefen ihrer Handtasche vergraben, und wenn sie es im Klingelfall endlich unter Schnauben und Fluchen gefunden hatte, war der Anrufer meist weg. Oder Renate drückte so lange hektisch hintereinander auf die Taste mit dem grünen Hörer, dass der Anrufer in einer Warteschleife landete, aus der sie ihn nie wieder befreite.

Meistens war ihr Handy allerdings im Flugmodus, sodass es weder klingelte noch Anrufe empfing.

»Guck mal, da ist wieder dieses komische Zeichen«, sagte sie dann und nahm diesen Umstand als Beweis dafür, dass das »doofe Ding« auf Krawall aus war. Bekam sie eine SMS, hielt sie das Gerät mit ausgestreckten Armen so weit von sich weg, als wäre es ein Gremlin, der gleich zubiss, um den eingegangenen Text mit zusammengekniffenen Augen und ohne Lesebrille entziffern zu können.

Vielleicht hatten Männergehirne einfach einen unkomplizierteren Zugang zu technischen Geräten, überlegte Merle, während sie in die Pedale trat und die herrliche Salzluft einsog, denn Rolf hatte mit den modernen Medien keinerlei Probleme. Renate jedoch an das Medium »Internet« beziehungsweise an Computer heranzuführen, war mindestens genauso schwer gewesen, wie sie mit einem Smartphone vertraut zu machen. Amüsiert erinnerte sich Merle an einen der ersten Anrufe von ihr zu diesem Thema:

Atemlos und mit leicht hysterischer Stimme hatte Renate an einem Sonntagmorgen um acht Uhr verkündet: »Merli, da ist wieder so eine Meldung auf dem Bildschirm!«

»Was denn für eine?«

»Moment …« Merle hörte förmlich, wie sie sich einen Zentimeter vor den Bildschirm klemmte, um die kleinen Buchstaben zu entziffern: »*Press any key to continue!*«

»Ja, und?«

»Wie, und?«

»Warum machst du das nicht?«

»Ich finde den *›any key‹* nicht!«

Merle konnte sich heute noch darüber schlapp lachen.

Renate lebte, obwohl sie nur vierundzwanzig Jahre älter war als Merle, in puncto technisches Verständnis auf einem anderen Planeten: Computer – und auch moderne Smart-TV-Fernseher, mit denen man Netflix oder Amazon streamen konnte – waren Renate »unheimlich«. Alles, was keine Augen, nicht mindestens zwei Beine und einen Kreislauf hatte, erfüllte sie mit tiefstem Misstrauen. Eine Antipathie, die eine Art Selffulfilling Prophecy zu sein schien: Loggte Renate sich ins Internet ein, stürzte innerhalb von Sekunden das WLAN der gesamten Nachbarschaft ab. Und war sie mal wieder rettungslos in den Untiefen des virtuellen Raumes verschollen, wertete sie das als weiteren Beweis dafür, dass ihr die Technik feindlich gesonnen war.

Update-Empfehlungen oder Hinweise zur Sicherung von Dateien versetzten sie regelmäßig in Panik: Mit vor Aufregung hochroten Wangen und elektrisiert abstehenden Haaren saß sie dann stocksteif vor dem Bildschirm und wartete auf den nächsten virtuellen Schienbeintritt ihres »Feindes«. Denn schon oft hatte die Bedienung ihres Laptops, bei der Renate erst zaghaft und dann immer verzweifelter seltsame Tastenkombinationen probierte, zu verwirrenden Ergebnissen geführt: Sie erlöste etliche bizarre Programmfunktionen aus ihrem Tiefschlaf, schrieb versehentlich einen Lycheedosen-Hersteller in Taiwan an oder verlief sich auf einer brasilianischen Mobilfunk-Website. Merles Angst, dass sie auf einer ihrer virtuellen Weltreisen versehentlich den Datenspeicher der russischen Weltraumbehörde löschen könnte, war deshalb nicht ganz unberechtigt.

Renates Umgang mit dem Internet war unsicher, vorsichtig und zaghaft – wie der eines Fahrschülers, der zum ersten Mal vor dem Lenkrad sitzt und sich angesichts der Vielzahl unbekannter Pedale, Schalter und Knöpfe sicher ist, dass er das ganz bestimmt nie lernen wird.

E-Mails schrieb sie in Extrem-Zeitlupe, Buchstabe für Buchstabe, weil sie sich bei jedem einzelnen versicherte, ob er auch wirklich auf dem Bildschirm erschien. Wenn sie früher über AOL E-Mails schreiben wollte, wurden angefangene E-Mails nach fünf Minuten automatisch gelöscht, statt sie im Ordner »Entwürfe« zu speichern. Renate brach dann regelmäßig in Tränen aus, weil auf diese Weise plötzlich das Ergebnis ihrer schweißtreibenden Kommunikationsbemühungen für immer verschwunden war.

»Kann man diese ›Ehmiels‹ auch am Sonntag verschicken?«, war in dieser Phase noch eine ihrer anspruchsvollsten Fragen.

Das Erstaunliche war jedoch: Von all diesem Unbill ließ Renate sich nicht abschrecken! Nachdem Merle ihr kürzlich die Suchmaschine Google erklärt hatte, fräste sie sich nächtelang durch den Cyberspace und drang dabei bis zu Youtube vor. Augenberingt saß sie auf ihrem Kniestuhl und starrte wie hypnotisiert auf irgendwelche Videos.

»Das ist unheimlich«, beschloss Renate am Ende ihrer virtuellen Forschungsreise. »Da kann man ja zu jeder Zeit an jedem Ort sein – und mit jedem sprechen.« Als hätte sie heimlich in ein Zauberbuch geguckt, das sie bei zu intensiver Betrachtung verhexen könnte, klappte sie ihr Powerbook zu – und machte es erst Tage später wieder auf.

Merle trat etwas kräftiger in die Pedale, schloss grinsend zu ihren Eltern auf und genoss die wunderschöne Lister Dünenlandschaft, durch die sie zurück nach Kampen radelten, wo sie beschlossen, den berühmten Blechkuchen der *Kupferkanne* zu probieren.

Die Anlage versetzte Renate sofort in Begeisterung. Zur Wattseite gelegen, bot das Café zahlreiche kiefern- und zypressengesäumte Nischen, in denen Tische standen. Der gesamte Außenbereich wirkte dadurch sehr südlich, fast schon mediterran.

Bestens gelaunt setzten ihre Eltern sich an einen freien Tisch und studierten die Karte. Ein dynamischer junger Kellner kam und ratterte zusätzlich noch mal das Kuchenangebot herunter. Merle entschied sich für Kirschstreusel, ihre Mutter für Rhabarber und Rolf für Käsekuchen. Natürlich alle mit Schlagsahne – wenn schon, denn schon!

»Und einen Cappuccino für mich, bitte«, ergänzte Renate, lehnte sich zufrieden seufzend in ihrem Stuhl zurück und nahm die Sonnenbrille ab.

»Cappuccino haben wir nicht!«, erwiderte der Kellner resolut.

»Oh, ja, dann eben einen Latte macchiato!«

»Haben wir auch nicht!«

»Was haben Sie denn?«, fragte Renate nun etwas irritiert

und beugte sich über den Tisch, um noch mal einen Blick in die Karte zu werfen.

»Filterkaffee aus der eigenen Rösterei«, erklärte der Kellner.

»Okay, dann bitte drei Tassen Filterkaffee«, schaltete sich Rolf ein.

»Wir haben nur Becher!«

»Okay. Dreimal bitte«, nickte Rolf.

Der Kellner nickte und verschwand.

Nachdem sie sich kurz verwunderte Blicke zugeworfen hatten, widmeten sie sich dem atemberaubenden Blick auf die Wattseite. Das Café lag auf einem Hügel, von dem man hinab auf ein paar traumhaft am Wasser gelegene Reetdachhäuser, das silbrig glänzende Wattenmeer und den Horizont blicken konnte.

Der Kellner kam mit drei großen Bechern dampfendem Kaffee und drei riesigen Portionen Kuchen zurück. Verblüfft schauten Merle und ihre Eltern auf die gigantischen Portionen, die für Sumoringer gemacht schienen.

Merle probierte den Kirschstreuselkuchen und war genauso begeistert wie Rolf und Renate. Sie aßen gerade den leckersten Blechkuchen der Welt, darin waren sie sich sofort einig. Auch der Kaffee war herrlich aromatisch. Sie aßen und tranken alles restlos auf und hielten sich danach die Bäuche.

»Jetzt muss ich aber dringend noch ein paar Schritte gehen, um das alles zu verdauen«, verkündete Rolf.

»Gute Idee«, fanden auch Renate und Merle und folgten

ihm auf dem schmalen Pfad, der den Hügel hinab zum Ufer führte. Es war ein wunderschöner Weg, der immer wieder von Kupfertafeln gesäumt war, auf denen stand, welcher Künstler sich warum von genau diesem Ausblick hatte inspirieren lassen.

»Ich liebe die Weite der Insel. Das Watt vor Kampen ist meine Fundgrube, hier entdecke ich jeden Tag neue Formen und Farben. Ohne Sylt wäre ich wie ein Fisch ohne Wasser«, stand dort zum Beispiel ein Zitat des Malers Otto Eglau.

Sie spazierten in einem großen Bogen am Watt um den Hügel herum und näherten sich der *Kupferkanne* schließlich wieder von der anderen Seite. In einem kleinen Wäldchen entdeckten sie eine Pfauenzucht und bewunderten die majestätisch durchs Gras schreitenden wunderschönen Vögel. Das waren Tiere, die man hier wirklich nicht erwartet hätte. Sylt war doch immer wieder für eine Überraschung gut, dachte Merle.

5

Gegen siebzehn Uhr waren sie zurück im Hotel. Es war ein wunderschöner Tag gewesen, den Merle sehr genossen hatte. Und jetzt freute sie sich auf einen ruhigen Geburtstagsausklang bei einem erstklassigen Dinner in der *Sansibar*. Fröhlich sprang sie unter die Dusche und ließ das heiße Wasser auf ihren Rücken prasseln.

Für neunzehn Uhr hatte sie einen Tisch am Fenster reserviert, genug Zeit also, um sich entspannt zurechtzumachen. Mit noch nassen Haaren holte sie das kleine Schwarze aus dem Schrank, legte es aufs Bett und drapierte davor die Ballerinas.

Nachdem sie sich eingecremt, geföhnt und geschminkt hatte, steckte sie sich mit einem Kamm die Haare hoch und blickte in den Spiegel. Perfekt! Und ein bisschen Farbe hatte sie auch schon bekommen.

Im Foyer wartete Merle auf ihre Eltern. Das Taxi stand bereits vor der Tür, als Rolf und Renate endlich erschienen. Zu Merles großer Verblüffung sahen sie richtig schick aus – fast schon overdressed: Rolf trug einen äußerst eleganten schwarzen Smoking und Renate ein rotes Abendkleid, das Merle noch nie an ihr gesehen hatte.

Erstaunt riss sie die Augen auf: »Na, ihr habt euch aber in Schale geschmissen«, rief Merle leicht verwirrt. »Ist das nicht ein bisschen übertrieben?«

»Quatsch!«, lachte Rolf. »Feste müssen gebührend gefeiert werden!« Gut gelaunt hakte er sich bei Merle ein und schob sie Richtung Taxi.

Merle starrte ihre eleganten Eltern immer noch irritiert an, als das Taxi auf dem Kreisverkehr statt Richtung Westerland unvermittelt in Richtung Kampen abbog.

»Moment mal!«, rief Merle erschrocken Richtung Fahrer. »Wir müssen nach Rantum!«

»Nein, ist schon richtig so«, beschwichtigte ihre Mutter. »Wir wollten dich mit einem anderen Restaurant überraschen.«

»Aber …«, wandte Merle leicht enttäuscht ein. Sie hatte sich so auf die *Sansibar* gefreut.

»Kein Aber«, befahl Rolf. »Du wirst sehen. Es wird dir gefallen!«

Ihre Eltern grinsten und zwinkerten sich zu. Was war hier los? Merle wurde etwas blümerant. Auf die Überraschungen ihrer Eltern hatte sie nie viel gegeben.

Das Taxi fuhr nach Kampen und bog in die Kurhausstraße ein. Wo sie wohl mit ihr hinwollten? Etwa ins *Hotel Rungholt*? Nein, wohl nicht, denn nun fuhren sie rechts von der Kurhausstraße ab durch die Heidelandschaft Richtung *Sturmhaube*.

Der Parkplatz des eindrucksvollen Reetdachbaus mit der markanten Rundkuppel, der direkt am Kliff stand, war seltsam leer. Waren sie die einzigen Gäste? Oder hatte das Restaurant womöglich Ruhetag? Hoffentlich hatten ihre Eltern gründlich recherchiert. Na ja, tröstete sich Merle, wenn sie sich beeilten, konnten sie es immer noch rechtzeitig in die *Sansibar* schaffen, bevor ihr Tisch vergeben wurde ...

Sie traten durch das Eingangsportal und sahen einen livrierten Kellner auf sich zueilen.

»Ah, Familie Merbach! Wie schön!«, freute er sich und schüttelte ihnen die Hände. Er war ausgesprochen attraktiv. Mediterraner Typ, Richtung Erol Sander. Markantes Kinn, volle Lippen, Glutaugen und dichte schwarze Haare. Er zwinkerte Merle flirtig zu, die sofort verlegen wurde. »Kommen Sie«, sagte der schöne Mann und streifte leicht ihren Oberarm. »Ich begleite Sie zu Ihrem Tisch.«

Beflissen eilte er Richtung Speisesaal voraus. Ein riesiger langer Raum tat sich vor ihnen auf, der in äußerst angenehmes Licht getaucht war. Überall standen Kerzen, und der Beleuchtungsdesigner hatte ganze Arbeit geleistet, ein warmes Wohlfühl-Ambiente zu schaffen. Der Dim-to-warm-Effekt, der bei LED-Leuchtmitteln mehr als schwierig war, war ihm überraschend gut gelungen. Hue-Lights färbten die Wände lila und orange, chillige Musik schwebte durch die Luft.

Alle Tische waren eingedeckt, seltsam nur, dass sie alle leer waren. »Wieso ist denn niemand hier?«, fragte Merle irritiert. »Sind wir die einzigen Gäste?«

»Keine Ahnung«, antwortete Renate achselzuckend. »Wahrscheinlich diniert man auf Sylt erst später.«

Das wäre Merle neu. So, wie sie die Insel bislang kennengelernt hatte, aß man hier eigentlich den ganzen Tag.

Erol Sander führte sie an einen Tisch in der Mitte des Raumes, und sie nahmen Platz. Sogleich servierte ihnen eine ebenfalls sehr hübsche Kellnerin Champagner.

»Auf einen wunderschönen Abend!« Feierlich stieß ihre Mutter ihr Glas an Merles. Dann nahm sie einen tiefen Schluck und zwinkerte Rolf verschwörerisch zu. Merle wurde mulmig. Was sollte dieses dauernde Zugezwinkere? Das war doch alles nicht mehr normal hier.

Die Kellnerin reichte ihnen die Karten.

»Renate behauptet steif und fest, dass du vor fünfzig Jahren hier in Kampen gezeugt worden bist«, verkündete ihr Vater plötzlich und legte seine Karte beiseite. »Deshalb wollte sie, dass auch deine Jahrhundertfeier an diesem Ort stattfindet.« Nun hob auch er sein Glas und nickte Merle mit einem liebevollen Lächeln zu.

»Du bist also quasi mit dem goldenen Löffel im Mund gezeugt worden«, kicherte ihre Mutter, die offenbar schon leicht beschwipst war und der Kellnerin ein Zeichen zum Nachfüllen ihres Glases gab.

»Ins Leben gerufen im teuersten Wohnort Deutschlands«, witzelte Rolf. »Das kann nicht jeder von sich sagen! Wenn das eine Art Selffulfilling Prophecy ist, müsstest du eigentlich in Geld schwimmen«, lachte er.

»Schön wär's …«, murmelte Merle.

6

Merle wollte gerade noch etwas dazu sagen, als plötzlich Gemurmel hinter ihnen zu vernehmen war. Schritte hallten durch den Flur. Endlich kamen offenbar auch andere Gäste. Merle schaute sich nach ihnen um. Das Gesicht der Frau, die nun, flaniert von Erol Sander, den Raum betrat, kam ihr seltsam bekannt vor. Plötzlich stellte sich das Bild scharf, und Merle blieb der Mund offen stehen. War das nicht Wenke Miele, ihre Grundschul-Klassenkameradin??

Ja, ganz eindeutig! Na, das war ja ein Zufall!

»Wenke!«, rief Merle begeistert und sprang auf. »Das ist ja krass, dass ich dich hier treffe. Wie lange haben wir uns nicht mehr gesehen? Vierzig Jahre?«

»Merle! Hey!! Ja, wirklich krass«, stammelte Wenke und blickte sich Hilfe suchend zu Rolf und Renate um.

»Was machst du denn hier?«, fragte Merle und legte Wenke die Hand auf die Schulter.

»Ich, äh ...«, stammelte Wenke.

»Arbeitest du auf der Insel?«

»Nein, ich ...« Wenke räusperte sich. Warum war sie denn so verlegen?

»Bist du alleine hier?«, erkundigte sich Merle.

»Ja.«

»Hast du nicht Lust, dich zu uns zu setzen?«, schlug Merle vor und zeigte auf den Tisch, an dem Renate und Rolf das Geschehen sichtlich amüsiert beobachteten. »Ich habe heute Geburtstag!«

»Oh ... ich weiß ...« Wenke war ganz rot geworden. Was war denn bloß mit ihr los?

»Du weißt??«, wunderte sich Merle.

»Ja, äh ...«, hüstelte Wenke. »Du hattest deinen Geburtstag damals immer so groß gefeiert. In eurem Garten. Mit Erdbeertörtchen. Deshalb habe ich das Datum nie vergessen.« Sie lächelte unsicher.

»Komm!«, befahl Merle und schob Wenke vor sich her an den Tisch. »Meinen Vater und meine Mutter kennst du ja noch, oder?«

»Ja klar«, sagte Wenke. »Guten Abend, Herr und Frau Merbach!« Sie setzte sich und schaute Renate und Rolf unsicher an. Hatte sie Schweißperlen auf der Stirn?

»Stellt euch vor«, rief Merle begeistert. »Wenke und ich haben uns über vierzig Jahre nicht gesehen!«

Rolf und Renate nickten verständnisvoll.

»Na, so was!«, schmunzelte Renate.

Hatte sie in der kurzen Zeit wirklich schon so viel getrunken, dass sie nur noch grenzdebil vor sich hin lächelte? Und auch Rolf sah aus, als hätte er beneidenswert chillende Drogen genommen. Sein Augenausdruck schwankte zwischen Kaa, der Schlange aus dem *Dschungelbuch*, und Jack

Nicholson in *Einer flog übers Kuckucksnest*. Merle wurde leicht flau.

»Wenke und ich sind zusammen zur Grundschule gegangen«, dozierte Merle, um sich abzulenken, und lächelte Wenke an. »Wir waren damals beste Freundinnen!«

Wenke nickte zustimmend.

»Wenke sah zwar total mädchenhaft aus, war aber beeindruckend tough und zu jedem Blödsinn bereit«, erinnerte Merle sich laut. »Und sie hat nie geheult!«

»Ja, bis zu dem Tag, als wir auf dem Jahrmarkt verabredet waren – und ich mich stattdessen mit Christine Müller getroffen und dich versetzt habe. Danach hast du mir die Freundschaft gekündigt und nie wieder mit mir geredet.«

Hui! Merle starrte sie erstaunt an. Die Worte kamen unerwartet vehement, und Wenke sah irgendwie zornig aus.

»Das war ein lebenslanges Trauma für mich«, fuhr Wenke fort. »Ich habe versucht, mich bei meiner Mutter auszuheulen, aber die hat gesagt, dass es mir ganz recht geschehen würde und dass sie dich gut verstehen könne!« Ihre Mundwinkel zitterten. Fing sie jetzt an zu heulen?

Betreten starrte Merle in ihr Glas. Die Stimmung war dahin.

Meine Güte! Hatte die denn keinen Psychologen? Das war doch nun schon hundert Jahre her! Inzwischen war ein ganzes Leben vergangen – da konnte eine geplatzte Kinderfreundschaft doch nun wirklich nicht das wichtigste Ereignis gewesen sein. Merle konnte sich zudem an dieses Drama absolut nicht erinnern …

»Ach, Mensch, Wenke«, sagte sie gepresst und streichelte ihrer Kinderfreundin sanft über die Hand. »Das tut mir echt leid ...«

Rolf räusperte sich. »Äh ... habt ihr schon gewählt?«, fragte er und wedelte mit seiner Speisekarte.

In diesem Moment wurde es hinter ihnen wieder turbulent. Offenbar trafen weitere Restaurantgäste ein. Merle schaute sich um, dankbar für die Ablenkung. Ein ganzer Pulk von Menschen erschien.

Als Erstes betrat eine stark geliftete platinblonde Frau mit Atombusen den Raum. Sie hatte ihren voluminösen Körper in einen hautengen silber-schillernden Pailletten-Catsuit gepresst, der so aussah, als ob er jeden Moment platzen würde. Dazu trug sie eine rosa Federboa und lange hellblaue Fingernägel. Merle blieb die Spucke weg. Die sah ja aus wie für Karneval zurechtgemacht! Teile von ihr waren über fünfzig, vermutete Merle – und der Rest hatte vermutlich noch Herstellergarantie. Sie musste grinsen, bis ihr vor Schreck die Mundwinkel herunterfielen, denn beim näheren Hinsehen kam ihr das Gesicht der Frau seltsam bekannt vor. Das war doch nicht etwa?? Ja, jetzt war Merle sich ganz sicher: Das war Gesine Perlebach, ihre ehemalige Kunstlehrerin am Gymnasium! Die hatte sich schon damals so exaltiert gekleidet – nur mit fünfzig Kilo weniger Körperfett.

Im gleichen Augenblick erkannte das schillernde Wesen Merle und stöckelte, laut aufschreiend, auf sie zu. »Merle, mein Schatz!! Wie schön!!«

Eine Parfümwolke raubte Merle den Atem, während »die Perle« ihr Küsschen links und Küsschen rechts verpasste.

Merle fühlte, dass dabei eine dicke Schicht Make-up an ihrer Wange kleben blieb.

Gesine Perlebach hatte ihre Anweisungen und Lehrinhalte stets singend und durch die Pultreihen tänzelnd vorgetragen und vorher »Achtung, Achtung, die Perle macht eine Ansage!« geträllert. Ungehemmt hatte sie mit den pubertären Jungs geflirtet, die fürchterliche Angst hatten, von ihr berührt zu werden. Sie galt als irre – aber nett. Merles Klasse mochte sie, denn sie sorgte mit ihren exaltierten Auftritten für jede Menge abwechslungsreiche Unterhaltung.

»Ist das nicht fantastisch hier?«, flötete die Perle, drehte sich mit erhobenen Armen euphorisiert im Kreis und nahm offenbar an, sie wäre Liza Minnelli bei einem ausverkauften Auftritt in New York.

Merle schrubbte sich mit der Serviette das Make-up von der Wange, als sich in ihrem Blickfeld eine weitere Figur ihrer bereits bewältigt geglaubten Vergangenheit scharf stellte: Jonas!! Ihr Ex wurde flankiert von Lisa, seiner zwanzig Jahre jüngeren neuen Freundin.

»Merle, wie sssöön, dass wir hier sein dürfen«, lispelte Lisa, deren Vorderzähne an Bugs Bunny erinnerten. »Häppy Birsssday!« Sie umarmte Merle stürmisch.

»Herzlichen Glückwunsch, Merli«, murmelte Jonas und nahm sie linkisch in den Arm. Er sah zerknautscht aus. Hatte Lisa sich irgendwie dicker angefühlt? War sie schwanger, oder war ihr Silikonbusen abgerutscht?

Merle hatte kaum Zeit, Luft zu holen und zu eruieren, was das hier alles sollte. Warum waren die alle hier??

Herr Ludwig, ihr Bankberater, schob sich an Lisa vorbei und schüttelte Merle mit eisernem Griff die Hand. »Liebe Frau Merbach«, ratterte er runter und überreichte Merle einen bemerkenswert hässlichen Blumenstrauß. »Ich und das Team der *Happy Bank* gratulieren Ihnen ganz herzlich zu Ihrem Ehrentag!« An dem Blumenstrauß, der aus fünf gelben, bereits verwelkenden Tankstellen-Tulpen bestand, baumelte ein Flyer für finanzielle Alterssicherung.

Hinter Herrn Ludwig schob sich ein totenbleiches Wesen in den Raum, das Merle seltsam bekannt vorkam. War das nicht die Mutzke? Mit ihrer ausgemergelten Figur, dem bleichen Gesicht mit den dunkelviolett geschminkten Lippen, umrahmt von unglaubwürdig schwarzen Haaren, sah sie aus wie ein Vampir, der dringend neues Blut brauchte – oder wie ein beerdigtes und wieder ausgebuddeltes Mitglied der Addams Family.

Merle hatte ihre Ex-Chefin zwanzig Jahre nicht gesehen, nur immer wieder in der Zeitung von ihr gelesen. Unfassbar, wie klein die geworden war! Wie zerbrechlich – und wie dünn! Sie war ganz in Künstlerschwarz gekleidet, und ihre übertrieben weiß gebleachten Zähne leuchteten grell wie Scheinwerfer aus ihrem Mund. Aufgrund zahlreicher Liftings und Hyaluron-Behandlungen war ihr Alter undefinierbar geworden. Es lag irgendwo zwischen siebzig und neunzig, vermutete Merle.

Die Mutzke schob sich an einem goldenen Rollator in den Saal, an dem vorne ein mit rotem Samt ausgelegtes Körbchen angebracht war. Darauf thronte Chardonnay, ihr mit Strass behängtes Chihuahua-Hündchen, das genauso berühmt war wie sie selbst. Mona Mutzke, oder auch MM, wie sie in Medienkreisen ehrfürchtig genannt wurde, galt als einflussreichste PR-Frau der Nation. Bösen Zeitungsberichten zufolge trank »Charlie« nur spirituell energetisiertes Mondwasser, sein Halsband hatte den Wert einer Eigentumswohnung, und eine Tierpsychologin sorgte für Koordination und Realisation seiner diversen Pediküre-, Friseur- und Physiotherapie-Termine. Ein eigener Koch bereitete ihm täglich kreative Menüs zu, die sorgfältig auf seinen empfindlichen Magen abgestimmt waren. Merle musste grinsen, als Mona näher an sie heranrollte und sie erkannte, dass Charlie ein Ozelot-Mäntelchen mit Leopardenmuster trug – und Mini-UGG-Boots!

»Mona, was für eine Überraschung!«, rief Merle und eilte zu ihr.

»Congrats, Darling«, brummte MM mit heiserem Transvestiten-Bass. Ihre Stimme hörte sich an wie ein schlecht gewarteter Schiffsmotor. »Sei froh über die Fünf vor der Null. Die Jubiläen danach sind nichts für Weicheier!«

Ihren Reichtum, der sich auch auf ihren Hund ergoss, verdankte MM ihrer beispiellosen Karriere als Berlins einflussreichste PR-Frau. Sie hatte im Laufe ihres Lebens so ziemlich alle Drogen und sexuellen Spielarten ausprobiert, die es gab. Seit einer schweren Lungen-OP war die ehemalige Kettenraucherin gesundheitlich angeschlagen, doch trotz ihrer Gebrechlichkeit schien sie irgendwie unzerstörbar. Merle hatte sie immer sehr gemocht, weil sie, wenn sie jemanden in ihr eisiges Herz geschlossen hatte (und das dauerte!), einen großartigen Humor und einen altersweisen, restlos abgeklärten Blick aufs Leben bot.

Hinter Mona erschien Birgit Wendler, Merles ehemalige Kommilitonin, die Merle nun um den Hals fiel. »Wie schön, dass wir uns endlich mal wiedersehen! Das hat deine Familie einfach super geplant«, lobte sie.

»Gibt's hier auch einen Sitzplatz, ich kann nicht mehr stehen!«, brummte MM und schaute sich empört um.

Der aufmerksame Erol Sander fing ihren Blick auf und geleitete sie an einen Tisch.

Merle warf ihrer Mutter einen scharfen Blick zu, doch die zuckte nur grinsend mit den Schultern und hob ihr Glas. Allmählich kapierte Merle, wie der Hase lief und was für ein Spiel hier gespielt wurde: Es war also alles geplant! Eine Überraschungsparty mit den Geistern ihrer Vergangenheit. Wie schrecklich!!

Aber für eine Auseinandersetzung mit ihren Eltern blieb Merle aktuell keine Zeit, denn nun ging es Schlag auf Schlag: Freundinnen, Kolleginnen, Cousins und Cousinen, Tanten und Onkels betraten den Saal – den größten Teil der Gäste hatte Merle seit mindestens zehn Jahren nicht mehr gesehen.

Was waren die alle alt geworden! Das war ja erschütternd! Beklommen fragte sie sich, wie sie selbst sich wohl verändert hatte. Entsetzen oder Enttäuschung in jemand anderes Augen zu lesen wäre furchtbar. Was hatte sie für optische Veränderungen durchlaufen, die ihr vielleicht gar nicht aufgefallen waren, weil sie sich ja jeden Tag im Spiegel sah?

Eso-Fanatikerin Sananda Madya, mit der Merle auf Mallorca mal einen Yogakurs belegt hatte, schwebte auf einer Patschuli-Wolke in den Raum, gefolgt von Max, Merles einziger »offenen« Beziehung, als sie Anfang dreißig gewesen war. Er wurde begleitet von einem äußerst gut aussehenden Typ, den Merle nicht kannte. Oder sich nicht mehr an ihn erinnerte?

Was für eine Vergangenheits-Overdose! Sie fürchtete, ohnmächtig zu werden. Das hier war der ultimative Albtraum! Was hatten ihre Eltern sich nur dabei gedacht? Deshalb also hatte Renate heute dauernd auf ihr Handy geguckt. Und deshalb hatten die beiden sich den ganzen Tag so verschwörerisch zugeblinzelt.

»Seid ihr wahnsinnig?«, fuhr sie ihre Eltern an. »Wer kommt denn noch alles?«

»Alle Menschen, die in deinem Leben eine Rolle gespielt haben, mein Schatz«, flötete ihre Mutter, sichtlich begeistert von dem Happening, das sie angezettelt hatte. »Fünfzig Jahre – fünfzig Menschen ...«

Merle riss die Augen auf und schnappte nach Atem. Das konnte einfach nicht wahr sein. Sie hatte sich so sehr einen ruhigen Abend gewünscht. Sie wollte etwas Wütendes entgegnen, doch der Raum um sie herum begann, sich zu drehen. Ihr Hals war wie zugeschnürt. Schweiß lief ihr den Rücken hinab, ihr wurde übel.

»Ich muss auf die Toilette«, sie Merle panisch und flüchtete aus dem Raum.

7

Im Damen-WC setzte sie sich in eine Kabine, verschloss die Tür und atmete erst mal tief durch. Dem Atem nachspüren, die Luft tief ins Zwerchfell ziehen – das hatte sie im Yogakurs gelernt. Was sollte sie denn jetzt bloß machen? Durchs Klofenster flüchten? Nie mehr aus dieser Toilette kommen? Nein, das waren keine Optionen! Sie musste sich stellen, schließlich hatten ihre Eltern es nur gut gemeint. Sie hoffte nur, dass sie keinen Nervenzusammenbruch kriegen würde. Ach ja – und den Tisch in der *Sansibar* musste sie auch noch absagen. Sie zückte ihr Handy, wählte die Nummer und stornierte ihren Tisch. Leider!

Als sie aus der Kabinentür trat, hätte sie fast Wenke umgerannt. »Wenke! Sorry! Ich habe gar nicht gehört, dass jemand reingekommen ist!«

»Macht nichts«, schniefte Wenke und schob sich eilig an ihr vorbei.

Merle hörte, wie sie in der Kabine laut in ein Taschentuch trötete. Heulte die etwa immer noch?

Kopfschüttelnd machte sie sich auf den Weg zurück in

den Speisesaal, der sich bereits erstaunlich gefüllt hatte, und schaute sich ratlos um. Kellner mit Tabletts voller Champagner- und O-Saft-Gläser eilten durch den Raum und versorgten die Gäste mit einem Willkommensdrink.

Es hatten sich einzelne Gesprächsgruppen gebildet, und immer wieder stürmten Menschen aufeinander zu, fielen sich in die Arme und begrüßten sich ungläubig. Das Gesprächsgemurmel schwoll zu beeindruckender Lautstärke an, die die chillige Musik vollkommen übertönte. Auf dem Geschenketisch an der Wand stapelten sich die Präsente bereits zu einem riesigen Berg auf. Wen musste sie denn jetzt alles begrüßen?

War das dahinten nicht Frau Flindt? Ihre Grundschullehrerin? Meine Güte!! Und direkt hinter ihr ihre Nachbarin Gabi Schröder, mit der sie sich Kartäuser-Kater Moritz teilte, gefolgt von Jan Martens, Merles erstem »richtigen Freund«.

Merle machte sich auf den Weg, nacheinander alle Gäste willkommen zu heißen. Der Text war beidseitig stets der gleiche: »Wie schön!«, »Ich freue mich so!«, »Hast dich gar nicht verändert …«, » … sofort wiedererkannt«, »Gut siehst du aus!«, »Tolle Überraschung!« – und natürlich jede Menge Glückwünsche.

Plötzlich verstummte die Musik, und stattdessen ertönte ein lautes Klopfen aus den Lautsprechern. Die Gespräche verstummten. Ihr Vater stand in der Mitte des Saals und hielt ein Mikrofon in der Hand.

»Hallo? Könnt ihr mich hören?«

Die Gäste nickten oder stimmten mit »Ja«-Gemurmel zu.

»Ich begrüße euch ganz herzlich zu Merles Überraschungsparty!«

Gejubel und Geklatsche.

»Ich glaube, wir sind nun alle vollzählig, deshalb werden die Tische jetzt zu einem großen U zusammengeschoben, an dessen Kopf natürlich unsere Prinzessin sitzen wird!« Er zeigte auf Merle, die vor Verlegenheit rot wurde.

Die Gäste jubelten und klatschten erneut.

»Ich möchte, dass wir jetzt alle unsere Gläser erheben und auf unser Lieblings-Geburtstagskind anstoßen!«

Im Raum gingen alle Arme hoch, die ein Glas hielten.

»Herzlichen Glückwunsch, meine Süße!«, rief Rolf und prostete Merle zu, die ihm eine Kusshand zuwarf!

Alle Gäste drehten sich zu Merle um und riefen gemeinsam: »Herzlichen Glückwunsch!«

»Und nun«, säuselte Rolf und zeigte hinter sich, wo sich in diesem Moment wie von Geisterhand ein Vorhang zur Seite zog und den Blick auf ein eindrucksvoll üppiges Büfett freigab, » ... heißt es: Guten Appetit!«

Er lachte, und der Saal applaudierte ihm begeistert.

Merle stand wie versteinert auf der Stelle und fühlte sich total überfordert. Sie brauchte dringend mehr Alkohol.

Nachdem die Tische neu positioniert waren und die Gäste gierig das Büfett stürmten, ließ sie sich erschöpft auf ihren Platz fallen und holte erst mal tief Luft. Dankbar nahm sie Erols aufmerksames Angebot an, ihr Champagnerglas aufzufüllen.

Das waren eindeutig viel zu viele Eindrücke und viel zu viel Vergangenheit. Mit jedem einzelnen Gast hätte sie mindestens eine Woche reden müssen, um die Vergangenheit aufzuarbeiten. Das war nicht zu schaffen, und das würden ihre Nerven auch gar nicht aushalten. Also was tun? Von Stuhl zu Stuhl gehen und mit jedem reden? Wenn sie mit jedem der fünfzig Gäste nur fünf Minuten Small Talk hielt, wäre sie über vier Stunden beschäftigt, kalkulierte sie schnell durch. Das war nicht zu machen – und fünf Minuten waren auch viel zu kurz! Was dann? Einfach alles laufen lassen und warten, was passierte? Merle exte ihr Glas. Es war ihr Geburtstag, und an dem sollte es doch eigentlich maßgeblich um SIE gehen, oder? Also hatte sie das Recht, dafür zu sorgen, dass es ihr gut ging. Sie hatte definitiv keine Lust, die Geister ihres vergangenen Lebens wieder aufleben zu lassen. Sie würde jetzt einfach zwei weitere Gläser exen und sich von der sedierenden Wirkung durch den Abend tragen lassen, beschloss sie.

Und dann stand sie auf und ging zum Büfett.

8

Vor ihr in der Schlange erkannte sie Frank Böttcher, ihre Grundschulliebe, flankiert von Cordula, seiner Gattin.

»Merle, da bist du ja!«, freute sich Frank und umarmte sie. »Alles, alles Liebe zum Geburtstag!«

»Von mir auch«, strahlte Cordula und nahm sie ebenfalls in den Arm. »Das ist ja eine fantastische Location hier«, lobte sie bewundernd.

»Und ein fantastisches Büfett«, ergänzte Frank anerkennend und widmete sich wieder konzentriert der Befüllung seines Tellers. Offenbar hatte er Hunger. Cordula zuckte entschuldigend mit den Schultern und folgte ihm.

Frank sah dem Jungen, in den sich Merle mit sechs unsterblich verliebt hatte, immer noch ähnlich. Nur die Haare waren grau, und die Falten in seinem Gesicht zeugten von einem glücklichen Leben. Merle dachte zurück an einen bestimmten Tag im Sommer 1979, denn das war der Tag gewesen, an dem Merle aufgehört hatte, ein Junge sein zu wollen. Weil Frank Böttcher an ihrer Tür geklingelt hatte.

Erinnerungen kamen hoch, während Merle sich einen Teller griff und das Speisenangebot inspizierte.

Merle war damals sechs, und Frank war sieben. Er kam fast jeden Nachmittag zu Merles Tante, um ihren Cousin zum Fußballspielen abzuholen. Er hatte riesige braune Augen und schwarze Haare, und eines Nachmittags kam er wegen Merle. Nur wegen Merle! Sie hatten ein Date auf der Hängematte unter dem Pflaumenbaum im Garten des kleinen Hauses in einem Hamburger Vorort. Es war der perfekte Tag. Es stimmte alles: der Sommer, die Sonne, der Blütenduft, das langsame Schaukeln der Hängematte, das Vogelzwitschern, das S-Bahn-Rauschen aus der Ferne – und ihr schüchternes Lächeln, ihre unsicheren, unschuldigen Blicke. Es war warm in Merles Bauch gewesen, ein Gefühl, das ihr wie Fanta-Perlen in den Kopf stieg und sie ganz beschwingt und leicht machte. Sie kannte dieses Gefühl bis dahin nicht. Aber sie verstand es sofort: Es war ihr erstes Gefühl von Liebe. Ganz sicherer, unumstößlicher Liebe – ein unirritierbares, unzerstörbares, gegen jeden Zweifel und alle Zeiten gefeites Gefühl.

Nach diesem Nachmittag ging es nicht weiter. Sie waren beide in der ersten Klasse der Grundschule und konnten Liebe weder begreifen noch umsetzen. Frank begleitete Merle bis in die neunte Klasse des Gymnasiums – aber sie hatten nie wieder einen gemeinsamen Nachmittag. Auf Klassenfotos stand er immer blass an der Seite, in einem schrecklichen Hemd mit viel zu großem Kragen. Er war ein stiller, sehr schüchterner Junge. Und Merle war viel zu wild für ihn. Er wirkte irgendwie zerbrechlich, das zog Merle sehr an. Auf Flaschendrehen-Geburtstagen und Jungs-im-Mädchenzimmer-Events auf Klassenreisen hatte sie mehrfach versucht, ihn zu kriegen. Aber er ließ sich nicht fangen. Vielleicht fand er sie ja auch doof. Irgendwann war er dann plötzlich mit einer ganz biederen Cordula aus der Parallelklasse liiert. Und Merle wechselte wegen eines Umzugs nicht nur die Schule, sondern auch die Stadt und verlor ihn komplett aus den Augen. Und aus dem Herzen. Die Welt ist voller Franks, glaubte sie damals. Das war ein Irrtum. Frank gab es nur einmal.

Merle schaute auf seinen grau melierten Hinterkopf vor ihr am Büfett. Wäre er die Liebe ihres Lebens gewesen? Hätten sie zusammen unendlich niedliche Kinder mit schwarzen Knopfaugen gekriegt?

Als vor ein paar Jahren eine von Merles besten Freundinnen per Zufall ihren Jugendfreund wiedertraf und ihn drei Monate später heiratete und *Stay Friends* sie außerdem beharrlich mit E-Mails ehemaliger Klassenkameraden bombardierte, hatte sie beschlossen, Frank wiederzusehen. Gesagt, aber nicht getan. Denn Frank war nicht zu finden. Merle googelte ihn in allen Variationen seines Nachnamens, suchte bei der Auskunft, schrieb über *Stay Friends* ehemalige Klassenkameraden an und forschte nach seinen Eltern. Ergebnislos. Frank schien verschollen. Auf Klassentreffen war er nie erschienen, und seine Eltern waren unbekannt verzogen. Waghalsige Visionen einer Doppelexistenz im Kronzeugen-Schutzprogramm oder als Terrorist mit ständig wechselnden Identitäten spulten sich damals in Merles Kopf ab. Stille Wasser waren bekanntlich tief – wer wusste schon, wo Frank gelandet war? An die alternative traurige Möglichkeit, die der Grund sein konnte, mochte Merle nicht denken. Frank lebte – sie musste ihn nur finden.

In den folgenden Wochen hatte sie unerwartete Sherlock-Holmes-Qualitäten in sich entdeckt, hatte ihren Cousin um hilfreiche Hinweise drangsaliert – und nach vier Wochen intensiven Suchens und Bekannten-Nervens über tausend Umwege schließlich Franks Schwester Gudrun aufgespürt. Und damit hatte Merle sie – seine Nummer! Und die Mitteilung, dass er sich auf ihren Anruf freue. Er hatte den Namen seiner Frau angenommen – deshalb war er nicht zu finden. Cordula Schneider. CORDULA!!! Genau die Cordula, mit der er schon mit fünfzehn liiert war …

Einen Tag und zwei Mutmach-Gläser Rotwein später rief sie ihn an. Cordula nahm ab. Merle sagte ihren Namen und fragte nach Frank. Cordula legte den Hörer beiseite, um ihn zu holen.

»Merbach, Merbach – sind wir mit der nicht mal zur Schule gegangen?«, hörte Merle Cordula im Hintergrund fragen. Ihre Stimme bekam plötzlich einen misstrauischen Unterton.

Frank brummte irgendwas, Merle hörte Schritte – und dann war er dran. Merle versuchte, sich an seine Stimme zu erinnern. Oder irgendetwas IN seiner Stimme. Aber als er sie begrüßte, erkannte sie nichts. Sie hatte ja auch viel zu selten mit ihm gesprochen.

Frank klang sehr nett. Frisch und unkompliziert. Er freute sich, dass sie anrief, und hatte Lust, sie wiederzusehen. Sie verabredeten sich für die nächste Woche. Merle sollte auf einen Kaffee vorbeikommen. Als sie auflegte, fühlte sie sich ein bisschen wie ein Stalker. Bis dahin hatte sie sich noch nie selbst bei jemandem eingeladen …

Merle schaufelte sich mechanisch Mozzarella-Tomate und gegrillte Champignons auf den Teller und hing weiter ihren Erinnerungen nach …

An einem sonnigen Samstag hatte sie sich auf den Weg gemacht. Frank und Cordula wohnten in einem kleinen Dorf in Norddeutschland – zwei Stunden von Hamburg entfernt. Zu den Klängen von Donavon Frankenreiter rauschte Merle durch traumhafte Landschaften und fragte sich, wie er wohl aussähe. Wie er lebte, wie verkrampft das Treffen wohl sein würde, wenn Cordula danebensäße, und was mehrere Jahrzehnte Cordulaisierung wohl mit ihm angerichtet hatten. Sie stellte sich vor, wie er mit siebzehn gewesen war. Mit fünfundzwanzig – und mit dreißig. Wie sich sein Körper verändert hatte. Und sein Gesicht. Fünfunddreißig Jahre lagen zwischen ihnen – ganz schön viel Zeit …

Erwartete sie, dass er ihr seine langjährige Liebe gestand? Dass er Cordula nur geheiratet hatte, weil er sie, Merle, nicht gekriegt hatte? Hoffte sie, dass auch ihm sich der Nachmittag unter dem Pflaumenbaum für immer ins Herz gebrannt hatte? Und dass sie dafür nun endlich die Worte finden würden, die sie als Kinder nie gehabt hatten?

Merle fuhr durch einen Wald, passierte einen See – und parkte vor einem roten Klinkerhäuschen. Der Garten sah traumhaft aus, tausend Blumen und alte Bäume, Kies knirschte unter ihren Schuhen, als sie mit klopfendem Herzen zur Haustür schritt. Sie klingelte – und dann stand er vor ihr! Frank Böttcher – ihre Kinderliebe. Groß, hübsch – und sehr herzlich. Ein schrecklicher Moment. Krampfhaft rang Merle um Unverkrampftheit, faselte etwas von schöner Fahrt, schüttelte seine warme Hand und suchte in seinen immer noch so großen schwarzen Augen nach Erkennen.

Er war immer noch schlank, hatte immer noch die vollen Haare – nur etwas grauer – und immer noch sein schüchternes Lächeln. Er trug ein weißes T-Shirt und beige Arbeitshosen, an deren Knien Erde klebte.

»Schön, dich zu sehen«, sagte er und bat sie hinein.

Drinnen war es gemütlich und roch nach Kaffee. Überraschend herzlich (sie kannten sich als Kinder ja gar nicht) nahm Cordula sie in den Arm und strahlte sie an. Merle fand sie unglaublich nett, locker, sympathisch und gar nicht bieder – und war verwirrt.

Bei Kaffee und selbst gebackenem Apfelkuchen erzählten Frank und Cordula ihr ihre Lebensgeschichten. Die beiden hatten sich tatsächlich nie getrennt, hatten zusammen studiert, in verschiedenen Städten gewohnt – und waren nun hier gelandet, auf diesem traumhaften Flecken Erde. Frank arbeitete seit ein paar Jahren als Landtierarzt. So einer, der mit kleinen Kälbern spricht und kranke Katzenbabys impft. Wie romantisch. Merle kam sich vor, wie in einem Inga-Lindström-Film. Sie in Schweden, kurz vor dem Finden ihres Traummannes!

Zwei Knopfaugen-Kinder, die plötzlich mit lautem Gebrüll um die Ecke schossen, rissen sie aus ihrem Tagtraum. Ein Sohn und eine Tochter – Cordula ging mit ihnen raus zum Kaninchenfüttern.

Und dann hatte Merle endlich den Mut, Frank die Frage aller Fragen zu stellen: »Weißt du, dass du meine erste große Liebe warst?«

»Echt?«, antwortete er und ließ überrascht seine Kaffeetasse sinken.

»Erinnerst du dich an diesen Nachmittag, damals in der Hängematte, im Garten meiner Tante?«

»Welchen Nachmittag?«

»Du kamst doch immer wegen meinem Cousin, weißt du noch?«

»Ja«, sagte Frank.

»Und einmal kamst du wegen mir! Und dann saßen wir unter dem Pflaumenbaum in der Hängematte ...«

»Daran kann ich mich, ehrlich gesagt, überhaupt nicht erinnern«, lachte Frank verlegen. »An das Haus deiner Tante schon. Und auch an deinen Cousin. Aber an diesen Nachmittag?«

Zack! Das saß! Das musste Merle erst mal mit einem großen Schluck Kaffee verdauen.

»Erinnerst du dich denn an mich?«, versuchte sie, ihre Verlegenheit zu überspielen. »Fandest du mich gut als Kind?«

»Ich kann mich jedenfalls nicht erinnern, dich nicht gemocht zu haben«, antwortete Frank diplomatisch. »Du hattest doch so lange braune Haare, oder?« fragte er und lächelte sie dabei mit seinem ganz speziellen Frank-Lächeln an.

Und Merle hätte ihm sofort wieder verfallen können, die Sache war nur die: Als Kind waren ihre Haare kurz.

Und blond.

9

»Merle! Mensch, wir haben uns ja ewig nicht gesehen! Du hast ein total helles Manipura-Chakra! Toll! Gut siehst du aus!« Eso-Freundin Sananda Madya, die mit bürgerlichem Namen eigentlich Julia Müller hieß, riss Merle so lautstark aus ihren Erinnerungen, dass sie fast ihren Teller fallen ließ.

»Julia, Pardon, ich meine: Sananda, du siehst aber auch sehr ...« Merle stotterte. Sie konnte noch nie gut lügen. Julia sah einfach schrecklich aus: Ihre Rastafrisur erinnerte an explodiertes Lametta, und das bunte Tuch, das sie sich als Haarband um den Kopf gewickelt hatte, rettete auch nichts mehr. Außerdem hatte sie sich total im Make-up vergriffen – oder sie war farbenblind: Rosa schillernder Lidschatten kontrastierte mit orangem Lippenstift und dunkelbraunem Rouge. Vielleicht war das ja in der Eso-Szene gerade der letzte Schrei. Merle konnte gar nicht hinsehen. Und dann noch dieser penetrante Patschuli-Gestank ...

»Isst du etwa Fleisch?«, schrie Julia entsetzt, als sie auf Merles Teller eine Scheibe Roastbeef entdeckte. »Ich bin seit zwanzig Jahren Veganerin! Ich kann einfach nichts essen, das zwei Augen hat!«

»Dann iss doch Tintenfisch, der hat nur eins«, wollte Merle antworten, begnügte sich aber mit einem neutralen »Hm«. Wie ferngesteuert schaufelte sie sich Calamari und Scampi auf den Teller und sorgte sich um ihren Blutdruck. Was für ein Stress! Hunger hatte sie keinen, aber sie musste dringend vor Julia fliehen, bevor die auf die Idee kam, sich neben sie zu setzen.

Auf dem Rückweg zum Tisch versuchte sie, sich zu sammeln. Renate und Rolf saßen zwei Stühle weiter und winkten ihr vergnügt zu. Wutentbrannt stürmte Merle auf sie zu.

»Sagt mal, was fällt euch eigentlich ein?«, schimpfte sie. »Was für eine durch und durch furchtbare Idee! Ich hatte mich so auf einen ruhigen Abend mit euch gefreut!«

»Was?« Renate ließ entsetzt ihre Gabel sinken. Tränen standen in ihren Augen. »Aber wir dachten, du freust dich, wenn ...«

»Mädels! Reißt euch zusammen! Die Leute gucken schon«, zischte Rolf und winkte so aufgesetzt fröhlich in die Runde wie ein drittklassiger Gebrauchtwagenverkäufer.

»Freust du dich denn gar nicht?« fragte Renate, ehrlich bestürzt.

»Nein, ehrlich gesagt, überhaupt nicht«, erwiderte Merle schroff. »Aber es nützt ja nichts. Da muss ich jetzt wohl durch!« Beleidigt marschierte sie zurück zu ihrem Platz und ließ ihre verdutzten Eltern ratlos zurück.

Links neben ihrem Platz saß nun Mona Mutzke – und zu ihrer Rechten hatte sich ausgerechnet Jan niedergelassen, ihr erster »richtiger« Freund. Der blonde Sonnyboy, den Merle mit siebzehn kennengelernt hatte und in dessen Armen sie zwei traumhaft schöne Sommer verbracht hatte. Er war der erste Mann, mit dem sie geschlafen hatte. Über zwanzig Jahre war es her, dass sie ihn zum letzten Mal gesehen oder von ihm gehört hatte.

»Merli! Ich freue mich so!«, umarmte er sie herzlich. Sein Gesicht, sein Lächeln – genau wie Frank Böttcher sah auch Jan im Grunde noch aus wie früher! Nur die Haare, die Rod-Stewart-Strubbelfrisur – sie fehlte. Er war so kahl wie Meister Proper.

»Du hast dich gar nicht verändert!«, strahlte er sie an und drückte ihr Küsschen links und Küsschen rechts auf die Wangen. Merle fühlte seine Bartstoppeln und roch sein Rasierwasser. Ein teures, wie sie feststellte.

»Lass dich mal anschauen«, sagte Jan, legte ihr die Hände auf die Schultern und schob sie mit ausgestreckten Armen von sich weg, um sie genauer betrachten zu können. »Nicht zu fassen«, rief er begeistert. »Ich glaube, du bist die attraktivste Fünfzigjährige, die ich je gesehen habe!«

»Du Charmeur!«, murmelte Merle geschmeichelt.

»Komm, setz dich«, sagte Jan und rückte ihr den Stuhl zurecht. »Dein Essen wird ja ganz kalt!«

»Antipasti SIND kalt, Janni«, klugscheißerte Merle und setzte sich.

Jan verdrehte die Augen, setzte sich ebenfalls und hob sein Glas. »Auf dich und einen wunderschönen Abend«, strahlte er, und sie stießen an.

»Guten Appetit!«, wünschte er und begann hungrig, seinen Teller zu leeren.

»Dir auch einen guten Appetit, Mona«, rief Merle der Mutzke zu, die mit dem Kopf fast auf ihrem Teller hing und offenbar versuchte, die Nahrungsmittel ohne Brille zu erkennen. »Wie schön, dass du neben mir sitzt!« Sie schenkte der alten Dame ein strahlendes Lächeln, was diese nur mit einem mürrischen Nicken quittierte.

»Jaja«, knurrte sie und spießte mit zitternder Hand ein Stück gegrillte Paprika auf. Konzentriert versuchte sie dann, es durch die offenbar schwer zu überbrückende Hürde ihres Gebisses zu bekommen.

»Kann ich dir helfen?«, erkundigte Merle sich besorgt.

»Das Essen hier ist nichts für mich, Schätzchen«, sagte die Mutzke und ließ tatterig ihre Gabel sinken. »Viel zu fett und angebrannt! Hast du nicht ein Döschen Kaviar für mich – und ein, zwei Kanapees? Die mag Charlie auch am liebsten ...«

»Äh ...«, stotterte Merle.

»Ach ja, würdest du ihm ein bisschen Mondwasser in sein Näpfchen schütten?« Sie kramte eine kleine goldene Schüssel aus dem Rollator-Körbchen hervor und gab sie Merle.

»Und was ist das für eine Plörre hier?«, deutete Mona auf ihr Glas. »Habt ihr keinen *Ruinart*?«

»Doch, bestimmt«, sagte Merle und schaute sich um, um einem Kellner zu winken.

»Würdest du Charlie bitte zum Wasser setzen?« Mona

schälte den verkleideten Hund aus seinem Samt-Thron und reichte ihn Merle rüber.

»Natürlich!« Merle griff sich das röchelnde Fellbündel und setzte es auf den Boden, wo es mit seiner winzigen Zunge Wasser schlappte. Das Tier war das einzige Wesen auf dieser Welt, für das Mona zärtliche und fürsorgliche Gefühle hegte, munkelte man. Angeblich hatte sie ihn sogar in ihr Testament aufgenommen.

»Und jetzt reich mir mal meine Handtasche!«, befahl die Mutzke in tiefem Bass.

Merle fischte das exklusive Vuitton-Stück vom Boden und stellte es MM auf den Schoß. Die Tasche war überraschend schwer.

»Danke, mein Kind!«

»Gerne!«

Lustlos stocherte Merle auf ihrem Teller herum, schob sich schließlich eine Mozzarella-Kugel in den Mund und registrierte im Augenwinkel, das MM einen Flachmann aus ihrer Tasche kramte, aufschraubte und an den Mund setzte.

»Wow! Das Vitello tonnato schmeckt echt super«, rief Jan begeistert mit vollem Mund und machte sich gierig über den Rest seiner Portion her. MM hatte mehrere tiefe Schlucke von dem vermutlich hochprozentigen Inhalt ihres Flachmanns genommen und verstaute ihn wieder in ihrer Tasche.

10

Merle beobachtete Jan heimlich von der Seite. Er wirkte viel kerniger, männlicher und dominanter als früher. Auch seine Schultern kamen ihr breiter vor. Sie konnte kaum fassen, dass er immer noch so gut aussah wie mit neunzehn. Gut, ein paar Falten waren dazugekommen, aber er schien nicht ein Gramm zugenommen zu haben. Er war durchtrainiert wie immer, kein Bäuchlein, kein Hängehintern. Überrascht registrierte sie jedoch die schwarzen Haare, die über seinen Handgelenken unter seinen Hemdsärmeln hervorblitzten. Die waren neu. Wurden Männer mit jedem Jahr haariger?

Verdamp lang her – zu dem unseligen BAP-Hit hatten sie sich damals auf einer Sommerparty kennengelernt. Merle war siebzehn und Jan neunzehn. Es gab noch keine Handys, keine Intimfrisuren, keine Computer ... Merle erinnerte sich an die Morgenstunden, an denen sie in seinem Elternhaus in der olivgrün gekachelten Dusche standen. Eingeschäumt, lachend, glücklich.

Sie dachte an die Sommerferien-Urlaube in klapprigen Autos und windschiefen Zelten. An seine tiefbraune Haut und seine blonden Wuschelhaare. Im Ehebett seiner Eltern hatte sie mit ihm den ersten Orgasmus ihres Lebens gehabt, der sich anfühlte wie Schluckauf im Unterleib, weil sie überhaupt nicht aufgeklärt war. Das hatte sie ihm nie erzählt. Sie schaute ihn von der Seite an und musste grinsen ...

Der Mann mit den Zauberhänden. Lange hatte sie geglaubt, nur er könne sie zum Höhepunkt bringen – bis sie es irgendwann mal selbst probierte.

Ihre Liebe hielt zweieinhalb Jahre. Dann flog Merle durchs Abitur – und in andere Arme. Sie wechselte die Schule – und den Besitzer ihres Herzens. Der hieß nun Marcus – und war auch sehr süß.

Jan tupfte sich mit der Serviette die Lippen ab und schob seinen Teller von sich. »Boah – das war gut!« Er faltete die Serviette und legte sie auf den Tisch.

»Erzähl! Wie ist es dir so ergangen?«, fragte er und wendete sich Merle zu.

Während ein Kellner ihre Gläser auffüllte, klopften sie gegenseitig den Lebens-Status-quo ab. Jan war seit elf Jahren verheiratet und hatte zwei Kinder. Außerdem eine Führungsposition in einem Medien-Unternehmen. Er war also erfolgreich und gesettled.

Das Gespräch war schön, warm, nah – und Merle entspannte sich ein wenig. Irgendwie war es ja doch ganz nett, ihre Vergangenheit zu treffen, fand sie plötzlich. Sie fühlte sich wie ein Teenager, aber mit dem Wissen von heute. Geschult und präzisiert durch all die Therapien, Beziehungsschlachten und Lebenserlebnisse. Irgendwie »altersmilde«. Meine Güte, war das alles lange her: dreiunddreißig Jahre!

Eine Ewigkeit! Was war sie damals doch unbeschwert gewesen – und das Leben ein einziges aufregendes Abenteuer.

Während Jan mit seinen immer noch strahlend weißen Zähnen aus seinem Leben erzählte, flackerten Bilder ihrer Liebe in Merles Kopfkino auf: wie sie ihn gezwungen hatte, ihr einen Pulli zu stricken, damit er endlich mal etwas nur für sie tat – und er es tatsächlich auch getan hatte. (Wo war der Pulli eigentlich?)

Wie sie nachts nackt im See gebadet hatten. Wie sie neben dem furzenden Hund seiner Eltern auf die Autorückbank gesperrt einen Familienausflug überstehen musste. Wie er sich mutig mit gerade erst erworbenem Führerschein in die »Alufolie« ihrer Mutter (so hatten sie deren Mazda-Kombi getauft, weil dessen Blech so dünn war) setzte, um mit ihr zu Ikea zu fahren. Seine sexy durchtrainierten Beine in seinen Sportshorts beim Fußballspielen, ihre endlosen Knutscharien im Auto vor dem Haus ihrer Eltern ...

»Warum haben wir uns eigentlich getrennt?«, fragte Jan plötzlich.

Merle zuckte zusammen. »Das war halt so«, antwortete sie stotternd. »Es war irgendwie vorbei, und dann macht man eben einfach Schluss.« Unkompliziert. Leicht. Undramatisch. So hatte sie es zumindest empfunden. Das Leben war prall und übervoll, die Welt stand offen.

»Du hattest ja sofort den Nächsten«, sagte Jan und lachte dabei. Seine Augen lachten nicht. Zwei Jahre war er nach der Trennung alleine geblieben, erzählte er. Merle hatte ihm wehgetan und es noch nicht mal gemerkt.

Das konnte ja wohl nicht wahr sein – erst Wenke und

jetzt auch noch Jan! Wie viele gebrochene, traumatisierte Herzen hatte sie bitte hinterlassen, ohne es zu merken? War sie damals wirklich so tumb gewesen?

»Ich hole mir den Hauptgang, kommst du mit?«, fragte Jan und stand auf.

»Ja«, sagte Merle. »Soll ich dir auch noch etwas mitbringen, Mona?«, erkundigte sie sich bei ihrer betagten Sitznachbarin.

»Ach ja, Schätzchen. Das wäre sehr lieb«, brummte die alte Dame mit rauer Stimme. »Etwas Entenfilet, bitte! Und könntest du mir einen Gin Sour ordern? Ich gehe mal kurz eine rauchen.«

Ächzend erhob sie sich und schleppte sich in gebeugter Haltung an ihrem Rollator aus dem Saal. Sie hatte doch schon ordentlich getankt, wunderte sich Merle. Und jetzt noch einen Schnaps? War doch egal, schalt sie sich. Queen Mum hatte doch auch täglich Gin getrunken.

Merle bestellte beim Kellner einen doppelten Gin Sour und folgte Jan ans Büfett. Es gab unter anderem Ente, Rinderfilet, Backhendl, gegrillten Lachs – und Tofuschnitzel für die Vegetarier.

»Himmel, ist das alles köstlich!«, rief Frau Perlebach begeistert. Herr Ludwig nickte zustimmend und schaufelte sich gierig einen Riesenberg Filet auf seinen Teller.

»Es wäre schön, wenn wir uns nachher noch kurz unterhalten könnten, liebe Frau Merbach«, wandte er sich Merle zu, die wie hypnotisiert auf den Soßenfleck auf seiner Wange starrte. *Sagen Sie jetzt nichts, Hildegard.* Merle musste grinsen.

»Ich habe da ein sehr interessantes Angebot für Sie vorbereitet ...«

»Ich glaube, das ist hier nicht der geeignete Rahmen für geschäftliche Gespräche, Herr Ludwig«, entgegnete Merle schroff und deutete auf seinen Teller. »Ihr Filet wird kalt!«

»Oh! Ja!« Erschrocken riss er seinen Teller hoch, wobei ihm fast sein Fleisch-Gebirge auf den Boden fiel. »Vielen Dank!« Betreten eilte er davon.

Merle ließ sich für MM Ente und für sich selbst etwas Backhendl geben und ergänzte es mit gegrilltem Gemüse und Salat. Sie balancierte die Teller zurück zum Tisch, stellte den Teller mit Entenbrust und Salat auf Mona Mutzkes Platz ab und setzte sich wieder.

Jan schaufelte bereits konzentriert Rinderfilet und Scampi in sich hinein.

»Oh, Surf 'n' Turf?« lachte Merle. »Schmeckt's?«

»Sehr gut«, nickte Jan kauend und strahlte mit vollem Mund.

11

Merle machte sich an ihrem Huhn zu schaffen und schaute sich an der langen U-Tisch-Tafel um. Die meisten Gäste aßen konzentriert – oder unterhielten sich. Aber huch? Was war denn das? Sie hatte sich in den Augen von dem hübschen Begleiter von Max verheddert, der sie anlächelte. Hatte der sie etwa beobachtet? Er sah aus wie Brad Pitt! Merle fühlte, wie sie rot wurde, und ärgerte sich darüber. Warum musste ihr Körper mit nun mittlerweile fünfzig Jahren immer noch diese verräterische Teenie-Reaktion produzieren? Schnell drehte sie sich zu Jan und versuchte, sich mit einer Frage an ihn abzulenken.

»Meinst du, wir wären heute immer noch zusammen?« Etwas Besseres war ihr auf die Schnelle nicht eingefallen. Zu ihrer Überraschung schien Jan die Frage sehr ernst zu nehmen. Er legte sein Besteck beiseite, drehte sich zu ihr und schaute sie mit hochgezogenen Augenbrauen an.

»Keine Ahnung, Merle!«, sagte er. »Was meinst du, wie oft ich mich das gefragt habe … Du warst jedenfalls meine erste große Liebe!«

Große Liebe – meine Güte, wie dramatisch das klang!

Das konnte sie von sich nicht sagen. Sie war verliebt gewesen – das schon. Aber große Liebe? Der Mann fürs Leben? Nein, das war Jahrzehnte später Jonas gewesen. Leider!

»Aber dann hättest du doch deine heutige Frau nicht kennengelernt«, entgegnete Merle diplomatisch und deutete auf Jans Ehering.

»Ach, na ja …«, seufzte er und ließ Merle im Unklaren, wie diese Lautäußerung zu werten war.

»Bist du liiert?«, wollte er wissen. Die Frage hatte er bislang seltsamerweise noch nicht gestellt, obwohl Merle sich quasi sofort nach seinem Beziehungsstatus erkundigt hatte.

»Nein, ich bin seit drei Jahren Single.«

»Warst du verheiratet?«

»Nein, aber fünfzehn Jahre liiert. Er sitzt da drüben, mit seiner neuen jungen Freundin«, sagte Merle und deutete auf Jonas. »Lisa heißt sie und lischbelt ein wenig.«

»Idiot!«, entfuhr es Jan. »Wie kann man eine Frau wie dich gehen lassen?

»Ach, Jan …«

Zum ersten Mal an diesem Abend zog sie ihren Ex ernsthaft wieder in Erwägung. Alte Liebe rostete nicht, und aufgewärmte Suppe schmeckte manchmal besser als frisch gekochte. Bei Ben Affleck und Jennifer Lopez hatte es im zweiten Anlauf doch auch geklappt … Hatten sie noch eine Chance? Merle musterte Jan, der auf sein piepsendes Handy eintippte.

So ein Blödsinn, schalt sie sich. Er war doch verheiratet, und sie wollte sicher keine Familie sprengen.

»Hast du Kinder?«, fragte Jan genau in diesem Moment

»Nein«, sagte Merle ertappt. »Aber eine Katze!« Das Klischee der Singlefrau um die fünfzig.

»Dein Essen wird kalt!«, bemerkte Merle, bemüht um einen Themenwechsel, und deutete auf Jans Teller.

Schweigend aßen sie ihre Portionen. Jans Handy piepste erneut, und er machte sich daran, seine SMS zu beantworten, während ein Kellner ihre geleerten Teller abräumte.

»Komm, wir holen uns ein Dessert«, schlug Merle vor, als Jan sein Handy wieder wegpackte. »Ich brauche jetzt dringend was Süßes für meine Nerven!«

»Für mich nicht, danke«, sagte Jan und strich sich vielsagend über den Bauch. »Mit zweiundfünfzig verzeiht der Körper keine Kalorienbomben mehr.«

»Mit fünfzig schon noch«, lachte Merle, deutete ironisch auf ihren Hintern und machte sich auf den Weg zum Büfett. Er achtete anscheinend tatsächlich auf seine Figur – Hut ab!

Unentschlossen stand sie vor dem Dessertangebot und konnte sich partout nicht zwischen Mousse au Chocolat, Tiramisu und Crème brûlée entscheiden.

»Geht es dir auch so?«, fragte von hinten plötzlich eine wohlbekannte Stimme.

Merle zuckte zusammen. Die Stimme gehörte ihrer Ex-Kommilitonin Birgit. In Merles Studienzeiten war sie berühmt-berüchtigt für ihre wilden Partys, deshalb war ihre Wohnung »Biggis Bumsbude« getauft worden

»Ich leide unter schwerer Büfett-Panik«, lachte Biggi. Merles Blick blieb an ihrem übervollen Teller hängen, auf dem sich offensichtlich das gesamte Büfettangebot stapelte – professionell übereinandergeschichtet.

»Hä?«, rutschte ihr heraus.

»Na, vor Büfetts fühle ich mich immer total gehetzt«, erklärte Biggi, »weil ich alles probieren will und Angst habe, dass nichts mehr da ist, wenn ich mir zu viel Zeit lasse.«

»Äh …«, entfuhr es Merle ratlos.

»Und dann fülle ich mir einfach alles auf den Teller, was mir in die Quere kommt«, sagte Biggi. »Siehste ja!«

»Und da willst du jetzt auch noch ein Dessert drauf balancieren?«, fragte Merle entsetzt.

»Nee, dafür habe ich mir gerade einen Zweit-Teller geholt«, sagte Birgit. »Hältst du mal kurz?« Sie drückte Merle ihren Speisenberg in die Hand und befüllte in Windeseile einen anderen Teller mit allen Dessertvarianten.

»Bevor es weg ist – man weiß ja nie …«, zwinkerte sie Merle zu. »Am liebsten esse ich à la carte, weil jeder seine Portion serviert bekommt«, ließ sie ungefragt wissen.

War das jetzt eine Kritik?

»Danke, Süße«, flötete Biggi, nahm Merle den schweren Nahrungsberg wieder ab und tänzelte zurück zu ihrem Platz. »Zu viel von allem ist wunderbar – hat das nicht schon Ustinov gesagt?«, rief sie lachend über die Schulter, offenbar selig über ihre reiche Beute.

Angesichts von Biggis hektischer Gier verging Merle schlagartig der Appetit. Sie nahm sich nur etwas Tiramisu. Auf dem Rückweg sah sie im Augenwinkel, dass Jan sich zu ihren Eltern gesetzt hatte. Die beiden hatten ihn immer sehr gemocht – und ihre kleine Schwester Maren hatte ihn geradezu angehimmelt.

Wie schlecht Biggi ausgesehen hatte, wunderte Merle sich! Irgendwie total runtergekommen. Schlechte Zähne, stumpfe Haare und tiefe Derrick-Augenringe – dabei war sie damals eine der schönsten Frauen der Uni. Ich muss nachher unbedingt mal mit ihr reden, nahm Merle sich vor.

12

Als sie an ihren Tisch kam, saß dort endlich auch wieder die Mutzke und pikte konzentriert in ihrem mittlerweile sicherlich kalten Essen herum. Merle hatte sich schon etwas Sorgen gemacht, ob die nicht mehr ganz nüchterne alte Dame mit ihrem Rollator wohl draußen vom Kliff gestürzt wäre. Genug Feinde hatte sie ja vermutlich ...

»Warum hast du die Agentur eigentlich damals verlassen, Kindchen? Du warst wirklich begabt«, fragte MM, kaum dass Merle sich gesetzt hatte. Ihren Drink hatte sie bereits geleert.

Merles Erinnerung sprang zwanzig Jahre zurück: Sie war damals Max nach Hamburg gefolgt. Max, dem sie sexuell verfallen war. Es war eine wilde, leidenschaftliche Liebe gewesen, die sie an den Rand ihrer Kräfte brachte – und aufs Arbeitsamt. Einen neuen Job in der Hansestadt zu finden war alles andere als einfach. Wie oft hatte sie sich nach Berlin zurückgesehnt – in die Agentur von Mona Mutzke?

»Ach, Mona ...«, antwortete Merle geheimnisvoll. »Das ist eine lange Geschichte ...«

»Quatsch, Kindchen, das ist doch schnell erzählt! Da steckte Sex hinter? Stimmt's?«

»Was?« Merle glaubte erst, sich verhört zu haben, und schaute sie verblüfft an.

»Du hast mich schon verstanden, Schätzchen«, grinste die Mutzke. »Hinter solchen Hals-über-Kopf-Entscheidungen steckt immer wilde Leidenschaft«, wusste sie. »Wirklich schade, meine Liebe«, befand sie und winkte mit ihrem leeren Gin-Sour-Glas einem Kellner zu.

Sie hatte natürlich recht, gab Merle vor sich selbst zu und erinnerte sich an ihre ehemals beste Freundin und Kollegin Susanne, die einen One-Night-Stand mit Max gehabt hatte. Doppelter Herzensbruch für Merle. Danach hatte sie den Job geschmissen, um Susanne nicht mehr sehen zu müssen – und war Max nach Hamburg gefolgt, mit dem sie sich wieder versöhnt hatte. Die Beziehung hielt nur noch drei Monate. *The first cut is the deepest* – der erste Betrug war der schlimmste, seine wiederholten Flirts und Affären hatten Merle dann den Rest gegeben.

»Was machst du denn heute?«, fragte MM und spuckte beim Reden große Teile ihrer Entenbrust wieder aus.

Merle war froh, dass sie nicht zu nah saß. »Ich arbeite als Grafikerin bei Mettmann und Wilder.«

»Aha, und wie lange schon?«

»Seit achtzehn Jahren.«

»Was?? Ein Jammer! Du warst so eine begnadete Texterin …« Zufrieden nahm MM vom Kellner einen weiteren Gin Sour entgegen.

Eine begnadete Texterin? Sie? Das war Merle neu. Wenn

sie sich richtig erinnerte, hatte die Mutzke sie nie gelobt. Und hatte sie überhaupt mal was getextet? Ach ja, den Titel zu einem internationalen Musikevent auf Mallorca: *Rave für die Insel*. Der war ihr spontan auf einer Konferenz eingefallen. Dass sich die Mutzke das gemerkt hatte. Rave – gab es die Musikrichtung überhaupt noch?

Ein Kellner hielt ihnen ein Tablett mit Kaffee und Espresso vor die Nase, während ein anderer die Teller abräumte. Merle nahm sich eine Tasse Espresso.

»Oh, für mich bitte auch, Kindchen!«, forderte ihre Ex-Chefin.

»Liebe Leute, hört mal her!« Die Stimme ihrer Cousine Lona riss Merle aus ihren Erinnerungen. Lona stand am Ende des Raumes und hatte ein Mikro in der Hand. »Ich präsentiere euch nun die vermutlich größte Überraschung des Abends!« Sie drehte sich zur Seite und deutete mit großer Geste auf eine Trennwand, die sich in dieser Sekunde wie von Geisterhand zur Seite schob.

Hinter der Wand kam eine Bühne zum Vorschein – und auf der Bühne eine Band. Der Schlagzeuger klopfte die ersten Takte, und die Musiker legten los.

»Happy Birthday to you«, ertönte aus zwei weiblichen Kehlen, und Merle traute ihren Augen kaum, als links und rechts plötzlich ihre Schwestern Miriam und Maren auf die Bühne traten. Mit sanften Stimmen und in Slow Motion sangen sie den Geburtstagssong in ähnlichem Stil, wie ihn einst Marilyn Monroe für John F. Kennedy ins Mikro gehaucht hatte. Merle stiegen vor Rührung die Tränen in die Augen, ihr Hals war ganz trocken.

Direkt danach sangen sie den alten Geburtstagsklassiker *Happy Birthday Baby* von Tony Christie, den Merle stets so geliebt hatte.

I wish you every happiness
I hope you're feelin' fine
Now you'll have a real good time
And I wish you happy birthday baby, mine

Als die letzten Töne verklungen waren, verbeugten sich die beiden unter johlendem Applaus der Gäste, und Merle enterte tränenüberströmt die Bühne, um die beiden stürmisch zu umarmen.

»Ich glaub es nicht!«, rief sie. »Was für eine Überraschung!« Auch ihre Schwestern hatten mittlerweile feuchte Augen. Minutenlang hielten sich die Geschwister im Arm, bis Miriam sich schließlich löste.

»So, liebe Merle«, sprach sie in ihr Mikro. »Das ist aber natürlich noch nicht alles!«

Merle erbleichte. Was denn nun noch?

Miriam grinste, und Maren überreichte ihr einen türkisfarbenen DIN-A4-Ordner. »Dieser Ordner enthält zehn Gutscheine für deine persönliche Bucket List«, sagte sie.

»Da ist alles dabei, was man ab fünfzig erleben sollte«, ergänzte Miriam lachend. »Es beinhaltet unter anderem einen Fallschirmsprung, eine Wüstentour, einen Tauchkurs, ein Mitternachtsdinner im Wald, ein Wochenende im Nudisten-Camp – und vieles mehr, was du schon immer mal machen wolltest – beziehungsweise solltest!« Sie zwinkerte Merle zu.

»Ein Gutschein für einen Abend im Swingerklub ist natürlich auch dabei – und ein Lunch mit dem Hamburger Bürgermeister«, lachte Maren.

»Alle Gäste haben im Vorweg großzügig Geld dafür gespendet«, erklärte Miriam, »sodass wir genügend Bonität für fast alle Ideen hatten. Dafür möchte ich mich an dieser Stelle ganz herzlich bei euch bedanken!« Miriam verbeugte sich vor dem Publikum. Der Saal jubelte.

»Ich bedanke mich auch sehr herzlich«, sagte Merle ins Mikro. »Das ist wirklich ein wahnsinnig tolles Geschenk! Vielen, vielen Dank dafür!«

Die Gäste klatschten, bis die immer lauter werdende Dezibelstärke von Stevie Wonders *Happy Birthday* den Beifall langsam übertönte. Die ersten Mutigen strömten auf die Tanzfläche, und Merle nahm ihre Schwestern zur Seite.

»Sagt mal, seid ihr wahnsinnig? Du bist extra aus Thailand gekommen, Maren? Und du aus New York, Miriam? Was ist denn mit deiner Ausstellung? Hast du die etwa platzen lassen?«

»Ach, das war nur ein Fake«, winkte Miriam ab. »Ich musste ja mit Mutti hier alles vorbereiten. Weißt ja, wie schusselig sie ist …«

»Aber ich bin tatsächlich erst gestern Nacht aus Asien gekommen«, strahlte die tiefbraune Maren.

»Und wo hast du Leif gelassen?«, fragte Merle.

»Der passt auf unseren Bus auf. Aber ich soll dich ganz herzlich grüßen – und dir das hier geben. Moment!« Sie kramte in einem bunt bestickten Beutel, der vermutlich ihre Handtasche war. »Hier!« Sie hängte Merle eine Kette um. Es war ein Haifischzahn an einem Lederband. »Der soll Glück bringen! Alles Gute für dich, Schwesterherz«, küsste sie Merle innig auf den Mund.

Auf eine Leinwand wurden nun Fotos aus Merles Leben gebeamt, während laute Tanzmusik aus den Boxen dröhnte. Merle mit sieben, mit fünfzehn, mit dreißig. Merle mit kurzen und langen Haaren, mit Pickeln, mit Brille und mit Sonnenbrand. Glücklich und traurig, dick und dünn, geschminkt und ungeschminkt.

Merle konnte den Kurzabriss ihres Lebens kaum aushalten und rief kurz entschlossen, als von Sister Sledge *We are family, I got all my sisters with me* ertönte: »Kommt, Mädels, das ist unser Song! Jetzt rocken wir den Laden und mischen den Dancefloor mal so richtig auf!«

Sie zog ihre Schwestern auf die Tanzfläche, und die drei legten los. Unter phonstarkem »Juhuuu«-Gekreische enterte auch Eso-Fanatikerin Sananda die Tanzfläche und startete einen raumgreifenden Ausdruckstanz, in den sie sofort die arme Wenke und auch den hilflosen Herrn Ludwig verwickelte, der mit seinen Gliedmaßen so steif stakste, als wären sie komplett aus Holz. Merle bekam fast einen Lachkrampf, als sich auch noch laut juchzend und filmreif theatralisch die »Perle« zu dem Trio gesellte und sich mit Sananda quasi einen Ekstasetanz-Battle lieferte.

Angelockt durch die euphorische Stimmung auf dem Parkett, strömten immer mehr Tanzwillige herbei. Die Stimmung war aufgeheizt, der Saal kochte – und das ganz buchstäblich, denn die schwitzenden Körper ließen Raumtemperatur und Luftfeuchtigkeit so bedenklich steigen, dass die Kellner irgendwann die großen Glastüren zur Terrasse mit Blick aufs Meer öffneten, um Sauerstoff hereinzulassen.

Merle hatte nach ein paar Tanzeinheiten furchtbaren Durst und trank am Rand erst mal eine kalte Cola im Stehen.

»Schöne Frau, darf ich bitten?« Kaum hatte sie ihr Glas geleert, reichte ihr ein verschmitzt grinsender Jan die Hand und zog sie zurück auf die Tanzfläche. Er konnte sich noch genauso gut bewegen wie früher, stellte Merle fest. Nur dass er jetzt mehr auf ihre Moves eingehen zu können schien. Er alberte herum, umkreiste sie mit übertriebenen Gesten und schüttelte sein Becken, als gäbe es dafür einen Preis zu gewinnen. Merle kam aus dem Lachen kaum heraus.

»Abgeklatscht!«, rief plötzlich eine tiefe Stimme neben ihnen. Jonas griff nach Merles Hand und drehte sie zu sich. Ein verdatterter Jan blieb zurück.

»Hey, Jonas, wo ist denn Lisa?«, fragte Merle überrascht. Doch statt zu antworten, legte Jonas besitzergreifend seinen Arm um ihre Hüfte und zog sie so dicht an sich, als müsste er sie vor einem herannahenden D-Zug retten.

»Moment, ich kriege ja kaum noch Luft«, befreite sich Merle.

»Oh, sorry. Ich wollte eigentlich einen heißen Tango mit dir aufs Parkett legen«, grinste Jonas.

»Einen Tango zu *Ain't nobody*?«, lachte Merle. »Das wird wohl kaum klappen …«

Im Freestyle tanzten sie voreinander herum, und Merle wurde einmal mehr klar, warum es mit ihnen nicht geklappt hatte: Sie passten körperlich einfach nicht zueinander! Der Sex mit Jonas war immer okay gewesen – aber mehr leider auch nicht. Keine schweißüberströmten Nächte voller Leidenschaft, aber immerhin solide Orgasmen – wenn auch langweilig und auf immer gleiche Art initiiert. Merle hatte es hingenommen, weil sie sonst so viele Gemeinsamkeiten hatten, weil Jonas verdammt gut aussah, sie zum Lachen brachte und das Leben mit ihm einfach schön war. Aber wie guter Sex ging, hatte sie seit Max nicht mehr vergessen. Max – wo war der eigentlich? Sie schaute sich um – und direkt in die Augen seines attraktiven Begleiters, der neben ihnen tanzte.

»Oh, hallo, ich bin Merle«, stotterte sie verlegen, während sie eine kurze Tanzpause machte. »Weißt du, wo Max ist?«

»Der wollte zur Toilette«, antwortete der schöne Mann ebenfalls innehaltend. »Ich bin Ben!« Er hielt ihr die Hand hin und warf ihr einen feurigen Blick aus grünen Augen zu. »Danke übrigens, dass ich mitkommen durfte«, sagte er, während Merle seine Hand schüttelte, die sich warm und irgendwie sehr gut anfühlte. »Ich war, nach allem, was Max über dich erzählt hat, sehr neugierig, dich kennenzulernen.«

»Max hat etwas über mich erzählt?«, fragte Merle verblüfft.

»Oh ja. Seit drei Tagen fast jeden Abend«, grinste Ben.

Merle schaute ihn irritiert an.

»Wir arbeiten hier auf der Insel gerade gemeinsam an einem Projekt und saßen dafür oft bis spätnachts im Office. Max hat mir dann von der Party erzählt – und von dir«, zwinkerte Ben.

Meine Güte, was war denn heute Abend hier los? Es konnte doch wohl nicht sein, dass alle ihre Ex-Freunde sich plötzlich punktgenau wieder für sie erwärmten? Hatten ihre Schwestern denen Geld gezahlt, damit sie besonders charmant waren?

»Hey, hier spielt die Musik!«, rief Jonas entschlossen und zog sie von Ben weg. »Ich bin dein Tanzpartner, schon vergessen?«

»Klar, Joni«, lachte Merle. »Willst du jetzt längst verfallene Besitzrechte wieder aufleben lassen?«

»Aber ...«, stammelte Jonas verblüfft.

»Kümmere dich mal lieber um Lisa!«, sagte Merle und deutete auf seine Freundin, die sich in den Fängen von Sananda befand und ziemlich verzweifelt aussah. Ihre Brille war schon ganz beschlagen, und sie hatte hektische rote Flecken auf der Wange.

»Oh«, rief Jonas. »Die muss ich wohl mal kurz retten. Moment! Geh nicht weg!« Er eilte zu Lisa.

Jonas! Mit Anfang fünfzig hatte er eine heftige Midlife-Crisis erlitten, die er mit Porsche und Harley-Davidson bekämpfte. Aber erst, seit er mit Extremsport angefangen und eine Affäre mit Nicola begonnen hatte, wie er ihr kürzlich bei einem betrunkenen Anruf ungefragt gestanden hatte, ging es ihm wieder besser. Beim Freeclimbing, Mountainbiking und Triathlon maß er sich nun besonders gerne mit Zwanzigjährigen … Leider hatte er sich vor zwei Monaten bei einem Radsturz die Schulter gebrochen, die immer noch schmerzte. Er war beflissen, sich schnellstmöglich wieder in Topform zu bringen – auch um Nicola, mit der er seit sechs Monaten seine Frau betrog, zu genügen. Auch egal, seine Probleme und zum Glück schon lange nicht mehr ihre!

Merle tanzte alleine weiter, schüttelte die Gedanken über Jonas' neues Beziehungskonstrukt ab und beobachtete stattdessen lieber heimlich Bens Körpersprache und Rhythmusgefühl. Sehr weich und langsam bewegte er sich. Irgendwie sexy … In Merles Unterleib begann es, aufgeregt zu rumoren – ein sehr lange nicht mehr gefühltes Gefühl. Aus!, schalt sie sich. Sie empfand ja wie ein sechzehnjähriger Teenager. Sie erinnerte sich gar nicht mehr, wann sie zum letzten Mal Sex gehabt hatte – und sie war sich nicht sicher, ob sie überhaupt noch wusste, wie das ging.

Nachdem sie eine gefühlte Stunde exzessiv getanzt hatte, taumelte sie erschöpft auf die Terrasse an die frische Luft und ließ sich auf einen der loungigen Korbsessel fallen. Wie gut es getan hatte, sich den ganzen Stress und die Aufregung aus dem Leib zu schwitzen. Und wie charmant ihre drei Tanzpartner doch gewesen waren. Allmählich fand sie die Party doch gar nicht so schlecht. Gut gelaunt trank sie einen großen Schluck eiskalte Cola und warf einen Blick auf ihre Uhr: Es war erst kurz nach 21:30 Uhr – komisch, sie hätte schwören können, dass es schon sehr viel später war …

13

»Merle?«

Merle glaubte, erst ihren Ohren – und dann ihren Augen nicht zu trauen. Die Stimme kam ihr ungut bekannt vor. War das etwa Susanne? Ihre Erzfeindin? Die Frau, die ihr vor Jahren Max ausgespannt und ihr Herz gebrochen hatte? Wer hatte die denn eingeladen? Wo hatten sie die bloß ausgegraben?

Rund zwanzig Jahre hatte Merle sie nicht mehr gesehen, nicht mehr mit ihr gesprochen, nichts mehr von ihr gehört. Und jetzt stand sie hier plötzlich auf der Terrasse und näherte sich unsicher.

»Ich dachte, es wäre an der Zeit, sich zu versöhnen«, sagte sie und legte Merle zaghaft die Hand auf die Schulter. »Aber wenn du nicht magst, gehe ich sofort wieder«, bot sie an.

»Nee, nee, schon gut …«, sagte Merle und nahm einen tiefen Schluck aus ihrem Colaglas. »Wer …?«

»Deine Schwester Miriam hat mich ausfindig gemacht«, beantwortete Susanne die noch nicht zu Ende gestellte

Frage. »Gar nicht so leicht, weil ich erst vor zwei Monaten aus den USA zurückgekehrt bin.«

»USA?«, brachte Merle in der piepsigen Tonlage heraus, die ihre Stimme immer annahm, wenn sie unter Schock stand oder sonst wie verunsichert war. Sie hoffte, dass Susanne ihre Aufgewühltheit nicht mitbekam.

»Ja.« Susanne setzte sich neben sie. »Dort habe ich bis vor zwei Monaten gelebt.«

In Merles Kopf startete der Flashback: Susanne war als neue Kollegin in MMs PR-Agentur gekommen, in der Merle damals arbeitete. Sie befreundeten sich und waren in kürzester Zeit unzertrennlich, verbrachten jede Mittagspause und viele Abende miteinander. Susanne hatte etwas Verwegenes an sich, fand Merle. Sie war beeindruckt, wie viel tougher, cooler und härter ihre Freundin war als sie selbst. Susanne war ein Alphatier, das sich nahm, was es wollte: in der Liebe, im Job, im Leben. Merle liebte ihren trockenen Humor und lauschte atemlos den Schilderungen ihrer diversen sexuellen Abenteuer. Oft lagen sie in Merles Büro vor Lachen auf dem Boden und erzählten sich alles – aber wirklich alles: die richtige Haarlänge bei Intimrasuren, die besten Dispoüberziehungstricks, ihre kleinsten Ängste und größten Träume. Merle erzählte auch viel von Max, schwärmte von seinen sexuellen Fähigkeiten, klagte über seinen Freiheitsdrang und übersah das gefährliche Glimmen in Susannes Augen. Susanne half ihr mit Ratschlägen und Strategien durch die Hügellandschaft der turbulenten Beziehung und baute Merle wahlweise mit derben Witzen oder klugen Ratschlägen wieder auf.

Und dann kam die Party eines gemeinsamen Freundes, die Merle absagen musste, weil sie mit Grippe im Bett lag.

»Geh doch mit Max«, schlug sie Susanne am Telefon vor.

Das war der Anfang vom Ende. Am nächsten Morgen beichtete ihr erst ein zerknirschter Max und später eine heulende Susanne, dass sie zusammen im Bett gelandet wären und auch nicht wüssten, wie es nun weitergehen sollte.

Merle fühlte sich, als hätte Mike Tyson persönlich sie zusammengeschlagen. Ein unmenschlich-grausamer Schmerz breitete sich in ihrem Magen aus, absolute Fassungslosigkeit lähmte Körper und Geist. Wie konnten sie ihr das antun? Von Susanne war sie noch enttäuschter als von Max, denn sie war ihre Seelenverwandte gewesen. Merle fühlte sich furchtbar von ihr verraten. Ihre Gespräche, ihre Nähe – bedeutete ihr das denn gar nichts? War ihr Max, den sie doch noch gar nicht richtig kannte, es wirklich wert, das alles aufs Spiel zu setzen?

Merle verkroch sich bei Miriam, schaltete ihr Handy ab und heulte so viele Tränen, dass man locker das örtliche Hallenbad hätte damit befüllen können. Susanne sprach tausend Entschuldigungen auf Merles Mailbox, schickte SMS-Enzyklopädien und stand sogar einmal vor der Tür. Aber Merle wollte ihre War-nicht-geplant-ist-einfach-so-passiert-Erklärung nicht hören. Susanne war zu weit gegangen. Niemals würde oder könnte Merle ihr das verzeihen.

Merle kündigte bei MM, denn Susanne täglich weiter zu begegnen, hätte sie nicht ertragen. Max bemühte sich fürchterlich um sie, schwor ihr seine Liebe, schickte täglich Rosen und bat sie, mit ihm nach Hamburg zu ziehen, wo er einen neuen Job hatte. Nach drei Wochen Schmollen sagte Merle schließlich zu – und zog wenig später um.

Susanne machte steile Karriere, wurde Creative Director der Agentur und gründete eine Firmen Dependance in New York. Sie schwamm in Geld, ab und an erschien ihr Foto in der Zeitung.

Merles Beziehung mit Max scheiterte, aber Merle fand einen neuen Job in der Agentur, in der sie auch heute noch arbeitete – und irgendwann in Jonas auch eine neue Liebe. Manchmal, in stillen Stunden, zuckte der Schmerz noch auf, wie wenn man Eis an einen empfindlichen Zahn hielt. Führte Susanne das tollere Leben? Machte sie alles richtig? War Merle der Amboss-Typ und Susanne der Hammer? Neid war ein fieses Gefühl. Es nagt von innen an den Eingeweiden und hinterlässt ätzende Spuren von Zweifel.

Stell deine Feinde auf eine Bühne und wünsche ihnen alles Gute, oder Erst *wenn du nicht mehr hasst, sondern segnest, bist du frei,* rieten die Bücher, die Merle damals las. Sie segnete Susanne nicht. Sie wurde ihr einfach irgendwann egal. Sie und der Schmerz verblassten mehr und mehr wie ein am Horizont verschwindendes Schiff …

Und jetzt stand sie hier vor ihr – zwanzig Jahre später. Ausgerechnet an ihrem fünfzigsten Geburtstag.

»Ob du's glaubst oder nicht«, erklärte Susanne. »Es ist mir heute völlig schleierhaft, warum ich das damals getan habe.«

»Echt?«

Merle sah sie von der Seite an: Wie lange dauert Vergeben? Wann ist Schmerz verjährt? Welche Halbwertszeit haben Enttäuschungen? Wann muss man einen Menschen endgültig aus seinem Leben schmeißen – und welches Vergehen kann, sollte oder musste man verzeihen?

Merle winkte dem Kellner und bestellte zwei Gin Tonic für sie. »Na, dann leg mal los«, grinste sie Susanne an und prostete ihr zu, nachdem der Kellner die Getränke serviert hatte.

»Ich bin damals wie eine Ertrinkende durch mein Leben getaumelt, Merle«, begann Susanne. »Ich hab nach allem gegriffen, was mir vermeintlich Halt bot: Karriere, Alkohol, Männer – absolut egoistisch, ohne Rücksicht auf Verluste oder Gefühle. Ich habe gespielt, um zu spielen, hab mich mit Kräftemessen betäubt und dem Reiz des Verbotenen, ohne den geringsten Gedanken an Konsequenzen. Es war ein böses Erwachen, als mir damals klar wurde, dass ich zu weit gegangen war.«

Traurig fixierte sie den Boden ihres geleerten Gin-Tonic-Glases und schaute Merle unsicher an. »Mir lag viel mehr an dir, als mir bewusst gewesen war, und das habe ich sehr, sehr bereut!«

Huch? Die späte Einsicht ließ Merle einen Gänsehautschauer über den Körper wandern.

»Aber während du dich zurückgezogen und deine Wunden geleckt hast, habe ich mich wie eine Blöde in die Arbeit gestürzt. Was sollte ich auch sonst machen?« Sie zuckte mit den Schultern. »Du wolltest ja nichts mehr mit mir zu tun haben und hast keine Entschuldigung angenommen ...«

Merle fühlte sich seltsam rehabilitiert. Es war nicht die eine besser und die andere schlechter – sie waren einfach nur verschieden! Was war denn der Maßstab für ein tolles Leben? Erfolg, Karriere, Geld, Konfektionsgröße achtunddreißig, Promi-Partys, Porsches und gebleachte Zähne – oder vielmehr die Summe der Glücksmomente? Da schnitt Merle bestimmt nicht schlechter ab.

»Jetzt beruhig dich!«, das war – möglichst beunruhigt geschrien – immer ihr gemeinsamer Running Gag gewesen. Als Merle diesen Satz jetzt sehr weich lächelnd sagte und sanft den Arm um Susannes Schulter legte, zog es in ihren Kiefermuskeln so komisch, wie wenn traurige Filme unerwartet ein Happy End kriegen.

14

Im Saal verstummte plötzlich die Musik, und Maren trat erneut ans Mikro.

»Liebe Gäste! Wir möchten jetzt ein kleines Spiel mit euch spielen«, verkündete sie. »Miriam wird jetzt mit einem Eimerchen herumgehen, aus dem sich bitte jeder ein Bildchen zieht.«

Gemurmel im Saal.

»Es sind Comicfiguren! Wenn jeder Gast eine Figur hat, geht's weiter! Also, Miri: Leg los!«

Während Merle und Susanne zurück zu ihren Plätzen gingen, machte Miriam die Runde. Merle zog Donald Duck, Jan zog Mogli und MM zog Baghira, den schwarzen Panther aus dem *Dschungelbuch*.

»Habt ihr alle eine Figur?«, fragte Maren in den Saal, nachdem Miriam ihre Runde beendet hatte. Zustimmende Ja-Rufe ertönten. »Okay! Dann würde ich vorschlagen, dass jetzt Superman die eindrucksvollste Erinnerung erzählt, die er mit Merle verbindet!«

Gemurmel im Saal.

»Also, wer ist Superman?«, lachte Maren und schaute sich suchend um.

»Hier!«, rief Rolf und hob die Hand.

»Na, dann leg mal los, Papa!«, forderte Maren ihn auf.

»Die eindrucksvollste Erinnerung ... hm ... Das wird schwer«, überlegte er laut und lächelte Merle an. »Weil mich mit Merli so viele eindrucksvolle Erinnerungen verbinden ...«

Beifall und Jubel im Saal.

»Vielleicht diese«, sagte er und erhob sich von seinem Stuhl. »Merle war ungefähr sieben, und wir waren alle zusammen übers Wochenende nach Damp 2000 gefahren, um uns ein bisschen zu erholen. Das ist ein riesiges Ferienzentrum an der Ostsee – für die Jüngeren unter uns.«

Er räusperte sich.

»Du wolltest unbedingt ins Wellenbad«, sprach er Merle nun direkt an. »Du warst ja schon immer so eine Wasserratte ...«

Lachen im Saal.

»Maren und Miriam waren ein bisschen erkältet, deshalb ist Renate bei den beiden geblieben, und ich bin mit dir in die Schwimmhalle gefahren.«

»Oh, ich glaub, ich weiß, was kommt«, rief Merle lachend.

»Es ist mir nicht besonders angenehm, es hier vor allen Leuten zuzugeben«, sagte er und kratzte sich verlegen am Kopf. »Aber ich kann nicht schwimmen!«

Gemurmel im Saal. Irgendjemand rief: »Macht doch nichts!«

»Ach, Papa …«, seufzte Merle laut.

»Deshalb habe ich mich ins Bistro gesetzt, von wo aus man das gesamte Becken übersehen konnte, habe dort einen Kaffee getrunken und auf dich gewartet.«

Er machte eine theatralische Pause, in der er Merle noch mal grinsend zunickte. Renate streichelte ihm von hinten über den Rücken.

»Aber du kamst und kamst einfach nicht zurück …«

Allgemeines Raunen.

»Irgendwann bin ich irritiert aufgestanden und habe das Becken nach dir abgesucht … Es war gerade Wellenphase, und da sah ich dich, wie du unermüdlich auf und ab durch die Wellen schwammst.«

Er strich sich über seinen Bart.

»Nur: Seltsamerweise sah dir ein Bademeister konzentriert dabei zu.«

Merle lachte laut auf.

»Und noch seltsamererweise schaute er immer wieder auf seine Uhr und gab dir Zeichen. Ich war so irritiert von dem Schauspiel, dass ich dem Spektakel fasziniert folgte. Nach zwölf Minuten gab der Bademeister ein Zeichen, das du wohl so gedeutet hast, dass du aus dem Becken steigen sollst.«

Merle schlug sich die Hände vors Gesicht.

»Ich sah dich erschöpft die Leiter hochklettern und zum Bademeister gehen, der dir gratulierte und irgendwas in die Hand drückte. Ich klopfte an die Scheibe, du sahst mich, strahltest, hieltest deinen Daumen hoch und gabst mir zu verstehen, dass du gleich rauskämest.«

Er lächelte bei der Erinnerung.

»Und nun die Auflösung: Du hattest still und heimlich beschlossen, genau an diesem Tag deinen Fahrtenschwimmer zu machen. Ganz alleine und selbstständig hast du den Bademeister angesprochen, mit ihm vereinbart, dass zehn Minuten durch die Wellenphase zu schwimmen dem eigentlich erforderlichen Sprung vom Dreimeterbrett gleichzusetzen wäre, und hast losgelegt!«

Begeistertes Klatschen im Saal.

»Und als du dann endlich mit nassen Haaren und schrecklich nach Chlor riechend ins Bistro kamst, warst du so unendlich stolz auf dein Zeugnis und den Fahrtenschwimmer-Aufnäher, dass ich dir erst mal eine große Portion Pommes spendiert habe!«

Noch mal brandete Beifall auf. Tränen standen in Merles Gesicht, und sie eilte zu Rolf, um ihn innig zu umarmen.

»Merles Entschlossenheit und Willensstärke haben mich bis heute nachhaltig beeindruckt!«, rief Rolf durch die Umarmung in den Saal. »Wenn du etwas willst, machst du es einfach. Ich hoffe, diese Kraft wird dich bis zum Ende deines Lebens begleiten, mein Schatz«, sagte er, drückte sie und küsste sie auf die Wange.

»Danke, Papa«, rief Maren. »Daran erinnere ich mich gar nicht mehr!«

»Ich auch nicht«, rief Miriam. »Aber eine sehr schöne Geschichte!«

»Der Nächste ist Lucky Luke«, verkündete Maren, nachdem sie auf ihre Liste geschaut hatte.

Ben stand auf.

»Mein Name ist Ben, und ich weiß ehrlich gesagt gar nicht, was ich jetzt sagen soll«, stammelte er. »Ich habe Max nur zu dieser Party begleitet, weil wir hier auf der Insel gerade zusammen an einem Projekt arbeiten. Eure Merle kenne ich leider erst seit ein paar Stunden.«

Er schaute zum Boden und blickte verschmitzt wieder auf.

»Deshalb kann ich nur sagen, dass die bislang eindrucksvollste Erfahrung war, mit ihr zu tanzen!« Er schaute sie direkt an mit seinem grünen Silberblick.

Merle erschauerte und fühlte, wie ihr die Röte ins Gesicht schoss.

»Vielleicht habe ich im Laufe des Abends ja noch mal die Ehre«, sagte er, lächelte Merle noch mal zu und setzte sich wieder.

»Sehr charmant, der Herr«, befand Maren. »Vielen Dank!«

Beifall brandete auf.

»Und nun ist Gundel Gaukeley an der Reihe!«

Susanne hob den Arm. »Das bin ich!« Sie stand auf. »Beziehungsweise das bin ich natürlich nicht, denn mein Name ist Susanne Ricken!«

Lachen im Saal.

»Ich habe Merle vor etwa zwanzig Jahren in Berlin in der PR-Agentur der großartigen Mona Mutzke«, Susanne deutete auf die alte Dame, die die Aufmerksamkeit mit einem Blecken ihrer grellweißen Zahnreihe quittierte, »kennengelernt!«

»Und lieben!«, setzte sie nach.

Ein durch lautes Klatschen begleiteter »Whooohooou!«-Ruf ertönte im Saal. Er stammte von Merles offenbar schon stark angeheitertem Onkel Günther, dessen ekelhafter Lieblingswitz in Merles Kindheit das absichtliche Vertauschen der ersten Buchstaben von »nickende Fichte« war. Merle wurde heute noch übel, wenn sie daran dachte ...

»Meine großartigste Erinnerung an sie ist, dass sie mir den Job bei MM verschafft hat – vielen Dank dafür noch mal, Merli!«

»Gerne«, murmelte Merle zähneknirschend und verbeugte sich. Die Geister, die sie gerufen hatte. Wie oft hatte sie diese Tatsache nach dem Max-Eklat bereut ...

»Und alles andere haben wir gerade draußen geklärt«, verriet Susanne geheimnisvoll, lachte und zeigte Merle mit den aneinandergehaltenen Daumen und Zeigefingern ihrer Hände ein Herz.

»Danke, liebe Susanne«, rief Maren schnell, die die Brisanz der Situation erkannt hatte. »Als Nächstes kommt die Eiskönigin!«

Stille im Saal. Alle schauten auf ihre Bildchen.

»Hier!«, rief plötzlich Herr Ludwig. »Entschuldigung, ich wusste leider nicht, wer die schöne Dame auf meinem Bild sein sollte.« Er lachte verkrampft, stand auf und knöpfte sich förmlich sein Jackett zu.

»Ich kenne Frau Merbach und auch ihre Familie«, er drehte sich zu Renate und Rolf um und deutete einen Diener an, »nun schon seit gut dreißig Jahren und habe die große Ehre, die Herrschaften in Finanzfragen beraten zu dürfen. Moment!« Er räusperte sich und nahm einen Schluck Wasser. »Und deshalb freue ich mich, Frau Merbach im Namen der *Happy Bank* heute eine ganz besonders lukrative Alterssicherung anbieten zu können ...«

»Herr Ludwig«, unterbrach Merle ihn scharf. »Darüber hatten wir doch schon gesprochen. Ich denke, dieses Thema erörtern wir lieber unter vier Augen. Danke!«

»Ach so«, räusperte sich Herr Ludwig kleinlaut, setzte sich wieder und schaute sich beschämt um.

»Nach dieser kleinen Werbepause rufe ich nun den Rosaroten Panther auf«, rettete Maren erneut die unangenehme Situation.

»Ich!«, rief Frank und sprang auf. »Mein Name ist Frank Böttcher, und ich bin mit Merle von der ersten bis zur neunten Klasse zur Schule gegangen«, strahlte er, als ob es für diesen Umstand einen Preis zu gewinnen gäbe.

»Ich arbeite in Plön als Tierarzt und hatte das Glück, diese Frau zu ehelichen«, fuhr er fort und deutete auf Cordula, die am gegenüberliegenden Tischflügel saß.

Musste er das jetzt so betonen, fragte sich Merle. Er sollte doch eigentlich etwas zu ihr sagen – und nicht zu Cordula ...

»Merle hat auf Klassenreisen immer gerne *Wahrheit oder Pflicht* gespielt und sich dabei die verrücktesten Aufgaben ausgedacht«, lachte er. »Jedes Mal, wenn sie das Spiel initiiert hat, bin ich in ein anderes Zimmer geflohen.«

Deshalb also hatte sie ihn mithilfe des Spiels nie küssen können, wurde Merle im Nachhinein klar. Dabei hatte sie Flaschendrehen doch stets maßgeblich mit dieser Zielsetzung vorgeschlagen.

»Schade«, rief sie Frank zu. »Da hast du viel verpasst!«

»Möglich …«, murmelte Frank und setzte sich wieder.

»Vielleicht sollten wir dieses Spiel jetzt spielen?«, schlug Maren vor.

»Um Himmels willen, bloß nicht!«, rief Rolf so entsetzt, dass Maren von der Idee sofort wieder abließ.

»Okay, war ja nur ein Gedanke. Dann ist jetzt Baghira an der Reihe!«

»Rooooaaahhhrrr!«, ertönte ein gefährlich-tiefes Fauchen vom anderen Ende des Saals. Es kam aus der nikotingeteerten Kehle von Mona Mutzke.

»Ihr habt hoffentlich nichts dagegen, dass ich sitzen bleibe«, brummte sie im rauen Bass. »Das Aufstehen fällt mir gerade nicht so leicht.«

»Aber natürlich, Frau Mutzke!«, ereiferte sich Maren beflissen. »Bleiben Sie gerne sitzen!«

»Ich glaube, ich muss mich nicht vorstellen«, sagte die Mutzke selbstgefällig. Einige Gäste, denen sie offenbar kein Begriff war, schauten sich fragend an.

»Sind Sie Frau Merkel?«, grölte Onkel Günther vom anderen Ende des Saals. Sein Körperumfang konnte locker mit dem des ehemaligen Wirtschaftsministers Peter Altmaier mithalten – genau wie sein schütterer Haarkranz.

»Mensch, Günther!«, zischte Tante Hiltrud beschämt, die neben ihm saß. »Nun lass das doch mal!« Entschlossen stellte sie die Kornflasche weg, die er schon halb geleert hatte.

»Die prägendste Erinnerung an Merle ist für mich der großartige Slogan, den sie damals einfach so aus dem Ärmel geschüttelt hat. Schade, dass du nicht mehr aus dir gemacht hast, Kindchen«, rief sie. »Prosit!«

Sichtlich beschwipst streckte sie ihr Champagnerglas in die Höhe, sodass die schwere goldene Rolex und die zahlreichen Armbänder so rasant ihr dürres Ärmchen herunterrasselten wie ein von einer Klippe stürzender Pkw.

Zuckerbrot und Peitsche – so war sie immer schon gewesen, dachte Merle leicht angesäuert. Erst ein Lob – und dann die Vernichtung. Aber sie wollte sich jetzt nicht ärgern.

»Danke für die Blumen, liebe Frau Mutzke«, rief sie stattdessen.

»Könnt ihr noch? Wollt ihr noch?«, fragte Maren in den Saal.

»Jaaaa!«, riefen einige.

»Dann erhebe sich jetzt bitte Micky Maus!«

Merles Wohnungsnachbarin Gabi Schröder stand auf. »Hallo, ich bin die Gabi, und ich wohne in der Wohnung gegenüber von Merle«, sagte sie. »Die schönste gemeinsame Erinnerung war natürlich der Tag, an dem sie mit Moritz, unserem gemeinsamen Kater, vor der Tür stand.«

Merle warf ihr eine Kusshand zu.

»Wusste gar nicht, dass man sich einen Kater teilen kann«, grölte Onkel Günther aus seiner Ecke. »Ich habe meinen immer alleine durchgemacht!« Er lachte sich dröhnend schlapp über seinen eigenen Witz und schaute sich Lob heischend nach Zustimmung um, doch der Saal blieb still. Tante Hiltrud zischte ihm energisch etwas zu.

Maren räusperte sich und schaute betreten auf ihre Liste.

»Merle hatte ihn von einer Kollegin übernommen, die plötzlich eine Katzenhaar-Allergie entwickelt hatte«, erinnerte sich Gabi laut weiter und versuchte, die Irritation zu ignorieren. »Und ich habe ihr spontan angeboten, auf Moritz aufzupassen, wenn sie arbeitet. Das ist jetzt elf Jahre her …« Gabi lächelte Merle an.

»Vielen Dank, Gabi!«, sagte Maren und fuhr mit dem Finger das DIN-A4-Blatt ab, das in einem Klemmbrett steckte. »Die Nächste ist Miss Piggy!«

»Das bin ich!«, rief Sananda begeistert, sprang auf und riss dabei ihren Stuhl um, den Cordula, die neben ihr saß, beflissen wieder aufstellte.

»Ich habe einen Vorschlag, damit nicht nur Merle, sondern alle Gäste mehr eingebunden sind und sich nicht langweilen!«, verkündete sie.

»Ja?«, fragte Maren, sichtlich verärgert. »Was denn?« Sie hatte es schon als Kind nicht gemocht, wenn ihre Ideen kritisiert oder ihre Pläne durchkreuzt wurden.

»Sollte man sich nicht einfach mal kurz vorstellen – und zur Abwechslung sagen, was für einen ersten Eindruck man von seinen beiden Sitznachbarn hat?« schlug Sananda vor und drehte, sichtlich stolz auf ihren kreativen Einfall, an einem ihrer verfilzten Rastazöpfe.

»Mach doch mal«, willigte Maren ein. »Ich bin gespannt!«

»Okay. Mein Name ist Sananda, und ich bin ausgebildete Yogalehrerin«, stellte sie sich vor und schaute sich Beifall heischend im Saal um. Aber niemand applaudierte. »Außerdem habe ich mich kürzlich in einem indischen Ashram zur spirituellen Beraterin und Aura-Leserin ausbilden lassen«, ergänzte sie.

»Toll!«, rief Biggi als Einzige.

Die »ausgebildete Aura-Leserin« schaute sich nun konzentriert erst nach links und dann nach rechts um und musterte ihre beiden Sitznachbarinnen dabei theatralisch von unten bis oben. Rechts neben Sananda saß die Perle, links von ihr Cordula. Die Aufmerksamkeit, die ihr im mucksmäuschenstillen Saal dadurch zuteilwurde, genoss sie sichtlich. Konzentriert fixierte sie jetzt die Perle.

»Ich fühle hier eine extreme schwache Sahasrara- und Muladhara-Energie von rechts«, verkündete sie.

»Hä? Mul-was?«, fragte die Perle irritiert.

»Du hast vermutlich ein übermäßig starkes Geltungsbedürfnis, weil du aufgrund deiner Chakren-Schwäche nicht geerdet bist«, wandte sich die sclbst ernannte Spezialistin nun direkt an ihr Opfer. »Ich sehe viele Löcher in deiner Aura, und deine Farben schillern nur sehr matt – das ist wahrscheinlich der Grund, warum du dich so bunt kleidest«, befand sie.

Das Gesicht der Perle, die Sananda mit offenem Mund anstarrte, rötete sich bedenklich.

»Ich denke, du bist eine manisch-depressive Narzisstin«, diagnostizierte Sananda ungerührt und ließ sich auch von dem zunehmend empörten Murmeln im Saal nicht irritieren.

»Außerdem ist dein Swadhisthana-Chakra vollkommen erloschen – dein letzter Sex ist schon lange her, oder?«

Die Perle atmete tief durch und sprang auf.

»Du musst dich tagsüber mindestens zwanzigmal zur Sonne beugen, dadurch entfachst du dein inneres Feuer«, riet Sananda.

»Was für eine Unverschämtheit«, schrie die Perle nun wutentbrannt mit sich überschlagender Stimme. »Ich schaller dir gleich eine, du blödes Eso-Trampel!«

»Wie bitte?«

»Du kannst dir deine neunmalklugen Erkenntnisse in dieses Mula-Dings stecken!«, rief die Perle.

»Jetzt hast du dich aber entlarvt, du neurotisches, aufgespritztes Scheusal«, entgegnete Sananda kampfeslustig.

Das war zu viel für die Perle, die nun heftig ausschnaubend und mit tomatenrotem Gesicht auf Sananda losging. Die beiden Exzentrikerinnen rangen kurz miteinander, bis Cordula sich mutig dazwischenwarf.

»Ruhig, die Damen! Ruhig! Wer wird denn gleich so aus der Haut fahren!«, beschwichtigte sie die aufgebrachten Kampfhennen, um die sich bereits ein neugieriger Gafferkreis gebildet hatte. Auch Merle war vorsichtshalber zum gegenüberliegenden Tisch gelaufen, mit Jan im Schlepptau.

»Warum müssen die, die selbst die größte Macke haben, immer andere therapieren?«, flüsterte Jan ihr zu.

Merle musste lachen. »Weil die wissen, wovon sie sprechen?«, fragte sie zurück.

Die Perle sank »Hilfe, mein Kreislauf!« rufend zu Boden. Sofort wurde ihr Luft zugefächert, und Cordula legte ihr mütterlich die Beine hoch.

»Na, da hat sie ja wieder ihre Show«, zischte Sananda,

unzufrieden, dass die Aufmerksamkeit nun nicht mehr ihr galt.

»Bringt bitte jemand Wasser?«, rief Cordula besorgt.

»Ein Schnaps wäre besser«, wisperte die Perle und trank den ihr daraufhin gereichten doppelten Cognac auf Ex. Die Alkohol-Infusion schien zu wirken, denn kurz darauf setzte sie sich auf und hatte wieder eine annähernd normale Gesichtsfarbe. Merle atmete innerlich durch. Das war gerade noch mal gut gegangen.

Besorgt sah sie ihre Mutter an, die ihr beruhigend zuzwinkerte und »Alles gut, mein Schatz, reg dich nicht auf« zuraunte.

15

»Wollen wir eine Friedenspfeife rauchen?«, schlug Sananda vor, als die Perle sich wieder in der Senkrechten befand, und kramte einen Joint aus ihrem Beutel.

»Nein!!«, schrie Merle entsetzt. »Pack das wieder weg!« Hektisch schaute sie sich um, ob die Kellner etwas gesehen hatten.

»Alternativ hätte ich hier auch noch ein paar Kekse zu verteilen«, kicherte Sananda. »Die werden euch sicher auflockern. Möchte jemand?« Sie ließ die Kekstüte kreisen, und zu Merles Entsetzen nahmen sich sowohl Renate als auch Rolf einen Keks.

»Sind die glutenfrei?«, erkundigte sich Gabi.

»Nein, aber vegan!«, sagte Sananda kauend.

Maren klopfte ans Mikro. »Hört mal alle zu: Ich glaube, wir beenden das Spiel fürs Erste!«

Zustimmung im Saal.

»Und damit du jetzt nicht befürchten musst, dass dir dadurch jetzt wertvolle Erinnerungen entgehen, liebe Merli«, sagte Maren und hielt ein DIN-A4-Notizbuch in die Höhe, »können alle Gäste ihre persönlichen Erinnerungen mit dir in dieses Büchlein hier eintragen. Ich reiche es gleich mal rum.«

Die Musik fuhr langsam wieder hoch.

»Und jetzt haben wir Paare zusammengestellt, die bitte gleich miteinander den Dancefloor entern!«, verkündete die Selfmade-Geburtstags-Animateurin launig. »Die Aufgabe dabei: Ihr sollt so tanzen, als ob niemand zusieht!«

Gemurmel im Saal.

»Wem das schwerfällt, der kann sich ja noch einen Keks von Julia holen«, schlug Maren vor. »Und damit ihr euch auch wirklich Mühe gebt: Es wird ein Contest! Diejenigen, die nicht auf der Tanzfläche sind, merken sich bitte das Paar, das am überzeugendsten war!«

»Und was gibt's zu gewinnen?«, erkundigte sich Max.

»Einen exklusiven Tanz mit dem Geburtstagskind!«, strahlte Maren und verlas die von ihr aufgestellten Paarungen. »Micky Maus tanzt bitte mit Dumbo, Superman mit der Eiskönigin ...«

Merle wurde Cousine Laura zugewiesen, und während sie sich lachend verrenkten und möglichst absurde Moves vollführten, sah sie voller Mitleid, dass ausgerechnet die arme Wenke mit Onkel Günther aufs Parkett musste. Entsetzlicherweise imitierte er eine Luftgitarre, umkreiste die hilflos von einem Fuß auf den anderen tretende Wenke dabei mit gierigem Blick wie ein Stier auf Testosteron-Schub und ging immer wieder gefährlich vor ihr in die Knie. Seine Hose gab dabei sein stattliches Maurer-Dekolleté, also den oberen

Teil seines nackten Hinterns, frei. Merle mochte vor Fremdscham gar nicht hinschauen. Ob er da jemals wieder hochkam? Wenke trippelte hilflos um ihn herum und gab verlegene Lachlaute von sich.

Bei Rolf und Renate wirkten offenbar schon die Kekse, denn sie zuckten vor ihren Tanzpartnern (bei Rolf war es Cordula, bei Renate Frank) jeweils so arrhythmisch herum, als hätte man sie an ein Stromnetz mit permanenten Kurzschlüssen gekabelt.

Sananda tanzte mit geschlossenen Augen, schleuderte ihre Arme wild um sich und bebte am ganzen Körper. Ihren Tanzpartner Max ignorierte sie dabei vollständig, was dem aber nicht viel auszumachen schien. Verständlich, fand Merle.

»Aua!«, brüllte plötzlich Gabi, die von Sanandas Faust soeben am Kinn getroffen worden war. Klassischer Knockout. Durch den Schrei erwachte Sananda aus ihrer Dance-Trance und umarmte Gabi stürmisch. »Tut mir so leid! Mach doch einfach mit!« Sie stellte sich hinter die so lädierte wie verblüffte Gabi und legte ihr die Hände links und rechts an die Hüften.

»Und jetzt das Becken kreisen lassen!«, befahl sie. »So!«

Merle wendete schnell den Blick von der neuen Traumpaarung ab und blieb an Maren und Herrn Ludwig hängen. Vergeblich mühte ihre Schwester sich ab, den steifen Bankberater etwas zu lockern. Seine Bewegungen sahen so aus, als würde er mit geschlossener Hose über einer Toilette hängen. Merle amüsierte sich köstlich. Ein echt lustiges Spiel!

Als der Song vorbei war, ergriff Wenke sofort die Flucht

und rettete sich zu ihrem Tischplatz. In der augenscheinlichen Annahme, er sei der neue John Travolta und alle weiblichen Gäste wären ihm nun willenlos ergeben, ließ Onkel Günther sich schweißüberströmt auf einen Stuhl fallen, wischte sich mit einem Taschentuch über die Glatze und schaute sich lüstern um. War hier etwas Fickbares zu erspähen?, schien er zu denken. Bislang noch nicht, stellte er offensichtlich enttäuscht fest, bis er Wenke am gegenüberliegenden Tischflügel entdeckte.

Wenke konnte den Anblick ihres offenbar notgeilen Tanzpartners am Nachbartisch kaum ertragen. Warum hatten Männer bloß nie – wirklich nie – eine realistische Einschätzung ihrer eigenen Attraktivität? Der dicke schwitzende Kerl sah aus wie ein nachlässig entfusselter Sitzsack – aber er schien trotzdem nach einem Flirt Ausschau zu halten. Wo war denn bloß seine Frau?, fragte sich Merle. Demonstrativ schaute Wenke in die andere Richtung.

Merle beschloss, ihrer Grundschulfreundin zu Hilfe zu eilen, und setzte sich zu ihr. »Na, frisch verliebt?«, scherzte sie, als sie auf dem freien Stuhl neben ihr Platz nahm.

»Hör bloß auf!«, entgegnete Wenke entsetzt. »Der hat sie doch nicht mehr alle, oder?«

»Nee, hatte er noch nie«, gab Merle zu. »Auf Familienfeiern fürchten sich alle vor ihm – das war schon immer so.«

»Und warum verlässt ihn seine Frau nicht? Warum ladet ihr ihn immer noch ein?«

»Hiltrud ist die Schwester meiner Mutter und ihm aus nicht nachvollziehbaren Gründen anscheinend willenlos ergeben. Meine Mutter würde Hiltrud niemals ausladen – deshalb müssen wir ihn leider alle ertragen.«

»Ja, das kenne ich«, seufzte Wenke. »Das ist bei meinen Eltern auch so.«

»Erzähl doch mal«, wechselte Merle das Thema. »Wie geht es dir? Was machst du so? Bist du verheiratet? Hast du Kinder?«

Mit der Liebe hatte es bei Wenke nie so recht geklappt, was vielleicht an ihrem Sauberkeitsfimmel lag, wie sie selbstdiagnostisch vermutete. Sie ertrug einfach kein Staubkörnchen, gab sie zu, keinen Dreck in ihrer Wohnung – und folglich auch weder Mensch noch Tier. Heirat und Kinder waren damit quasi ausgeschlossen. Sie hatte sogar schon mal überlegt, sich deshalb in psychologische Behandlung zu begeben.

»Und beruflich?«, fragte Merle, der es für den heutigen Abend zu kompliziert schien, Wenkes offensichtliche Zwangsstörung psychologisch aufzuschlüsseln.

»Ich bin Programmiererin in einem großen internationalen Unternehmen. Ich habe also nur Nerds um mich herum«, lachte Wenke. »Alle verpickelt und unattraktiv.«

»Dann überleg es dir doch noch mal mit Onkel Günther«, scherzte Merle.

Wenke steckte sich zum Schein den Finger in den Hals und machte Würgegeräusche.

Genau in diesem Moment setzte sich Birgit neben sie. »Geht es Ihnen nicht gut?«, erkundigte sie sich besorgt.

»Doch, doch«, beschwichtigte Wenke. »Ich mache nur Witze.«

»Ach so«, sagte Biggi und schaute Wenke befremdet an. »Hat euch der fette Typ dahinten auch angebaggert?«, erkundigte sie sich und saugte am Strohhalm ihres Mojitos. »Ich bin deshalb gerade zu euch geflohen.«

»Ja«, konstatierte Merle. »Das ist mein unwiderstehlicher Onkel Günther – mit Betonung auf widerlich.«

Wenke und Biggi lachten.

»Er fühlt sich attraktiver als George Clooney. Ich glaube, wir servieren ihm am besten gleich mal eine große Portion von Sanandas Haschkeksen«, schlug Merle vor. »Dann ist er ausgeschaltet!«

»Ich würde auch gerne noch einen essen«, sagte Wenke zu Merles großem Erstaunen.

»Echt?«, wunderte sie sich. »Dann hol dir doch noch einen – Julias Beutel liegt doch noch auf ihrem Platz!«

»Ich komme mit!« Büfett-Panik-Birgit, die offenbar immer dabei war, wenn es irgendwo etwas zu essen gab, sprang auf, und die beiden machten sich auf den Weg.

Merle widmete sich unterdessen der Beobachtung der neuen Paarungen auf der Tanzfläche: Jan zappelte vor der Perle herum, die sich wie ein Drehkreisel um sich selbst drehte, Susanne lieferte sich mit Jonas einen Roboter-Tanz-Battle, und Ben gab vor Hiltrud eine Let's-Dance-reife John-Travolta-Einlage. Merle war erstaunt, wie gut und flüssig er sich bewegen konnte – jetzt ging er sogar in Michael Jacksons Moonwalk über. Wie sagte man doch? Wie einer tanzt, so ist er auch im Bett? Merle fand diesen Ben immer interessanter.

»Huhu!« Aufgekratzt ließen Wenke und Biggi sich wieder neben sie fallen. »Weißte was, Liebes«, sagte Birgit und legte vertraulich ihren Arm um Merles Schulter. »Ich beneide dich total um dein Leben!«

»Was?« entfuhr es Merle, der ihr biografischer Status quo nicht besonders schillernd vorkam.

»Ja, echt!«, versicherte Birgit. »Bei mir ist irgendwie alles den Bach runtergegangen, seit ich Rainer geheiratet habe.«

»Inwiefern?«, fragte Merle erstaunt.

»Na ja, ich hab das Studium abgebrochen, weil ich schwanger geworden bin, weeßte ja«, erzählte Biggi.

Merle nickte.

»Ganz klassische Geschichte eigentlich: Kinder groß und ausgezogen, Ehemann im zweiten Frühling – Scheidung. Anfang vierzig und ohne Ausbildung hast du keine Chance am Arbeitsmarkt. Und ohne Arbeit kein Geld und ohne Geld keine Wohnung.«

»Wieso bist du denn nicht in eurer Wohnung geblieben?«

»Weil sie Rainer gehört!«

Merle schaute sie mit hochgezogenen Augenbrauen an.

»Wir hatten einen knallharten Ehevertrag. Strikte Gütertrennung.«

»Hat Rainer dich denn nicht finanziell unterstützt?«

»Wo denkst du hin?«, schnaubte Birgit empört. »Der war doch schon immer gut darin, sich vor allem zu drücken. Außerdem war seine neue Freundin schwanger.«

»Du warst also tatsächlich obdachlos?«, unterbrach Wenke entsetzt.

»Im Grunde ja«, nickte Birgit. »Deshalb bin ich zunächst

wieder bei meinen Eltern eingezogen, was die Hölle war. Mit dreiundvierzig plötzlich wieder im Kinderzimmer – könnt ihr euch ja vorstellen …«

Wenke und Merle nickten betroffen.

»Ich hab dann diverse Jobs gemacht: Erst bin ich Taxi gefahren, dann habe ich gekellnert, dann saß ich an der Supermarktkasse, und seit zwei Jahren arbeite ich als Putzfrau bei *Quick Clean*. Schwarz verdient man immer noch am meisten«, resümierte sie bitter.

»Wohnen Sie denn jetzt immer noch bei Ihren Eltern?« Wenke schien ehrlich berührt.

»Nein, ich lebe jetzt in einem Wohnwagen, der bei Freunden auf dem Land steht. Was anderes kann ich mir nicht leisten, weil ich meine beiden Kinder beim Studium finanziell unterstütze.«

Merle und Wenke schwiegen beklommen.

»Wenn ich in den noblen Villen der Gewinner des Lebensroulettes putze, bin ich total neidisch auf die Wände mit Büchern, auf die gut gefüllten Kühlschränke und Weinregale, auf die Schmucktresore, begehbaren Kleiderschränke und teuren Designermöbel, die so viel kosten wie ein Jahresgehalt von mir.«

Merle schluckte.

»Kennt ihr die Netflixserie *Maid?*«, fragte Birgit. »Genauso war und ist es bei mir.«

Schnorchelnd saugte sie mit dem Strohhalm den letzten Rest Flüssigkeit aus ihrem Glas, und Merle wurde schlagartig klar, weshalb sie vorhin so gierig aufs Büfett gewesen war.

»Mensch, Biggi, das wusste ich ja gar nicht«, stammelte sie. Allmählich lagen ihre Nerven wirklich blank. Wie viel Vergangenheit, wie viel Schicksal, wie viele Emotionen innerhalb weniger Stunden konnte ihre Psyche aushalten? Sie fühlte sich gerade, als ob ihr Kopf gleich platzen würde. Sie entschuldigte sich und ging zur Toilette – ihrem einzigen Zufluchtsort hier.

16

Merle schloss die Kabinentür, klappte den Deckel runter und setzte sich. Die Versöhnung mit Susanne, das Wiedersehen mit Jan und Frank, die Ausfälle von Sananda, die überraschende Anwesenheit ihrer Schwestern, ihre Gefühle für diesen Brad-Pitt-Klon Ben, das beklemmende Schicksal von Birgit – das alles rief einen heftigen Emotionscocktail in ihr hervor, und jetzt gerade fühlte sie sich, als ob sie gleich einen Nervenzusammenbruch bekäme. Sie schloss die Augen und versuchte, tief und gleichmäßig in den Bauch zu atmen.

Gerade, als sie sich ein bisschen beruhigt hatte, wurde die Tür aufgerissen, und laute Musik plärrte herein.

»Merle, bist du hier?«, rief Gabi in den Toilettenraum. »Der Tanz-Contest-Gewinner wird jetzt bekannt gegeben!«

»Ja, ich bin hier!«, antwortete Merle erschöpft.

»Dann beeil dich und komm! Du bist ja schließlich der Hauptgewinn«, lachte Gabi.

» ... und der Gewinner ist ...«, verkündete Maren gerade, als Merle den Saal wieder betrat. Sie machte eine theatralische

Pause, um die Spannung zu erhöhen. Im Saal hätte man eine Stecknadel fallen hören können. »Ben Markmann!«

Die Gäste applaudierten, Ben erhob sich verlegen und verbeugte sich. Dann sah er sich nach Merle um, erkannte sie, kam zu ihr und forderte sie mittels Diener und formvollendeten Handkusses zum Tanz auf. »Schöne Frau, darf ich bitten?«, fragte er sehr charmant und strahlte sie mit seinen meergrünen Augen an.

Merle kam sich ein bisschen vor wie eine Prinzessin, die gerade von ihrem Prinzen auserwählt worden war und deshalb mit ihm im Ballsaal seines Schlosses einen Walzer tanzen durfte. Zu den Klängen von *You're my first, my last* von Barry White schwebten sie übers Parkett. Ben führte sie so sicher, dass sie aufhörte, über richtige Schrittfolgen nachzudenken.

»Wieso kannst du so perfekt tanzen?«, erkundigte sich Merle erstaunt, denn Ben schien im Standard absolut perfekt. »Ich wollte mal zum Musical«, verriet er. »War ein paar Monate an der Stage School, bis ich mir das Sprunggelenk gebrochen habe.«

»Oh«, sagte Merle.

Ben zog sie enger an sich heran und drehte ein paar schnelle Pirouetten mit ihr. Sie fühlte sein Becken an ihrem – und dazu etwas Hartes. Hatte er eine Erektion?

»Ey, du Arsch, du bist mir gerade auf den Fuß getreten«, brüllte Jonas plötzlich, der ihren Tanz, wie viele andere Gäste, vom Rand der Tanzfläche aus beobachtet hatte.

»Was?«, fragte Ben irritiert über die Schulter.

»Du hast mir gerade den Fuß zerquetscht, Mann!«

Mit wutverzerrtem Gesicht humpelte Jonas theatralisch auf die Tanzfläche.

»Spinnst du?«, fragte Ben und hielt inne.

Merle löste sich irritiert aus seinem Arm und schaute ihren Ex fragend an.

»Das hast du doch mit Absicht gemacht«, brüllte Jonas. »Bist du noch ganz dicht?« Er packte den armen Ben am T-Shirt-Kragen und schnaubte ihm ins Gesicht.

»Jonas!!!«, schrie Merle entsetzt. »Lass ihn sofort los!«

»Ich bin dir ganz bestimmt nicht auf den Fuß getreten, Kumpel«, sagte Ben, stieß Jonas weg und strich sein T-Shirt wieder glatt.

»Jetzt lügst du auch noch, Freundchen! Na, warte!« Er packte Ben erneut am T-Shirt, woraufhin dieser ihn wieder wegschubste – diesmal etwas gröber.

»Reiß dich zusammen, Junge!«, drohte er.

»Was denn? Hast du Schiss?«, rief Jonas höhnisch. »Hast du Angst vor mir?« Er schwankte. Das war so typisch, dachte Merle. Immer, wenn er zu viel Alkohol trank, wurde er aggressiv.

»Du willst dich prügeln?«, fragte Ben.

»Nichts dagegen«, antwortete Jonas kampfeslustig. Seine Augen blitzten. »Dich steck ich zehnmal in die Tasche, du Rehstreichler! Ich habe gerade erst den *Ironman* absolviert!« Er beugte seinen rechten Arm und deutete auf seinen Bizeps.

»Jonas!! Lass ihn!«, rief Lisa besorgt, die sich inzwischen durch den Gafferkreis gekämpft hatte, der sich wieder blitzschnell um die Kontrahenten gebildet hatte.

»Sport ist eine gute Lösung«, fand Ben. »Wenn du dich mit mir messen willst, können wir gerne draußen ein kurzes Wettrennen am Strand machen. Laufen wirst du ja können, alter Mann, oder?« Ben lachte.

»Du Memme!«, schnaubte Jonas. »Ich würde dir lieber richtig eine ballern – aber okay!«

»Tolle Idee!«, rief Sananda fröhlich. »Mir ist vom Tanzen sowieso gerade so heiß!«

»Möchte noch jemand mitmachen?«, fragte Ben in die Runde.

Max, Jan und Frank meldeten sich.

»Super, dann machen wir jetzt ein echtes Wettrennen«, beschloss Ben.

»Nein, Leute!«, rief Maren entsetzt. »Das geht nicht! Wir haben jetzt was ganz anderes geplant!« Aber da war die Menge schon auf dem Weg nach draußen.

17

Die kühle Abendluft tat gut. Merle sog sie tief ein und versuchte dadurch, sich innerlich etwas zu beruhigen. Die Turbulenzen dieser Party überstiegen allmählich wirklich ihre Kapazitäten. Sie inhalierte den Duft von blühender Heide und Sylter Rosen, gepaart mit dem algigen Salzgeruch des Meeres. Es war angenehm, ein paar Schritte in der wunderschönen Dünenlandschaft zu gehen. Etwa zwanzig Partygäste hatten sich auf den Weg an den Strand gemacht und liefen, laut lachend und plaudernd, hintereinanderher. Einige hatten Sekt- oder Weinflaschen in der Hand und fast alle ihre Gläser.

Der Himmel zeigte noch einen letzten Schimmer von Rosa, sodass sie trotz zunehmender Dunkelheit den Holzweg und die Treppe runter zum Strand gut erkennen konnten.

Renate hakte sich bei ihr ein und fragte: »Sag mal, was ist denn mit Jonas los?«

»Keine Ahnung, Mama«, zuckte Merle mit den Schultern. »Der wird doch immer so aggressiv, wenn er zu viel Alkohol getrunken hat.« Im Grunde war ihr herzlich egal, was mit ihrem Ex los war.

»Kann es sein, dass er eifersüchtig ist?«, hakte Renate nach.

Auf den Gedanken war Merle noch gar nicht gekommen.

»Ach Quatsch, Mama«, wehrte Merle ab. »Auf wen denn auch?«

»Na, auf diesen außerordentlich gut aussehenden Mann, der so toll mit dir getanzt hat!«

Merle grübelte dem Gedanken ihrer Mutter nach. Sollte Jonas tatsächlich alte Besitzansprüche gestellt haben? Hatte er in Bezug auf ihre Gefühle für Ben mehr gemerkt als sie selbst? Und – vor allem: Hatte er noch Gefühle für sie?

»Also, ich mochte Jonas ja immer ...«, sinnierte Renate. Ihre Mutter hatte ihren Fast-Schwiegersohn tief ins Herz geschlossen und die Hoffnung auf eine Versöhnung offenbar immer noch nicht aufgegeben. »Dieses junge Ding passt doch gar nicht zu ihm. Das ist bestimmt nur eine Phase. Männer sind so, Schatz! Gerade in dem Alter ...«

»Versuch's gar nicht erst, Mama«, lachte Merle. »Das ist endgültig vorbei. Außerdem ist Lisa schwanger«, setzte sie nach.

»Ach, wie schön für Jonas!«, freute Renate sich.

Und wie bitter für mich, dachte Merle grummelnd. Jedes Mal, wenn sie im Laufe ihrer Beziehung das Kinderthema angesprochen hatte, das zumindest für sie immer dringlicher wurde, hatte Jonas entsetzt abgewunken und behauptet, er wäre noch nicht so weit, Vater zu werden. Dass ihre biologische Uhr ablief, ließ er dabei komplett außer Acht.

»Wie gefällt dir deine Party – jetzt mal ganz ehrlich, Schatz?«, wechselte ihre Mutter das Thema, bevor Merle schlechte Laune kriegen konnte.

»Puh, ganz schön viel Trubel«, sagte sie. »Aber es war eine tolle Idee!« Sie gab ihrer Mutter einen Kuss auf die Wange.

»Sag mal, merkst du eigentlich gar nichts von den Haschkeksen?«, erkundigte sie sich.

»Doch, ein bisschen schon«, lachte Renate. »Ich fühle mich irgendwie ganz entspannt. Aber im Grunde war das doch gar nichts! Was meinst du, was wir uns früher reingezogen haben?«

»Wie bitte??« Merle glaubte, sich verhört zu haben. »Du?? Und Papa?? Ihr habt euch etwas ›reingezogen‹??«

»Ja, Rolf hatte damals doch immer diese ägyptischen Kollegen, die bei ihm hospitierten. Die haben regelmäßig irgendwelches Zeugs mitgebracht, und das haben wir dann in einer Wasserpfeife geraucht.«

»Du auch?«, fragte Merle entgeistert.

»Ich wollte erst nicht, aber irgendwann hat mich Hassan überredet – und dann fand ich es lustig«, schwelgte ihre Mutter versonnen in Erinnerungen. »Und fürs Bett war es auch ganz gut!«

»Mama!«, schrie Merle gespielt empört. »*Too much information!* Stopp, jetzt! Ich will es gar nicht wissen!«

»Sei mal nicht so spießig«, lachte Renate. »Ob du's glaubst oder nicht – wir waren auch mal jung.« Versonnen griff sie nach einem Strandhaferhalm und zog ihn im Vorbeigehen ab.

»Hassan verdankst du übrigens dein Lieblingsessen!«

»Echt?«

»Ja, das hat er mal für uns gekocht, und ich habe mir sofort das Rezept geben lassen.« Renate lächelte sie an.

Hammel-Pilaw hieß das leckere Gericht, das auf Merles kulinarischer Kinder-Top-Five sofort Miracoli verdrängt hatte. Es war eine Art Eintopf aus Lammfleisch mit tomatisiertem Reis, Mandeln und Rosinen. Serviert wurde er mit Knoblauchquark und gebratenen Auberginen. Merle hatte die orientalische, würzig-süß-salzig-pikante Mischung auf Anhieb gemocht.

Sie waren am Strand angekommen und zogen ihre Schuhe aus, um barfuß zum Wasserrand zu gehen. Die Sterne leuchteten schon, es gab kaum Brandung, und Merle ließ ihre nackten Füße von winzigen schaumgekrönten Wellen überspülen. Das Wasser war erstaunlicherweise gar nicht so kalt, wie sie befürchtet hatte.

Angeberisch zog Jonas sofort sein Hemd aus, spannte seine nackte Brust und zog den Bauch ein. Typisch, dachte Merle, immer musste er sich profilieren und seinen vermeintlich anbetungswürdigen Oberkörper präsentieren.

Die anderen vier Männer behielten ihre Shirts und Hemden an, zogen ihre Schuhe aus und stellten sich in Startposition.

Sananda, die Perle und Cordula hatten mit ausladenden Schritten einhundert Meter abgemessen und hielten in der Ferne drei Fackeln hoch, die ursprünglich die *Sturmhauben*-Terrasse gesäumt hatten.

»Achtung! Fertig! LOOOSSSS!« schrie Maren, die sich auch am Strand das Kommando nicht nehmen ließ, und die Herren liefen beziehungsweise stolperten los, denn das Rennen im Sand war alles andere als einfach.

Ben fiel nach ein paar Metern hin, lachte, ließ sich mit dem Rücken in den Sand fallen und gab auf.

Max führte die Gruppe an, aber Jonas schien aufzuholen. Doch plötzlich legte Frank einen unerwarteten Sprint ein und warf sich als Erster über die Ziellinie, die die Perle mit der Hacke in den Sand gezogen hatte. Euphorisch reckte er die Arme hoch. »Gewonnen!« Er strahlte, als hätte er gerade eine Olympiamedaille errungen.

Jonas dagegen krümmte sich und fasste sich an den Brustkorb. »Alles gut?«, erkundigte sich Max besorgt.

»Jaja«, keuchte Jonas. »Bin nur etwas außer Atem.« Sein schmerzverzerrtes Gesicht erzählte etwas anderes.

»Soll ich dir ein Wasser holen?«

»Quatsch«, winkte Jonas ab. »Ich springe lieber mal kurz ins richtige Wasser!« Immer noch keuchend, schälte er sich aus seiner Hose, streifte den Slip ab und warf sich unter lautstarkem Indianergeheul in die Wellen.

»Jaaaaa!!! Gute Idee!«, schrie Sananda begeistert, die das Schauspiel mit offenem Mund mitangesehen hatte, riss sich die Kleider vom Leib und folgte ihm juchzend.

Susanne und Merle schauten sich verblüfft an. In Susannes Augen blitzte dieses Funkeln auf, das Merle noch von früher kannte: »Sollen wir auch?«, stand darin. Merle nickte grinsend, Susanne verstand, und kurz entschlossen begannen sie, sich auszuziehen.

Mit verstohlenem Blick stellte Merle fest, dass ihre Brüste etwa gleich tief hingen. Einen gewissen Neid auf Susannes noch erstaunlich knackigen Hintern musste sie sich dennoch eingestehen.

Frierend rannten sie in die dunkle Nordsee. Merle machte, um nicht zu lange zu zögern, gleich einen Köpper in die Wellen. Erst war das Wasser schockierend kalt, aber nach ein paar Schwimmzügen gewöhnte sie sich erstaunlich schnell daran. Es war herrlich, sich bei Mondschein auf dem Rücken mit ausgestreckten Armen treiben zu lassen. Da ihre Ohren vom Wasser verschlossen waren, hörte sie nur ihren eigenen Atem, was fast meditativ war und sie etwas runterbrachte. Als sie sich wieder auf die Brust drehte, um zu sehen, wie weit das Meer sie rausgetrieben hatte, sah sie, dass mittlerweile fast die ganze Gruppe im Wasser planschte.

Nun wurde ihr aber doch ein bisschen kalt, und sie schwamm langsam wieder ans Ufer.

Als sie fröstelnd und klappernd ihr Kleid suchte, blieb ihr Blick an Ben hängen, der sie interessiert beobachtete. »Hey!«, rief sie empört. »Nicht gucken!!«

»Warum nicht?«, lachte der. »Es ist doch so ein schöner Anblick!«

»Hier!«, sagte Sananda und hielt ihr ein buntes Tuch hin. »Damit kannst du dich abtrocknen.«

Merle nahm es dankbar entgegen und verhüllte sich schnell vor Bens neugierigen Blicken.

Sie schlüpfte eilig in Slip und Kleid und schlenderte, vom Bad herrlich erfrischt und belebt, hinter den anderen her zurück zur *Sturmhaube*. Um sie herum Lachen und aufgeregtes Geschnatter. Das nächtliche Bad hatte offenbar überall für neue Kräfte gesorgt.

»Darf ich Sie ein Stück begleiten, schöne Frau?«, schloss Ben zu ihr auf.

Merle zuckte zusammen. »Immer vorbildlich höflich, der Herr«, schmunzelte sie. »Ja, gerne. Der Strand gehört ja nicht mir!«

»Autsch!«, rief Ben gespielt schmerzverzerrt. »Das war aber uncharmant!«

»War nicht so gemeint«, lachte Merle. »Was machst du eigentlich hier auf der Insel? Wie kommst du zu Max?«

»Ach, das ist eine längere Geschichte«, antwortete Ben. »In der Kurzfassung: Ich möchte hier auf Sylt eine Wohnungsvermittlungsagentur für Angestellte im Gastro- und Dienstleistungsbereich aufmachen. Die finden hier ja sonst nichts, ist alles viel zu teuer.«

Merle nickte.

»Max kennt sich mit Existenzgründung und sozialen Medien ja sehr gut aus und hilft mir ein bisschen.«

»Cool!«

»Wir versuchen gerade, öffentliche Gelder lockerzumachen und Unterstützer zu finden.«

»Toll!«

»Ja, aber auch ganz schon heavy«, lachte Ben. »Irgendwie ein Kampf gegen Windmühlen ...«

»David gegen Goliath«, sinnierte Merle. »Aber ich finde das Projekt super!«

»Freut mich!« Er lächelte sie von der Seite an.

Schweigend gingen sie nebeneinanderher. Auf der Suche

nach einem neuen Gesprächsthema erwies sich Merles Hirn gerade als absolutes Vakuum. Ben schien es nicht anders zu gehen.

»Was …«, setzten sie beide gleichzeitig an und mussten darüber lachen.

»Du zuerst«, sagte Ben.

»Was sagt denn deine Familie dazu? Lebst du nicht in Hamburg?« Huch? Die Frage war ihr so rausgerutscht. War das nicht viel zu intim? Zu neugierig?

»Ich bin seit drei Jahren geschieden«, antwortete Ben. »Ich habe zwei erwachsene Kinder, die bereits studieren. Ich kann also machen, was ich will.« Er lachte.

»Du bist Single?« Merle war darüber so ehrlich erstaunt, dass auch diese Frage einfach so aus ihr rausplatzte.

»Und wie!« Er lachte wieder, doch diesmal klang es etwas gepresst.

»Warum hast du denn keine Freundin – du bist doch total attraktiv!«, entfuhr es Merle, und sie schlug sich im Geiste heftig dafür auf die Finger. Ging es noch? Jetzt reichte es aber mal! Sie musste sich dringend zusammenreißen!

»Findest du?« Er strahlte sie an. »Danke für das Kompliment – aber das ist vermutlich genau das Problem. Weil ich offenbar ganz passabel aussehe, haben die Frauen Angst vor mir. Die denken, ich bin sofort wieder weg.«

Luxusprobleme, dachte Merle. Der arme schöne Mann – zu ewiger Einsamkeit verdammt. Sie musste schmunzeln.

»Und? Bist du sofort wieder weg?«, fragte sie provokant.

»Sicherlich nicht schneller als andere Männer«, konterte er.

»Du leidest also unter dem Bachelor-Syndrom«, witzelte Merle. »Du Armer!«, seufzte sie mit gespieltem Bedauern. »Du tust mir echt leid!«

»Spar dir deinen Sarkasmus«, sagte er freundlich. »Ich mein das echt ernst: Bei *Tinder* und *Elitepartner* kriege ich kaum Zuschriften, weil die Frauen offenbar alle denken, ich wäre ein Heiratsschwindler.«

»Du suchst online?«, fragte Merle ehrlich erstaunt.

»Ja, wie denn sonst? Ich habe wirklich keine Lust mehr, nachts auf Beutezug durch die Kneipen zu ziehen. Dafür bin ich zu alt, ist mein Job zu anstrengend, und außerdem kommt da sowieso nur Mist bei raus!«

»Bist du denn so händeringend auf der Suche?« Warum war sie nur so penetrant, schalt sie sich im Geiste.

»Quatsch!«, lachte er. »Sooooo wunderbar waren die Jahre mit Frau und Kindern nun auch wieder nicht. Viel Verantwortung, viel Stress, wenig Zeit – und letztlich auch zu wenig Liebe …«

Er schaute sie ernst an. »Die geht mit Kindern schnell verloren. Die letzten Jahre waren wir eher eine Arbeitsgemeinschaft als ein Liebespaar.«

Merle nickte verständnisvoll. Von dieser Entwicklung hatte sie schon oft im Freundes- und Kollegenkreis gehört. Zu oft, wie sie fand, denn es war so schade, dass so viele Familien zerbrachen, meist spätestens mit dem Auszug der Kinder.

»Gemessen daran, finde ich mein ruhiges Singleleben mittlerweile sogar ganz schön!«

Ben schwieg, schaute auf seine voranschreitenden Füße

und dachte offenbar nach. »Wusstest du, dass es in Deutschland aktuell über vierzehn Millionen Einzelhaushalte gibt?«, fragte er.

»Echt?«

»Ja, aber nicht alle davon sind Singles, dennoch ist die Zahl der Alleinstehenden so hoch wie nie – Tendenz steigend. Jeder fünfte Deutsche gibt seinen Beziehungsstatus mittlerweile als ›ledig‹ an, und glaubt man den Prognosen, so wird bis Mitte des Jahrhunderts jeder zweite alleinstehend sein. Egal, ob aus Versehen, mit Absicht, nur für kurze Zeit oder dauerhaft.«

»Krass!«, fand Merle und kam sich plötzlich seltsam normal vor.

»Nichts ist grausamer als eine Partnerschaft, in der man sich nur deshalb aneinanderklammert, weil man nicht alleine sein will«, sinnierte Ben. Es klang traurig. »Es kann für die eigene Persönlichkeitsentwicklung durchaus bereichernd sein, mal eine Zeit lang alleine zu leben.«

Merle nickte stumm und rekapitulierte im Geiste die zunehmende Versinglelung ihres Bekanntenkreises. Tatsächlich war die überwiegende Zahl ihrer Freundinnen und Kolleginnen alleinstehend – ob mit Absicht oder nicht. Und längst nicht alle waren glücklich darüber. Mit der Einsamkeit eines Einzel-Lebens umzugehen war nicht so einfach …

»Fühlst du dich denn nicht einsam, so ganz alleine?«, fragte Merle deshalb.

»An manchen Abenden schon«, sagte Ben. »Aber ich bin durch meinen Beruf und meine Kinder so eingespannt und ausgelastet, dass ich meist keine Zeit habe, darüber nachzudenken.«

Das ging Merles Freundinnen anders – und sie hatten die unterschiedlichsten Methoden, mit dem Alleinsein umzugehen:

Das letzte Kind hat Fell, sagte man doch. Zwei ihrer Familienangehörigen hatten sich nach Scheitern der Beziehung oder Auszug der Kinder tatsächlich vierbeinige Lebensbegleiter angeschafft. »Bruno ist es egal, ob meine Frisur sitzt, ob ich zehn Kilo zu viel wiege oder die neueste Handtasche habe – er liebt mich bedingungslos«, hatte neulich Merles Cousine Lona geschwärmt.

Genau in die Lücke, die ihre gescheiterte Ehe hinterließ, hatte sie damals Brunos Hundekorb gelegt. »Ich hätte nie gedacht, dass einem ein Tier so viel Wärme geben kann«, staunte sie. »Wenn ich abends nach Hause komme und er vor Freude an mir hochspringt, geht mein Herz auf!« Der hübsche Rhodesian-Ridgeback-Rüde wurde ihr Einsamkeits-Antidot, ihr Kuschel-Joker – und letztlich ihr Kommunikator, wenn sie mit ihm auf die Hundewiese ging und dort fast täglich neue Leute kennenlernte.

Vielleicht sollte sie Kater Moritz mal gegen einen Hund tauschen?, überlegte Merle. Mit seinem grauen samtigen Fell war der Katzen-Mann zwar bildhübsch und ließ sich auch gerne streicheln, aber in Kontakt mit anderen Menschen kam sie durch ihn nicht.

»Aber, um noch mal darauf zurückzukommen«, sagte Ben plötzlich. »Das Lass-ab-von-den-Schönen-die-hast-du-niealleine-Syndrom trifft auf mich wirklich nicht zu. Ich denke, ich bin genauso treu und beziehungsfähig wie jeder andere Mann.«

»Wie jeder unattraktive, linkische Nerd, meinst du?« Merle schmunzelte vor sich hin.

»Ja, so ungefähr ...«

»Dafür hast du aber freie Auswahl ab einem Alter von siebzehn Jahren«, provozierte sie weiter.

»Junge Frauen interessieren mich nicht«, behauptete Ben entschlossen.

Merle bekam allmählich ernste Zweifel. Was er sagte, klang alles viel zu schön, um wahr zu sein.

»Ich möchte mit einer Frau auf Augenhöhe sein. Ich will Rückenschmerzen, Lebenserkenntnisse und Alterswehwehchen mit jemandem teilen, der in der gleichen Lebensphase ist wie ich. Etwas anderes kann ich mir gar nicht vorstellen.« Er lachte. »Allein die Sprache der Generation meiner Tochter: Lauch, läuft, nice und so weiter – oft habe ich nicht die geringste Ahnung, wovon sie eigentlich redet!«

»Das stimmt!« Merle lachte. »Aber ich hätte nie gedacht, dass ich das mal sagen würde!«

»Ich auch nicht«, stimmte er zu.

»Alterswehwehchen?«, hakte sie noch mal nach, weil sie sich absolut nicht vorstellen konnte, dass dieser athletische Mann irgendwelche Blessuren hatte.

»Ja, hast du die noch nicht?«, fragte er erstaunt. »Ich komme morgens vor Rückenschmerzen kaum aus dem Bett. Muss mich dann erst mal einrenken, als müsste ich rostige

Bremsscheiben einfahren.« Er machte seltsame Verrenkungen.

Merle musste lachen.

Mittlerweile waren sie wieder vor der *Sturmhaube* angekommen.

»Danke für die interessanten Infos«, rief Merle ihm zu und eilte Richtung Damentoilette, um sich die nassen Haare trocken zu föhnen.

18

Jonas betrachtete sich nackt im Ganzkörperspiegel des Badezimmers – und war äußerst zufrieden. Der Extremsport, den er seit knapp einem Jahr betrieb, hatte deutliche Spuren hinterlassen und seinen Körper in perfekte Form gebracht. Stolz bewunderte er seine harten Brustmuskeln und ließ seinen Bizeps spielen. Er hatte wirklich kein Gramm Fett zu viel am Körper, das sollte ihm erst mal ein anderer Vierundfünfzigjähriger nachmachen. Und das Brusthaar, das er (zum Dreitagebart) neuerdings wieder wachsen ließ, sorgte für eine Extraportion Kernigkeit, wie er fand. Er verströmte pure Männlichkeit – eine Testosteron-Adrenalin-Bombe auf zwei Beinen. Zufrieden stellte er sich unter die Regenschauer-Dusche und genoss die Wärme, die seinen Körper allmählich wieder flutete.

Von oben schaute er auf seinen schlaffen Penis herab, der aussah wie ein ungekochtes Wiener Würstchen. Er war der einzige Körperteil, der auch durch noch so exzessives Training nicht wuchs oder an Umfang zunahm. Bedauerlich, denn Jonas hätte absolut nichts dagegen gehabt, wenn Mutter Natur sein bestes Stück ein paar Zentimeter größer gestaltet hätte. Es hätte ja nicht gleich XL sein müssen – aber zumindest L?

Egal, dachte er und trocknete sich ab – einer Dreiundzwanzigjährigen konnte er es auch mit seinem Mittelklasse-Penis noch ordentlich besorgen! Nicola hatte neulich Nacht wieder so laut geschrien und gestöhnt, dass er schon befürchtete, die Hotelrezeption würde sich einschalten. Schmunzelnd zog er sich an, gelte sich die nassen Haare nach hinten und ging wieder runter zur Party.

»Da bisss du ja endlich wieder!«, lispelte Lisa, als er den Gastraum betrat, in dem die Tanzfläche bereits wieder gefüllt war. Die Gäste saßen in Gruppen zusammen, redeten, lachten – oder tanzten.

»Ich dachte sssohn, du wärssst eingessslafen!«, setzte seine Freundin vorwurfsvoll nach. »Ich ssstehe hier die ganze Zeit alleine rum! Ich kenn hier doch niemand! Und die sssind alle sssooo alt«, maulte sie.

Jonas schnaubte verächtlich und winkte ab.

»Hassst du dich denn jetzt wieder abgeregt, Satssss?«, erkundigte sich Lisa und streichelte ihm über die Brust.

»Klar«, brummte er missmutig und griff sich eines der frisch gezapften Biere von dem Tablett, mit dem ein Kellner gerade herumging.

»Sieehsst du jetsss, wie gut es war, dass wir ein Tssimmer hier reserviert haben?«

Er nickte und exte das Bier.

Lisa hatte darauf bestanden, eines der fünf Zimmer zu buchen, die die *Sturmhaube* als Minihotel anbot. Die Zimmer lagen im ersten Stock, hatten eine fantastische Aussicht – und einen ebenso fantastischen Preis. Deshalb hatte Jonas sich zunächst geweigert, die Buchung vorzunehmen, hatte sich dann aber doch von Lisa, die überzeugt war, dass mitten in der Nacht auf Sylt keine Taxis zu bekommen wären, überreden lassen. Jetzt war er sehr froh darüber.

Er wischte sich den Bierschaum von der Oberlippe, stellte das leere Glas auf den Tisch hinter sich und schaute sich suchend nach dem Kellner um. Sein Blick verfing sich in dem von Ben. Sofort schoss wieder eine Zornesflamme in ihm hoch. Was war nur los mit ihm? Warum machte der Typ ihn so rasend?

Er griff sich das nächste Bier, setzte sich auf einen freien Stuhl und versank in Gedanken …

Seltsamerweise fühlte Wenke sich mit Biggi irgendwie seelenverwandt. Sie hatten sich, nachdem Merle Richtung Toilette entschwunden war, noch lange weiterunterhalten, und Wenke meinte, ein tiefes Verstehen in den Augen ihrer neuen Bekanntschaft ausgemacht zu haben. Sie hatten beide kein leichtes Leben hinter sich – wobei ihres ja selbst gewählt schwierig gewesen war. Welcher Mann hielt es schon mit einer putzbesessenen Frau aus?

Das Putzen – das war natürlich ein großes Gesprächsthema zwischen ihnen gewesen! Wenke fand es herrlich, sich mal mit einem echten Profi über die besten Reinigungsmittel und Haushaltskniffe austauschen zu können. Und die Tatsache, dass ihr in Birgit ein Mensch gegenübersaß, der eine Wohnung sicherlich genauso sauber halten konnte wie sie selbst, nahm sie uneingeschränkt für sie ein.

Die Arme hatte aber auch wirklich Pech gehabt mit ihrer Scheidung und dem nicht zahlenden Ex-Mann. Wenke nahm sich vor, sich nach einem Job für sie in ihrem IT-Unternehmen zu erkundigen. Da musste doch was zu machen sein? Und der Vorteil wäre, bei dem Gedanken schmunzelte Wenke nun, dass sie sich dann jeden Tag sehen würden. Sie könnten beste Freundinnen werden, abends zusammen fernsehen und vielleicht sogar mal essen gehen, sobald Birgit wieder normal verdiente? In Wenke breitete sich plötzlich ein vollkommen unbekanntes Glücksgefühl aus: Ihre einsamen Abende, die sie mit Facebook, Instagram und dem Internet verbrachte, wären endlich mit Wärme und einem »echten« Kontakt gefüllt. Denn sie war ihr virtuelles Leben allmählich wirklich leid. Dass Jens abends Pasta kochte, Mike beruflich gerade nach New York flog und Verena Grippe hatte – von ihrer Wohnzimmer-Couch aus war Wenke stets im Bilde. Sobald sie von der Arbeit nach Hause kam, fuhr sie den Rechner hoch und tauchte ein in ihr Social Network voller Menschen, Nachrichten und Tageserlebnisse. Sie chattete, kommentierte, postete und las sich durch das Leben der anderen, bis sie müde wurde, und ließ sich anschließend von Netflix in den Schlaf berieseln. Der »entkoffeinierte Freundeskreis« wurde dieses Phänomen jüngst in einem Artikel betitelt, denn Menschen, die man nie persönlich traf, waren ungefährlich wie alkoholfreies Bier, wie entkoffeinierter Kaffee und fettreduzierte Butter. Voller Geschmack, aber kein Rausch.

Und genau das würde sich jetzt vielleicht ändern! Ihr ganzes Leben würde sich ändern, fantasierte Wenke und nippte verwegen an der Weinschorle, die sie eigentlich nur als Attrappe in der Hand hielt. Vielleicht könnte sie mit Birgit eine WG gründen, spann sie tollkühn drauflos. Ihre Wohnung war doch viel zu groß für sie, und die Vorteile lagen auf der Hand: Birgit müsste nicht mehr im Wohnwagen leben, sie selbst würde sich nicht mehr einsam fühlen – und das Beste daran war: Birgit war Putz-Profi!

Eine Win-win-Situation in jede Richtung, denn sie wären dann beide endlich nicht mehr allein! Bestens gelaunt und ungewohnt zuversichtlich, ließ Wenke sich von Herrn Ludwig zum Tanz auffordern. Und hatte sogar Spaß daran, obwohl Herr Ludwig nun wirklich kein begnadeter Tänzer war.

19

Während Merle sich unter dem Händetrockner auf der Damentoilette mühsam und in schmerzhaften, längst nicht mehr altersgemäßen Verrenkungen die Haare trocknete, dachte sie über das Gespräch mit Ben nach. Er hatte sympathisch offen und ehrlich über sein Gefühlsleben gesprochen, hatte laut über seinen Beziehungsstatus nachgedacht. Und was war mit ihr? Über ihr Emotionalleben, ihren eigenen Beziehungsstatus und die theoretische Möglichkeit, ihn zu ändern, hatte sie schon länger nicht mehr reflektiert. Sie war Single, und irgendetwas in ihr hatte still und heimlich die Hoffnung aufgegeben, dass sich daran noch mal etwas ändern würde. Für eine Frau ab fünfzig war es wahrscheinlicher, von einem weißen Tiger angefallen zu werden, als eine neue Liebe zu finden, sagte man doch. Aber wollte sie überhaupt eine neue Liebe? Noch mal die Schmerzen riskieren? Den Verlust? Den emotionalen Weltuntergang, wenn man sich wieder trennte? (Dass man sich zwangsläufig nach ein paar Jahren wieder trennte, stand für sie außer Frage, denn sie hatte es nicht anders erlebt.)

War es nicht viel schöner und vor allem ungefährlicher,

alleine zu bleiben? Sie hatte sich jedenfalls in den vergangenen drei Jahren daran gewöhnt und hatte nicht das Gefühl, dass ihr etwas Entscheidendes fehlte – bis auf den Sex natürlich. Aber den könnte sie sich vermutlich jederzeit von ihren Ex-Lovern holen, so sehr, wie die sie heute umschwärmten. Diese Möglichkeit hatte sie bislang noch nie in Betracht gezogen, aber seit heute Abend schien sie ihr gar nicht mal so uninteressant. Mit Jan war es im Bett sehr schön gewesen, mit Max auch. Auf ein Revival des mittelmäßigen Sex mit Jonas konnte sie dagegen problemlos verzichten. Sex mit dem Ex – das wäre, als würde man im Restaurant ein leckeres Gericht bestellen, von dem man weiß, dass es einem schmeckt. Große Nähe, zuverlässig-befriedigende Erotik – und keine Verpflichtungen! Quasi ein sexueller Lieferservice auf Bestellung. Sie würde sicher nur zu ihrem Handy greifen müssen, um eine Verabredung zu initiieren. Oder sie könnte gleich heute Nacht noch mit Jan Richtung Dünen verschwinden.

Nein, kein Interesse, gab sie vor sich selbst zu. Aufgewärmte Suppe hatte ihr noch nie geschmeckt – und sooo dringend fehlte ihr der Sex nun auch wieder nicht.

Alleinsein musste ja auch nicht zwingend schrecklich sein und Einsamkeit bedeuten. Millionen Singles waren mit ihrem Status äußerst zufrieden und holten sich, was sie zum Leben brauchten, mit fantasievollen, kreativen neuen Lebenskonzepten. Und das Gute war: War man alleine und kam einigermaßen damit klar, konnte jederzeit die Liebe wieder ins Leben stolpern, ohne dass man sich dafür von jemandem trennen oder ihm wehtun müsste.

Und vielleicht hätte die Liebe nach ein paar Jahren als Single auch endlich gute Chancen, ganz märchenhaft-wunderbar zu werden, denn eine Zeit lang mit sich selbst klarkommen zu müssen, schliff und formte einen Menschen ohne Frage und machte ihn im Idealfall selbstreflektierter, bewusster und unabhängiger. Eigenschaften, mit denen die nächste Liebe eine ganz große werden konnte, feuerte sie sich selbst an wie ein drittklassiger Motivationscoach.

Wer würde wohl ihre nächste Liebe sein?, fragte sie sich, als sie sich die nun endlich trockenen Haare bürstete und ihr zerlaufenes Make-up restaurierte. Vielleicht dieser ungeheuer attraktive Ben? Schmunzelnd bog sie sich vor und zurück und versuchte so, ihren verbogenen Rücken wieder einzurenken. Hatte Ben nicht von Rückenschmerzen gesprochen? Eine Gemeinsamkeit hatten sie dann schon mal.

Als sie zurück in den Saal kam, stand ihr Vater in der Tür. Nein, nicht Rolf – sondern Wolfgang! Renate hatte sich von ihm scheiden lassen, als Merle drei Jahre alt war, und fortan nur noch als »der Erzeuger« von ihm gesprochen. Kurze Zeit später war Rolf als Stiefvater in ihr Leben getreten, und Merle hatte ihn von Anfang an mindestens so geliebt wie ihren leiblichen Daddy. Sie hatte es ihm immer hoch angerechnet, dass er den Mut hatte, sich in eine Familie mit drei Kindern zu integrieren. Auch Miriam und Maren hatten ihn von Anfang an gemocht.

Miriam begrüßte den grauhaarigen Geschäftsmann gerade, als Merle dazukam.

»Hallo, Wolfgang«, sagte Miriam bissig und kühl und blickte dabei demonstrativ auf ihre Uhr, die 23:30 Uhr zeigte. »Schön, dass du es trotz dieser minimalen Verspätung noch einrichten konntest!« Alle drei Schwestern redeten ihn nur mit seinem Vornamen an, denn dem Titel »Papa« war er nie gerecht geworden.

»Merlilein!«, rief er übertrieben erfreut, ignorierte Miriams Tadel und umarmte sie. »Herzlichen Glückwunsch, mein Schatz!« Er drückte ihr links und rechts einen kratzigen Kuss auf die Wange.

Merle nahm seine Begrüßung wortlos hin und nickte.

»Tut mir leid, dass ich so spät bin«, entschuldigte er sich. »Aber erst fuhr der Shuttle nicht, und dann dauerte das Meeting viel länger als geplant. Die Kollegen aus Frankfurt ...«

»Jaja, schon gut«, unterbrach Merle, die wirklich keine Lust hatte, sich eine weitere Ausführung der angeblichen Erfolge seiner Straßenbaufirma anzuhören. Das hatte sie schon als Kind zu Tode gelangweilt. Immer redete er nur von sich, von seinen Maschinen, den Auslandsmärkten, der wirtschaftlichen Situation und so weiter, anstatt sie einfach mal zu fragen, wie es ihr ging. Merle konnte es nicht mehr hören. Und dass er zu ihrer Geburtstagsfeier auftauchte, lag offenbar auch nur daran, dass er an diesem Wochenende ein geschäftliches Meeting in Westerland gehabt hatte.

»Komm!«, befahl Miri ihrem gemeinsamen Erzeuger, die Merles Genervtheit erkannt hatte. »Du hast doch bestimmt Hunger, Wolfgang. Iss doch erst mal etwas!« Entschlossen hakte sie ihn unter und schob ihn durch die Tanzenden zu den Resten des Büfetts.

Das hatte ihr gerade noch gefehlt, seufzte Merle im Geiste. Ihr leiblicher Vater war ein sehr heikles Thema in ihrem Leben. Verärgert atmete sie, zum gefühlt hundertsten Mal an diesem turbulenten Abend, tief durch.

Dieses Fest ließ anscheinend wirklich keine emotionale Klippe aus! Die vermurkste Vaterbeziehung zu klären sei für ihr Seelenheil unendlich wichtig, hatte ihr ihre Therapeutin eingebläut und diese Baustelle in Merles Psyche für das Scheitern ihrer bisherigen Beziehungen verantwortlich gemacht. Jahrelang hatte Merle deshalb immer wieder versucht, die marode beziehungsweise nichtexistente Vaterbeziehung zu reanimieren. Erfolglos. Ihr Vater war und blieb ein fremder, an ihrer Person gänzlich uninteressierter Mann, der die gemeinsamen Treffen mit ihr gar nicht schnell genug beenden konnte. Er war Unternehmer, leitete eine Straßenbaufirma und war ständig unterwegs. Ein Manager im Anzug und mit S-Klasse-Mercedes, wie er im Buche stand.

»Vater werden ist nicht schwer, Vater sein dagegen sehr«, hatte einst Wilhelm Busch gesagt.

Wenn Merle Wolfgang alleine oder in Begleitung ihrer Schwestern in irgendeinem Restaurant gegenübersaß, war er ihnen so fremd wie der Kellner. Nicht mehr als ein unbekannter, gut gekleideter älterer Herr. Verzweifelt hatte Merle bei diesen Dates sein Gesicht studiert, seine Hände und Bewegungen gescannt und versucht, sich in ihm zu erkennen, ein Gefühl zu fühlen – aber es passierte nichts. Er war jetzt sechsundsiebzig, und irgendwann im Laufe der Jahre, schleichend, aber stetig, hatten sie sich gänzlich verloren.

Lange Zeit dachte Merle, dass ihr das nichts ausmachte. Wenn er sich nicht für sie interessierte, interessierte sie sich eben auch nicht für ihn. Doch ganz so einfach war das nicht. Die Beziehung einer Tochter zu ihrem Vater sei weit tiefgreifender und lebensbestimmender als bislang angenommen, mahnte ihre Therapeutin. Viele Töchter der Generation der Scheidungskinder, der abwesenden Väter und alleinerziehenden Mütter, die heute um die fünfzig seien, würden plötzlich realisieren, dass Jobwahl, Karriere und Beziehungsmuster verblüffend stark von dem Verhältnis zu ihrem genetischen Erzeuger geprägt worden seien – und in ihrer Praxis landen. Das beste Beispiel sei Superstar Madonna, deren Erfolgsmotiv angeblich war, endlich ein stolzes Lächeln auf dem Gesicht von Silvio Ciccone, ihrem Vater, zu sehen. Vergeblich: Während eines ihrer größten Konzerte verließ der strenggläubige Katholik Gerüchten zufolge entrüstet das Stadion, erbost über das freizügige Outfit und die unzüchtigen Gesten, die seine Tochter da oben auf der Bühne präsentiert hatte. Die strahlende Popikone blieb als heulendes Häufchen Elend in der Garderobe zurück und konnte nicht fassen, dass selbst Weltruhm und millionenfach verkaufte Platten nicht ausreichten, die Anerkennung ihres Vaters zu gewinnen.

Merle nahm sich ein Glas Weißwein vom Tablett eines Kellners und setzte sich auf den nächstgelegenen Stuhl. »Kaum ein Mann ist im Leben einer Frau so wichtig wie der Vater«, hatte ihre Therapeutin doziert. Angeblich hatte diese Beziehung enorme Bedeutung für das spätere Lebens- und Liebesglück jeder Frau. Väter erschlossen die Welt, forderten heraus, gaben Selbstvertrauen und stärkten das töchterliche Ego. Auch Eigenwirkung, Flirtstrategien und Männer-um-den-Finger-wickeln-Tricks, wie dieser ganz bestimmte Augenaufschlag oder die piepsig-säuselnde Papa-hab-mich-lieb-Stimme, wurden laut neuesten psychologischen Erkenntnissen durch die Resonanz des Vaters geformt und perfektioniert. Lernte ein Mädchen an ihrem Papa, wie es das fremde Wesen »Mann« kartografieren und damit lenken konnte, hatte sie die besten Karten für eine glückliche Partnerwahl und dauerhafte Beziehung.

Zum Glück hatten Merle und ihre Schwestern dies zwar nicht an Wolfgang, aber immerhin an Ersatzpapi Rolf lernen können. Ganz ohne männlichen Einfluss hatten sie ja nicht aufwachsen müssen. Dennoch schien es nicht das Gleiche, denn die Ignoranz ihres leiblichen Vaters gegenüber all diesen an Rolf gelernten Strategien hatte alle drei immer wieder tief verunsichert.

»Nichts puscht das weibliche Ego so sehr wie eine gesunde Vaterbeziehung«, dieser Satz ihrer Therapeutin hatte Merle damals richtig wehgetan. Es war wohl statistisch erwiesen, dass Töchter, die wahrnahmen, dass ihre Väter sie wirklich liebten, deutlich weniger Selbstmordversuche unternahmen, seltener Drogen konsumierten und seltener Depressionen, ein niedriges Selbstwertgefühl oder ein ungesundes Gewicht hatten. Zeigte Papa der Tochter, wie man Berge erklimmt, Abenteuer besteht, Autos repariert, und lobte er sie im Idealfall auch noch dafür, war sie quasi gegen alle Untiefen des Lebens gefeit. »Väter, die ihre Töchter ermutigen und fördern, sind so etwas wie eine Freikarte für den beruflichen Erfolg und ein erfülltes Liebesleben einer Frau« – auch dieser Satz hatte Merle damals umgehauen. Denn sie hatte weder Wolfgangs Schutzmantel noch eine Freikarte für irgendwas.

Lange Zeit war sie deshalb furchtbar wütend auf ihn gewesen. Doch ihre Versuche, den »Versager«-Vater mal so richtig auf den Pott zu setzen, ihm wütende Briefe zu schreiben, Vorwürfe um die Ohren zu knallen, seine Versäumnisse einzufordern oder Wiedergutmachung zu verlangen, waren so sinnlos wie ineffektiv. Liebesversäumnisse ließen sich nicht auflisten und als addierte Emotional-Schulden einklagen. Verletzungen vernarben – und Narben verschwanden nicht. Auch Väter wie Wolfgang waren letztlich nur Menschen – und die waren bekanntlich fehlbar.

Wesentlich hilfreicher, als in Verbitterung und Verzweiflung über die Ungerechtigkeit, keinen richtigen Vater gehabt zu haben, zu verharren, war der Tipp ihrer Therapeutin gewesen, die Karten anzunehmen, die ihr das Leben nun mal so zugespielt hatte. Es gab sicherlich immer ein noch besseres Blatt, aber auch ein perfektes Blatt gewann ja erst dann, wenn es richtig gespielt wurde.

Sie hatte einen tollen Stiefvater, eine liebevolle Mutter und zwei großartige Schwestern. Und genau deshalb würde sie jetzt alles Grübeln um Wolfgang beiseiteschieben und das Fest – ihr Fest (!) – weiterhin in vollen Zügen genießen. Ihr blöder Erzeuger würde ihr sicher nicht den Abend verderben!

20

Durch ihre Selbstaffirmation gestärkt, wollte Merle gerade engagiert die Tanzfläche erobern, als die Musik leiser wurde und schließlich verstummte.

»Hört mal alle her«, erklang die wohlbekannte Stimme ihrer Schwester Maren. »Ich hoffe, ihr habt das nächtliche Baden gut überstanden und seid bereit für ein neues Spiel?«

Mäßige Begeisterung im Saal.

»Miriam und ich haben beschlossen, dass wir es doch eine ziemlich coole Idee finden, ›Wahrheit oder Pflicht‹ zu spielen. Was meint ihr?«

»Och nö!«, rief Susanne.

»Okay, wir stimmen ab«, beschloss Maren. »Wer ist dafür? Bitte Hände hoch!«

Ziemlich viele Arme hoben sich.

»Und wer ist dagegen?«

Das waren nur drei.

»Prima! Dann fang du doch gleich mal an, Gabi!«

»Gerne!«, sagte Gabi erfreut und stand auf. »Ich nehme das Geburtstagskind!« Sie schaute Merle quer durch den Saal an. »Also, Merli: Wahrheit oder Pflicht?«

»Wahrheit!«, rief Merle.

»In wen hier im Saal könntest du dich verlieben?«

Zong!! Die Frage kam völlig unerwartet und ließ Merle das Blut in den Magen sacken. Verdattert und verlegen schaute sie sich um, fing Bens schmunzelnden Blick auf – und wurde rot. »Ich war ja schon in ein paar der hier Anwesenden verliebt«, redete sie sich hüstelnd raus. »Jeder hier im Saal ist auf seine Weise attraktiv!« Außer Onkel Günther, murmelte sie leise in ihr Dekolleté.

»Und wenn du dir jemanden aussuchen müsstest?«, ließ Gabi nicht locker.

»Dann würde ich Rolf nehmen«, antwortete sie diplomatisch.

Der Saal buhte.

»Lassen wir ihr das durchgehen?«, fragte Maren in den Raum.

»Ja!«, rief Merle eilig.

»Na gut. Aber nur, weil du Geburtstag hast«, mahnte ihre Schwester mit erhobenem Zeigefinger.

Jonas sah rot! Jetzt wusste er es: Merle fand diesen Ben interessant. Er hatte ihren Blick verfolgt – einen Blick, den er nur zu gut kannte. Denn genau diesen Blick hatte sie ihm auch mal geschenkt – am Anfang ihrer Beziehung.

Er nahm einen tiefen Schluck Bier.

Merle und Ben – das war nicht gut! Merle sollte doch immer noch an IHM hängen. Er verlor nicht gerne etwas. Erst recht nicht, wo er nun die Erfahrung gemacht hatte, dass jüngere Frauen zwar einen knackigeren Körper hatten –

dafür aber wenig im Kopf. Zumindest Lisa. Er hätte Merle niemals verlassen dürfen, dachte er traurig. Sie waren doch so ein gutes Team gewesen. Sie hatte ihm gutgetan, sein Selbstbewusstsein gestärkt. Seinen Aufstieg als Anwalt verdankte er durchaus auch dem soliden Fundament, das die Beziehung mit ihr ihm geboten hatte. Lisa dagegen war einfach nur anstrengend! Dauernd wollte sie etwas – und nun war sie auch noch schwanger! Er beschloss, Merle bei nächster Gelegenheit wieder für sich einzunehmen, und leerte sein Glas. Es war bestimmt sein sechstes oder siebtes.

»Nun darfst du dir jemanden aussuchen, liebe Merli«, rief Maren.

Merle wählt Susanne und stellte die Wahrheit-oder-Pflicht-Frage.

»Pflicht!«, verkündete Susanne kurz entschlossen.

»Okaaaaayyyy …«, sagte Merle und zog die Buchstaben absichtlich in die Länge, um Spannung zu erzeugen. »Wie du willst!« Sie lächelte diabolisch. »Imitiere Meg Ryans Orgasmus-Fake aus *Harry & Sally*«, befahl sie schließlich. Das war böse, aber eine kleine letzte Rache wollte Merle sich gestatten – und sie wusste, dass Susanne an der Aufgabe nicht scheitern würde. Sie war hemmungslos genug.

»Du Biest!«, lachte Susanne. »Na schön!« Sie zog ihren Blazer aus, setzte sich auf einen Stuhl, schloss die Augen, atmete durch – und legte los! Ihre Performance war der von Meg Ryan mindestens ebenbürtig, und die Männer im mucksmäuschenstillen Saal lauschten fasziniert, bekamen glasige Augen und stierende Blicke. Die Atmosphäre heizte sich spürbar sexuell auf.

Mit einem letzten Aufstöhner fiel Susanne theatralisch auf ihrem Stuhl in sich zusammen. Der Saal brach in begeistertes Klatschen und frenetischen Jubel aus.

»Danke, Susanne! Das war filmreif!«, lachte Maren. »Darf ich bei dir in die Lehre gehen?«

»Ich möchte genau das, was die Frau am Nachbartisch bestellt hat!«, rief Miriam. Der Running Gag aus *Harry & Sally*.

Susanne verbeugte sich, zog ihren Blazer wieder an und bestimmte den nächsten Kandidaten: »Ich nehme Ben!«

»Pflicht!«, rief der sofort, ohne dass Susanne ihm die Frage gestellt hatte.

»Wie du willst«, lachte Susanne. »Dann hast du die gleiche Aufgabe wie ich!«

»Ich soll Meg Ryan imitieren?«, fragte Ben verblüfft.

»Nein, du sollst einen Mega-Orgasmus faken!«

»Na gut!«

Er krempelte sich die Ärmel seines Hemdes hoch, kniete sich auf den Boden und legte sich der Länge nach auf den Bauch.

Er wand sich, rotierte mit dem Becken, machte die typischen Auf-und-ab-Bewegungen, stöhnte und rief: »Ohh, ist das gut!!« »Jaa, jaaa, schön!!« Er drehte sich auf den Rücken, schlängelte mit seinem ganzen Körper, rekelte sich, zuckte – und »kam« schließlich mit lautem Gebrüll. Merle war beeindruckt. Ihr Unterleib auch. Dieser Kerl hatte wirklich was! Das musste man erst mal bringen, sich da so hemmungslos zu outen.

»Wow, Ben! Du Sexmaschine«, lobte Maren. »Die Frauen hier im Saal kriegen ja schon feuchte Höschen, du Tier!«

»Roaarrr!«, machte Ben und rückte sich in bester Michael-Jackson-Manier mit der Hand den Schritt zurecht, nachdem er wieder aufgestanden war.

Suchend schaute er sich im Saal um. Sein Blick blieb an Jonas hängen – und an Lisa. »Lisa!«, rief er. »Was liebst du am meisten an Jonas?«

In Jonas stieg schon wieder ein Wutanfall hoch. Dieses kleine impertinente Arschloch. Erst produzierte er sich da auf dem Boden als Sexgott, und jetzt knöpfte er sich auch noch seine Freundin vor. Hatte ihm das Wettrennen nicht genügt? War das jetzt seine subtile Rache? Na ja, Lisa würde ihn schon mit Lobeshymnen rehabilitieren. Und Ben würde dann selbst sehen, was er davon hatte. Selbstzufrieden und in Erwartung etlicher schmeichelnder Komplimente, lehnte er sich zurück und trank sein mittlerweile siebtes Bier.

»Und die Pflicht?«, erkundigte sich Lisa zu seinem großen Entsetzen aber stattdessen.

»Nein, so geht das nicht, Lisa«, ermahnte Maren. »Du musst dich von Anfang an für eines entscheiden!«

»Aber Ben hat mich doch gar nicht gefragt«, rief Lisa erstaunt.

»Stimmt auch wieder«, gab Maren zu. »Okay, dann darfst du dich ausnahmsweise jetzt noch mal entscheiden.«

»Pflicht!«, forderte Lisa, ohne zu zögern.

Jonas glaubte, sich verhört zu haben.

»Wie du willst«, grinste Ben. »Offenbar gibt es nichts Liebenswertes an Jonas!« Er lachte – Jonas lief knallrot an. »Dann gib Max einen Kuss auf den Mund!«, befahl Ben.

Verklemmte Teenagerspiele, dachte Merle, die erste sexuelle Handlungen initiierten. Wie alt waren sie eigentlich? Das hier war der Geburtstag einer Fünfzigjährigen – und nicht der eines verpickelten Backfisches. Dennoch schaute sie neugierig und sensationslüstern zu, wie sich die neue Freundin ihres Ex-Lovers ihrem Ex-Ex-Lover nähern würde.

Kichernd baute sich Lisa vor Max auf, nahm ihre Brille ab und gab ihm theatralisch einen Kuss auf den Mund.

Der einen Tick zu lange dauerte.

Verblüfft ließen die beiden voneinander ab und schauten sich an, bis Max sie plötzlich wieder an sich riss und erneut küsste. Diesmal dauerte es länger – und Lisa wehrte sich nicht. Im Gegenteil!

Konnte das wahr sein? Merle traute ihren Augen kaum, dieser Abend war ja wirklich für jede Menge schräge Überraschungen gut. Sie warf einen besorgten Blick zu Jonas, dessen Gesichtsfarbe von Rot zu Bordeaux gewechselt hatte. Da sprang er auch schon auf, stürmte zu den beiden hin und stieß Max grob von Lisa weg.

»Hey!«, rief Lisa empört und setzte ihre Brille wieder auf, die sofort beschlug. Ihre Wangen waren stark erhitzt. »Das war doch nur ein Spiel!«

»Von wegen!«, brüllte Jonas. »Und dir haue ich gleich eine rein, du, du ...!«

Ein passendes Schimpfwort fiel ihm offenbar gerade nicht ein.

»Du musst dich gerade aufregen«, schrie Lisa und putzte ihre Brille trocken. »Meinst du, ich weiß nichts von deinen Affären?«

»Hä?« Jonas hielt inne und tat verständnislos, war aber verräterisch bleich geworden.

»Nicola, Steffi, Mila – muss ich noch mehr sagen?« Lisa triumphierte.

»Aber ...«

»Ich weiß es eben, Jonas, das muss genügen!«, zischte sie scharf. »Sowieso höchst seltsam, dass die sich alle mit dir einlassen – dein Schwanz ist doch viel zu klein!«

Oha, dachte Merle. Zack, das saß! Jonas ließ sich vollkommen sprachlos auf den nächsten Stuhl fallen.

»Finde ich nicht«, warf sich plötzlich Sananda in die Bresche. Was wollte die denn? War die etwa scharf auf Jonas?

»Woher weißt DU das denn??«, kreischte Lisa. »Habt ihr etwa auch?«

»Keine Angst«, lachte Sananda. »Das hab ich eben beim Schwimmen gesehen. Und übrigens, meine Liebe: Die Größe ist doch vollkommen wurscht – auf die Lingam-Energie kommt es an!«

»Aha!«, sagte Lisa verdattert.

»So 'n Quatsch«, schaltete sich die Perle ein und wollte gerade loslegen.

Maren befürchtete anscheinend das Schlimmste, nämlich eine Offenbarung der gesammelten Perl'schen Sexual-Erkenntnisse, und rief deshalb eilig: »Leute, Leute! Ruhig!! Lasst uns bitte das Spiel weiterspielen. Lisa ist dran!«

»Nein, lass die Perle das bitte noch sagen!«, rief die Perle eifrig. »Ich spüre hier im Saal unheimlich viel verkümmerte Sexual-Energie. Mal ehrlich, bei wem von euch geht es im Bett denn noch richtig ab?«

Betretenes Schweigen im Saal.

Jonas und Sananda hoben den Arm.

»Du meinst diese Art von Sex, bei dem du dir die Risse in der Zimmerdecke ansiehst und dich fragst, ob der Raum mit ein paar Pflanzen hübscher aussehen würde?«, fragte Susanne.

Der Saal brach in schallendes Gelächter aus. Mehrere zusätzliche Arme erhoben sich – einschließlich derer von Susanne und Gabi.

»Nein, das meine ich eben genau nicht!«, rief die Perle empört, mit schriller, sich überschlagender Stimme. »Ich meine Ekstase, orgasmische Energie, absolute Verschmelzung mit allen Sinnen ...«

»Äh, ich glaube, das geht jetzt etwas zu weit, Frau Perlebach«, versuchte Maren es erneut.

»Also ich finde das Thema sehr spannend«, schaltete sich mit donnerndem Bass nun auch noch die Mutzke ein und schob sich mit ihrem Rollator näher an die Gesprächsgruppe. »Endlich geht es hier mal los!«, setzte sie nach.

Merle fragte sich, wie viele bizarre Partys sie wohl schon erlebt haben mochte.

»Lasst uns doch einfach mal ein paar Übungen zur Aktivierung eures Swadhisthana-Chakras machen und schauen, was passiert«, schlug Sananda vor.

»Sollen wir uns gleich ausziehen – oder später?«, rief Max lachend.

»Was haltet ihr denn von Strip-Poker?«, schlug Onkel Günther lallend vor.

»Günther, also wirklich!«, rief Tante Hiltrud empört.

21

Sananda kreiste bereits obszön mit den Hüften und war sichtlich dabei, sich warmzulaufen. »Möchtet ihr vorher noch ein paar Kekse?« Sie deutete auf die Tüte, die auf ihrem Tisch lag. »Und könnte der DJ auf mein Zeichen bitte *Sexual Healing* und danach *French Kiss* auflegen? Danke!« Sananda ging in die Mitte der Tanzfläche. »Kommt bitte alle zu mir, und sucht euch einen Partner aus, mit dem ihr die erste Übung machen wollt.«

Merle schaute Maren an, die nur schulterzuckend die Hände hob nach dem Motto: »Ich kann es jetzt leider auch nicht mehr stoppen.«

»Keine Angst«, rief Sananda lachend. »Wir bleiben alle angezogen!«

Günther und Hiltrud bauten sich voreinander auf, Jan und Susanne, Gabi und Herr Ludwig, Renate und Rolf, Lisa und Jonas und Frank und Cordula. Die Perle griff sich den verdatterten Wolfgang und Maren einen der sichtlich verlegenen Kellner. Nachdem die verfügbaren Männer fast alle vergeben waren, ging Wenke zögernd auf Birgit zu. »Wollen wir?«

»Was?«, entgegnete Birgit entgeistert. »Du und ich?« Hilfe suchend schaute sie sich nach männlichen Alternativen um. Erfolglos. »Na gut, meinetwegen«, willigte sie schließlich ein.

»Hat jeder einen Partner?«, erkundigte sich Sananda fröhlich. »Gut!« Sie selbst hatte sich Max gesichert, der unsicher vor ihr stand.

»Magst du?«, tippte Merle von hinten jemand auf die Schulter. Es war Ben. »Sorry, ich war auf der Toilette und habe wohl den Anpfiff verpasst«, lachte er.

»Gerne«, sagte Merle und folgte ihm auf die Tanzfläche.

»Wir beginnen mit dem bewussten Wahrnehmen von Berührungen«, sagte Sananda. »Bitte streichelt euren Partner, wo ihr mögt – im Gesicht, am Hals, an den Händen – ganz egal. Wer mag, kann auch seine Schultern entblößen, um intensiver zu spüren!«

Gemurmel im Raum.

»Derjenige, der gestreichelt wird, sollte die Augen schließen, um die Berührungen so intensiv wie möglich zu erleben – und für den, der streichelt, gilt das ganz genauso.« Sie lachte und gab dem DJ ein Zeichen. »Musik, bitte! Und los!«

Die ersten Klänge des alten Schmuse-Klassikers von Marvin Gaye ertönten. Merle und Ben standen sich gegenüber, grinsten sich verlegen an und wussten nicht, wer anfangen sollte.

»Mach du doch zuerst«, sagte Merle und schloss die Augen. Kurz darauf spürte sie ein warmes, schmetterlingsleichtes Streicheln auf ihrer Stirn – und bekam eine Gänsehaut. So sanft war sie selten berührt worden. Sie überließ sich ganz diesem Empfinden. Wie eine Feder und ganz, ganz langsam schwebten Bens Fingerspitzen über ihre Schläfen, die Wangen, das Gesicht, den Hals und Nacken. Es schien, als würde er ihre Haut kaum berühren und sie würde nur die Wärme seiner Hand spüren.

Er streichelte sich ihren nackten Arm hinunter. Als er über ihre Ellenbogenbeuge strich, erschauerte sie, und eine unbekannte, sehr aufregende Hitze stieg in ihr auf.

Auch einigen anderen schien die »Berührungseinheit« ausnehmend gut zu gefallen: Günther entfuhr mehrfach ein tiefer, wohliger Brummlaut, und die Perle gab schrilles, vogelartiges Geträller von sich.

Zu den Klängen von *French Kiss* war Ben inzwischen bei Merles Hand angekommen und massierte jeden einzelnen ihrer Finger von der Wurzel bis hoch zur Fingernagelspitze. Es fühlte sich für Merle geradezu obszön an, als er mit dem Zeigefinger zwischen ihren Mittelfinger und Ringfinger fuhr.

Erschrocken öffnete sie kurz die Augen und sah, wie Cordula verärgert Franks Hand von ihrer Brust schubste und ihm »Langsam!!« zuzischte. Sie musste grinsen. Offenbar gab es in diesem Streichelkurs Männer, die das Vorspiel gerne ungeduldig übersprangen …

Merle streckte die Hand aus und strich mit geschlossenen Augen durch Bens wuscheliges blondes Haar, das sich voll und vital anfühlte. Ben brummte wohlig und schien es sehr zu genießen, was Merle einen weiteren Schauer über den Rücken laufen ließ. Seine rechte Hand war mittlerweile wieder ihren Arm hinaufgeklettert und streichelte nun um den Träger ihres Kleides herum über ihre nackte Schulter.

»Dreh dich mal um!«, flüsterte Ben mit geschlossenen Augen. Merle drehte sich, stellte sich mit dem Rücken vor ihn und fühlte plötzlich seinen warmen Atem in ihrem Nacken.

»Hmmmm, riechst du gut«, flüsterte er und hauchte ihr einen Kuss auf den Haaransatz. Merle erschauerte und hatte das Gefühl, sämtliche Härchen auf ihrer Haut würden sich aufgeregt aufstellen.

»Und gut!«, rief nun leider Sananda.

Merle öffnete widerwillig die Augen und sah sich um. Mehrere Augenpaare blinzelten sich verhangen und verschleiert an. Offenbar waren viele in der Übung genauso versunken wie sie selbst.

Wenke, die mit Birgit neben ihr stand, liefen Tränen übers Gesicht.

»Was hast du denn?«, fragte Merle besorgt. »Geht es dir nicht gut?«

»Doch, sehr gut«, schluchzte Wenke und wischte sich die Nässe von den Wangen. »Ich habe nur vergessen, wie schön es ist, überhaupt mal wieder berührt zu werden ...«

Lachend nahm Birgit sie in den Arm. »Ach, meine Süße ...«

»Das war schon mal sehr gut, ihr Lieben«, lobte Sananda. »Und jetzt machen wir das sogenannte Bewegungsspiel! Dafür schlendert ihr im Raum herum und streichelt, schnuppert oder umarmt, wen ihr wollt. Mit den Worten ›Ja‹,

›Nein‹, ›Mehr‹ und ›Auf Wiedersehen‹ könnt ihr die Begegnungen dirigieren.«

Chillige Musik erklang. »Und los!«, befahl Sananda.

Die Menschen auf der Tanzfläche setzten sich in Bewegung, umkreisten sich, blieben voreinander stehen oder drehten sich weg.

Merle sagte »Nein« zu Onkel Günther, »Ja« zu Cordula, »Mehr« zu Jan und, nach ein paar hektischen und linkischen Berührungen, »Auf Wiedersehen« zu Herrn Ludwig, dessen Deo unangenehm versagt zu haben schien. Es war lustig, theoretisch jeden anfassen zu dürfen, den sie spannend fand, und sie war erstaunt, wie angenehm sich zum Beispiel Gabi anfühlte. Sie hatte ihre Nachbarin noch nie berührt und war verblüfft, wie warm und weich ihre Haut war – und wie angenehm sie duftete. Krass, dass man immer so distanziert miteinander umgeht, schoss es ihr durch den Kopf. Gerne hätte sie Mäuschen gespielt und beobachtet, wer wen gut fand – und wer wen nicht. Aber sie konnte sich ja schlecht von der Tanzfläche schleichen und vom Rand aus spannen. Aus den Augenwinkeln bekam sie dennoch mit, dass die Perle schon wieder an Wolfgang hängen blieb, der sich sehnsüchtig nach Lisa umschaute, die ihm soeben eine »Nein«-Abfuhr erteilt hatte. Günther ließ sich gerade von Max streicheln und Renate von Wenke. Es war zum Brüllen!

»Und nun noch eine Übung nur für die Frauen«, rief Sananda und riss die sich fleißig streichelnden Partygäste aus ihrer Berührungstrance. »Die Herren verlassen bitte die Tanzfläche!«

Unter Gemurmel und gelöstem, fröhlichem Lachen gingen die Männer an den Rand, setzten sich oder beobachteten das weitere Geschehen im Stehen. Auf jeden Fall hatten Sanandas bizarre Übungen für gute Stimmung gesorgt und die Gruppe deutlich aufgelockert, musste Merle bewundernd anerkennen.

»Für orgiastische sexuelle Ekstase ist es von großer Bedeutung, uns selbst als Götter und Göttinnen im Schlafzimmer zu betrachten und unsere sexuelle Energie zu nutzen, um zu höheren Seinszuständen zu gelangen«, dozierte Sananda, die sich wieder in die Mitte der Tanzfläche gestellt hatte. »Aber leider haben besonders die Frauen ein Problem damit – den Herren fällt es stets leichter, sich als Sexgott zu betrachten.«

Lachen im Saal.

»Liebe Frauen, ihr sollt deshalb jetzt wieder durch den Raum gehen und euch dann, nachdem die Musik verstummt ist, der Frau zuwenden, die am nächsten zu euch steht. Dieser Frau sollt ihr möglichst konzentriert und, ohne wegzugucken, in die Augen schauen und sie als Göttin betrachten, ihre Schönheit anerkennen und sie mit Gutherzigkeit bedenken.«

Jetzt wurde es leider albern, fand Merle.

»Was soll's?«, seufzte Susanne achselzuckend, die neben ihr stand. »Machen wir den Mist halt auch noch mit!«

Wieder wurde die Musik aufgedreht, und die weiblichen Partygäste wandelten, größtenteils albern kichernd, durch den Raum. Ein wenig erinnerte die Szenerie an die *Reise nach Jerusalem*, das Kinderspiel, das früher auf Merles Geburtstagen gespielt wurde und immer für große Aufregung gesorgt hatte.

Als die Musik verstummte, stand Merle ausgerechnet vor Hiltrud und hatte große Mühe, ihr als Sexgöttin zu huldigen. Dennoch versuchte sie es, schaute ihr konzentriert in die Augen und bemühte sich redlich, Tante Hiltruds weibliche Schönheit zu würdigen. Während sie dem Blick ihres voluminösen Gegenübers unter größter Selbstdisziplin standhielt, stellte sie sich Hiltruds nackten Körper vor. Ihren vermutlich sehr üppigen Busen, dem – ebenso vermutlich – die Schwerkraft schon arg zugesetzt hatte, ihre Hüftringe, ihre Schambehaarung. Beim Gedanken daran, dass die höchstwahrscheinlich schon würdig ergraut war, musste Merle losprusten. Sie konnte nicht mehr. Die ganze Anspannung platzte aus ihr heraus, und Tränen liefen ihr übers Gesicht. Tante Hiltrud sah sehr sauer aus.

»Bitte entschuldigt«, krächzte Merle und versuchte, sich wieder zusammenzureißen. »Ich weiß auch nicht, warum ich plötzlich so albern bin!«

»Albernheit ist ein Zeichen totaler Verklemmung«, wies Sananda sie zurecht. »Gerade deshalb solltest du dich bemühen, die Übung ernsthaft und konzentriert durchzuziehen!«

»Du böses Ding, du!«, flüsterte Susanne ihr zu, und Merle musste schon wieder losprusten. Vermutlich war mittlerweile alles etwas viel für ihre geschundenen Nerven.

Von Neuem setzte die Musik ein, und die Teilnehmerinnen liefen wieder durch den Raum. Die für Merle überraschend unangenehme Übung wurde dreimal wiederholt, und sie war jedes Mal erleichtert, wenn die Musik wieder anging und sie den Blickkontakt abbrechen und ihr Gegenüber aus der Augenzange entlassen und umarmen konnte. Wenke heulte schon wieder, und auch Gabi und Lisa wirkten sehr aufgewühlt und erhitzt.

»Und zum krönenden Abschluss legt euch nun bitte alle mal auf den Rücken«, forderte Sananda unter zustimmendem Gejohle der Herren.

Die Frauen taten, wie ihnen befohlen, und sanken artig aufs Parkett.

»Legt eine Hand auf euer Herz und eine Hand über eure Yoni, um die Verbindung zwischen den beiden zu spüren!«

»Yoni?«, rief Tante Hiltrud. »Was ist das denn?«

»Das ist die indische Bezeichnung für eure Vulva«, erklärte Sananda. »Und wo die ist, wissen Sie hoffentlich«, lachte sie.

Tante Hiltrud schnaubte empört und griff sich in den Schritt.

»Und nun zieht ihr eure Beckenbodenmuskulatur zusammen und entspannt sie wieder. Immer wieder zusammenziehen und entspannen! Und versuchen, dabei euer Herz und eure Yoni zu spüren!«

Die Frauen ächzten, stöhnten und bemühten sich. Merle bezweifelte, dass Tante Hiltrud wusste, wie ihre Beckenbodenmuskeln zu betätigen waren – aber sie irrte sich: Die Perle gab nach kurzer Zeit ein verdächtig orgiastisches Stöhnen von sich, und auch Tante Hiltrud schienen unbekannte sinnliche Wellen zu durchfahren, die sie wimmern und in Schweiß ausbrechen ließen.

»Vielen Dank, meine Lieben! Das war's«, rief Sananda. »Setzt euch auf, und erhebt euch langsam wieder«, beendete sie den Schnellkurs in Sachen Erotik.

Die Musik wurde wieder laut gedreht, und der Saal klatschte Beifall.

»Bravo!«, rief Onkel Günther.

»Jetzt habt ihr einen kleinen Einblick bekommen, wie ihr euer Sexualleben reanimieren und richtig pushen könnt«, rief Sananda in die sich auflösende Frauengruppe. »Ich kann euch nur empfehlen, mal ein Tantra-Seminar zu besuchen. Das bringt einen echt weiter. Moment, ich habe hier ein paar Flyer!«

Zu Merles großem Erstaunen schnappte sich ausgerechnet Onkel Günther als einer der Ersten eines der Prospekte. Auch Wenke griff zu.

22

»Hast du mal Feuer für mich?« Lässig schlenderte Susanne über die Terrasse zu Jan, der rauchend auf einem Stuhl saß und den Sternenhimmel beflirtete.

»Was?«, fragte er gedankenverloren. Susanne hatte ihn augenscheinlich aus tiefen Grübeleien gerissen.

Susanne hielt ihre Zigarettenschachtel hoch. »Feuer?«

»Ja, klar!« Er reichte ihr sein Zippo-Feuerzeug, das sie gekonnt aufschnappen ließ.

»Darf ich?«, fragte sie und deutete auf den leeren Stuhl neben ihm.

»Gerne«, lächelte er und schob den Stuhl zurecht.

Susanne setzte sich.

»Puh«, seufzte sie und sog einen tiefen Zug aus ihrer Zigarette ein. »Ganz schön anstrengender Abend, oder?«

»Kann man so sagen …« Er drückte seine Zigarette auf dem Boden aus und verpackte den Stummel sorgsam in ein Taschentuch, das er in sein Jackett steckte.

»Und? Wie fandest du die Sexübungen?«, erkundigte sich Susanne, süffisant grinsend.

»Die Eso-Tante hat eine bedenkliche Profilneurose – und eine sehr schlechte Kosmetikerin«, resümierte Jan.

Susanne lachte laut auf. *»Well said!«*

»Aber in der Sache hat sie schon recht. Mein Sexleben ist ehrlich gesagt tatsächlich erbärmlich.«

»Echt?« Susanne sah ihn erstaunt an. »Du siehst gar nicht so aus!«

»Wie sieht man denn dann aus?«, fragte er lachend.

»Weiß nicht.« Susanne zuckte mit den Schultern. »Jedenfalls nicht so wie du ...«

Sie zog an ihrer Zigarette und blies den Rauch wenig später durch die Nase wieder aus.

»War das ein Kompliment?« Er schien geschmeichelt.

»Keine Ahnung. Aber du siehst irgendwie nicht besonders untervögelt oder frustriert aus.«

Er lachte laut auf. »Oh, vielen Dank!«

»Gerne.« Sie lächelte.

»Möchtest du auch noch einen Drink?«, fragte er.

»Unbedingt!«

»Und was?«

»Ein Caipirinha wäre jetzt toll ...«

»Okay.« Er stand auf.

»Oder, nee, warte«, rief sie. »Doch lieber einen Cuba Libre! Der ist mit Cola. Ist erfrischender«, überlegte sie laut.

»Gute Idee. Nehme ich auch«, beschloss er. »Bin gleich wieder da.«

Kurze Zeit später stand er mit den Drinks auf der Terrasse

und überreichte Susanne ihr Glas, an dessen Strohhalm sie gierig saugte. »Mmh! Genau das Richtige jetzt!«

Jan setzte sich, rührte in seinem Glas mit dem Strohhalm, legte ihn auf dem Tisch beiseite und nahm mehrere große Schlucke.

»Was ist denn los?«, fragte Susanne freundlich.

»Wie?«

»Na, warum ist dein Sexleben so eine Katastrophe?«

»Ach, meine Ehe ist einfach furchtbar frustrierend«, seufzte er. »Alles ist so vorhersehbar geworden. So langweilig.«

Susanne nickte verständnisvoll.

»Meine Frau will nicht mehr mit mir schlafen ...«

»Ohne jetzt zu tief in euer Ehebett einzusteigen – ich glaube, du hast einfach eine Midlife-Crisis«, diagnostizierte sie.

»Das sicher auch«, seufzte er. »Aber dass ich seit etwa acht Jahren keinen Sex mehr hatte, hat damit nichts zu tun!« Ratlos schaute er sie an.

»Acht Jahre??«, schrie Susanne entsetzt auf. »Platzt du nicht bald?«, lachte sie.

»Wenn ich meine Frau wenigstens ruhigen Gewissens betrügen könnte ...«, überlegte er laut.

»Das darfst du ganz sicher! Acht Jahre kein Sex grenzt ja an körperliche Gewalt. In jedem Fall ist das seelische Grausamkeit!« Sie strich ihm zärtlich über den Rücken.

»Ich glaube, im Grunde ist Merle schuld«, sinnierte er traurig und hakte seinen Blick irgendwo am Horizont ein.

»Hä? Wieso das denn?«, fragte Susanne verblüfft.

»Die Trennung von ihr hat offenbar irgendwas bei mir getriggert. Sie war schließlich die erste Frau, mit der ich geschlafen habe. Meine erste Liebe …«

Er machte eine bedeutungsschwangere Pause.

»Da müsste vermutlich mal ein Psychologe ran«, schloss er.

»Ich verstehe nicht?« Susanne schaute ihn mit hochgezogenen Augenbrauen an.

»Nachdem Merle sich von mir getrennt hat, hatte ich bei allen Freundinnen Angst, dass sie mich verlassen«, erklärte er. »Deshalb habe ich die nächste gleich geheiratet. Damit sie bloß nicht wegläuft.«

»Oh nee!«, rief Susanne entsetzt.

»Ja, leider!«, seufzte er.

Sie nahmen beide einen Schluck Cuba Libre.

»Und jetzt bist du nur noch mit ihr zusammen wegen der Kinder?«

»Genau.«

»Und sie lässt dich echt seit acht Jahren nicht mehr ran?«

»Richtig!«

»Auch nicht zu Weihnachten oder zu deinem Geburtstag?«, lachte Susanne. »Das ist doch bei frustrierten Ehepaaren immer ungeschriebenes Gesetz.«

»Nein, auch dann nicht.«

»Ach, komm mal her, du unglaublich armer, ungewürdigter hübscher Kerl«, rief Susanne plötzlich und stellte ihr Glas ab. »Ich glaube, ich kann dir helfen!«

Sie packte ihn am Hemdkragen, zog ihn zu sich – und küsste ihn. Der Kuss ging in eine leidenschaftliche Knutschorgie über, bei der die Zigarette in Susannes Hand bis auf den Filter runterbrannte.

Die Streicheleinheiten von Max während der Tantra-Übungen hatten Sanandas bestens trainierte Yoni in Aufruhr versetzt. Höchste Zeit, dem mal intensiver nachzuspüren, beschloss sie und suchte ihn. Sie fand ihn am Tresen, wo er sich gerade einen Whisky Sour bestellte.

»So einen nehme ich auch«, verkündete sie und ließ sich auf den Barhocker neben ihn plumpsen.

»Dasselbe für die Dame!«, rief er dem Barkeeper zu, der verstehend nickte.

Die Drinks wurden serviert, und sie prosteten sich zu.

»Ich möchte mit dir schlafen!«, ließ Sananda ihn ungefragt wissen.

»Oh!« Vor Überraschung ließ Max fast sein Glas fallen, das er gerade an seine Lippen setzen wollte. Der Barkeeper starrte Sananda fasziniert an.

»Das ist … äh … sehr direkt«, stotterte Max. »Jetzt sofort?«

»Wenn's geht, ja.«

»Okaaaaayyyy …« Er knöpfte lasziv provozierend sein Hemd auf.

»Herrschaften!! Bitte!!«, rief der Barkeeper entsetzt.

»Nein«, lachte Sananda. »Genau hier muss es nicht unbedingt sein. Komm mal mit!« Sie nahm seine Hand und zog ihn vom Barhocker hinter sich her Richtung Ausgang. »Hast du denn auch Lust?«, rief sie ihm aufgeregt über die Schulter zu, während er Mühe hatte, hinterherzukommen.

»Klar!«

»Aber ich bin doch viel älter als du.« Sie blieb stehen.

»So 'n Quatsch. Ich bin zweiundfünfzig – und du?« Er rang nach Luft. Ihr Schritttempo war aber auch wirklich hoch ...

»Achtundfünfzig!«, sagte sie und schaute ihm dabei forschend in die Augen.

»Super!« Er zuckte nicht und schaute nicht weg. »Ich finde Frauen, die wissen, wie ihr Körper funktioniert, eh viel spannender!«

Das klang ehrlich und glaubhaft, fand Sananda.

Eng umschlungen verschwanden sie Richtung Dünen und hinterließen einen kopfschüttelnden Barkeeper – plus zwei noch fast volle Gläser Whisky Sour.

23

Die Mitternachtssuppe, die soeben in den Saal getragen wurde, schien von vielen Gästen sehnsüchtig erwartet worden zu sein. Kaum, dass die Deckel der großen Gulasch- und Erbsensuppen-Bottiche geöffnet wurden, hasteten etliche Partyteilnehmer zum Büfett, um mit Tellern in der Hand Schlange zu stehen. Offenbar hatten die turbulenten Erlebnisse der letzten Stunden für hungrige Mägen gesorgt.

Auch Merle knurrte der Magen, sie hatte im wahrsten Sinne des Wortes ja auch »einiges zu verdauen«. Als sie sich gerade eine große Portion köstlich-dampfender Gulaschsuppe auf ihren Teller füllen ließ, spürte sie, wie ihr von hinten jemand auf die Schulter tippte.

»Hast du mal eine Minute Zeit für mich?« Es war Jonas, mit ungewohnt unsicherem und zerknirschtem Gesichtsausdruck. Seine Haut glänzte talgig, seine Augen waren seltsam gerötet, und er hatte tiefe Augenringe. Er sah sehr angespannt aus.

»Ja klar«, sagte Merle. »Wenn ich dabei etwas essen kann? Ich sterbe vor Hunger!«

»Natürlich! Ich lasse mir auch schnell eine Portion geben.« Beflissen hielt Jonas dem Kellner seinen Teller hin und schnappte sich dazu einen Brotkorb mit noch warmen Baguettescheiben.

»Kommst du mit an meinen Tisch?«, schlug Merle vor, und Jonas begleitete sie zu ihrem Platz.

»Ich muss mal mit dir reden, Merli«, setzte Jonas an, nachdem er ein paar Löffel der leckeren Suppe gegessen hatte.

»Hm«, nickte Merle mit vollem Mund.

»Es liegt mir schon seit ein paar Wochen auf der Seele«, druckste er herum.

»Was denn?«, fragte Merle und nahm einen Schluck Kaffee, der zu der Suppe angeboten worden war.

»Ich bereue zutiefst, dass ich dich damals verlassen habe!«, platzte es aus Jonas heraus. »Ich wünschte, ich könnte unsere Trennung rückgängig machen!«

»Huch??« Vor Überraschung ließ Merle fast ihren Löffel fallen. »Warum das denn, Joni? Deine Freundin kriegt doch gerade ein Kind von dir!« Sie war ehrlich fassungslos. Was sollte das denn nun schon wieder?

»Ja, aber sie ist eben nicht wie du, und manchmal braucht man anscheinend etwas länger, um etwas zu begreifen ...« Er schob seinen noch vollen Teller von sich weg und sah sie traurig an.

»Und was genau hast du jetzt begriffen?«

»Dass niemand so gut zu mir passt wie du! Wir waren doch ein so tolles Team! Wollen wir es nicht noch mal miteinander versuchen?« Er griff nach ihrer Hand und guckte sie mit glasigen Augen an.

Wie viele Biere hatte er wohl schon getrunken, fragte sich Merle und spulte im Geiste auf die Zeit ihres Kennenlernens zurück.

Es war Hochsommer, und sie war gerade zweiunddreißig geworden, als er auf einer Party am Elbstrand plötzlich vor ihr stand. Gut aussehend, charmant, perfekt gestylt, selbstbewusst und beeindruckend männlich. Er war angehender Rechtsanwalt, kurz vor der Eröffnung der ersten eigenen Kanzlei – und Merle war tief beeindruckt von ihm. Er war ein Macher, wusste Bescheid im Leben, war so klug – und er wollte sie!! Nach der Demütigung mit Max eine sehr wohltuende Erfahrung.

Noch in derselben Nacht knutschten sie am Elbufer, und nicht nur die bunten Lichter des Hafens blinkten – auch Merles Herz schlug Purzelbäume. Jonas wurde zu einer Art Geschmacksverstärker in ihrem Leben: Alles fühlte sich intensiver an. Der Mond leuchtete heller, der Wein schmeckte leckerer. Betrunken vor Glück tanzten sie durch die Nächte und durchknutschten die Tage. Merle ließ sich von seinem Lebenshunger mitreißen, warf Vorsichtsmaßnahmen über Bord und überschritt etliche persönliche Grenzen. Jonas war so anders als sie und gleichzeitig so verlässlich und vertrauenswürdig. Er war ihre Schulter zum Anlehnen, ihr Hafen, ihr Fundament. So viel Unmögliches schien plötzlich möglich. Nach drei Monaten zogen sie zusammen in eine große Wohnung, die er von seinem üppigen Gehalt lässig bezahlen konnte.

Merle passte sich ihm vollkommen an. Sagte zu allem,

was er vorschlug, stets Ja. Das Wort »Nein« kam in ihrem Sprachschatz nicht mehr vor, denn sie wollte perfekt sein, um die Portion Lebensglück, die ihr nun endlich serviert wurde, bloß nicht zu gefährden. Für ihr Liebesglück mit Jonas tat sie alles und gab die perfekte Lebenspartnerin: Ohne zu murren, nahm sie seine schrecklichen Adventure-Urlaube in Kauf, ließ sich komplett nach seinem Modegeschmack umstylen, verzichtete auf ihren Schlaf, um ihn nicht beim Schnarchen zu stören, und traf Leute, die sie nicht mochte, weil es wichtige Klienten oder Geschäftspartner für ihn waren. Sie beherbergte unsympathische Freunde, aß im Restaurant Sachen, die ihr nicht schmeckten, und schlief mit ihm, obwohl sie schon nach kurzer Zeit keine Lust mehr dazu hatte.

Ihr eigenes Wohlbefinden war komplett an seines gekoppelt: War er zufrieden, war sie es auch – weil er es war. »Stopp!« oder »Nein, das will ich nicht« strich sie komplett aus ihrem Kommunikationsrepertoire.

In den gemeinsamen Jahren mit ihm wurde sie geradezu pathologisch harmoniesüchtig, Konflikte waren ihr ein Graus. Zu groß war die Angst, die oft gar nicht mal so wunderbare Beziehung mit ihm zu gefährden. Eisern hielt sie an ihm fest und war wild entschlossen, ihn nie wieder loszulassen. Sie war davon überzeugt, dass ihr nichts Besseres mehr über den Weg laufen würde, und wollte mit ihm eine Familie gründen. Heirat, Kinder, Haus im Grünen – das waren die Zielkoordinaten ihres Lebensnavigators gewesen.

Sie war mit Jonas voll in die Gefallen-wollen-Falle getappt. Vielleicht lag es daran, dass sie ihn für so viel attraktiver hielt als sich selbst. Sie glaubte, mit ihm ein Schnäppchen, einen Fang gemacht zu haben, der eigentlich eine Schuhnummer zu groß für sie war, den sie aber gerade deshalb unbedingt halten wollte – koste es, was es wolle! Wie einen unerwartet gefundenen Edelstein wollte sie ihn nicht mehr hergeben und tat alles für ihn: Wenn sie erschöpft und müde von der Arbeit nach Hause kam, duschte sie, schminkte und stylte sich neu und stellte sich an den Herd, um ihm eines seiner bevorzugten Gerichte zu kochen. Sie erledigte die Einkäufe, putzte die Wohnung und kümmerte sich um seinen privaten Bürokram. Kurz: Sie war seine Rundum-Versorgungsmaschine!

Jonas behauptete zwar, sie zu lieben, aber im Grunde kassierte er nur ein und profitierte von allem, was sie ihm so bereitwillig gab. Im Laufe ihrer Beziehung stieg er dank des Fundaments, das sie ihm bot, zu einem der erfolgreichsten Anwälte der Stadt auf.

Merle war mit ihrer »Taktik« damals kein Einzelfall. Die meisten ihrer Freundinnen machten es genauso wie sie: Liebe kaufen durch Nachgeben und Selbstaufgabe. Eine Rechnung, die nie aufging, denn wie sich so eine Gefallen-Wollerin für das Gegenüber anfühlte, hatte Herbert Grönemeyer einst eindrucksvoll in seinem Song *Deine Liebe klebt* besungen:

Du hast für alles Verständnis
(...)
Deine Freundlichkeit macht mich fertig

Liebe ohne Reibung erzeugt weder Wärme noch Hitze. War leidenschaftslos und unspannend für den anderen und lähmte jegliche Entwicklung. Merle dachte tatsächlich, nur dann liebenswert zu sein, wenn sie nicht unbequem war, keine Fehler, keine Schwächen, keine eigenen Bedürfnisse hatte, die seinen widersprachen. Dass sie Jonas dadurch die Chance nahm, sie wirklich kennenzulernen, sie zu verstehen und ihr zu helfen, war ihr lange nicht klar. Mit einer Frau, die ihren Mann den ganzen Tag nur umpuschelte und mit Samthandschuhen anfasste, die hündisch devot war, um ihn bloß nicht zu vergrätzen, konnte Jonas ja gar keine Beziehung auf Augenhöhe führen.

Sie hielt an etwas fest, das ihr nicht guttat – und schuld daran, dass es ihr nicht guttat, war sie selbst. Weil sie keine Grenzen setzte, der Liebe keine Führung gab. Sie dachte, wenn sie nur lieb genug wäre, dann würde alles gut gehen, denn dann würde er für immer bei ihr bleiben.

Es dauerte lange, bis Merle kapierte, dass es eine große Stärke war, Schwächen zu zeigen. Denn Schwächen waren intim, und Intimität schuf Nähe. Selbstbewusste Menschen, die wussten, was sie wollten, und klare Grenzen zogen, wurden erwiesenermaßen viel mehr geliebt als softe Jasagerinnen. Warum sonst heirateten Männer Zicken und verließen die umpuschelnden Muttis? Eine attraktive Partnerin sollte eher Diva sein als Kuschelkissen. Angelina Jolie statt Mutter Teresa – eine Erkenntnis, die für Merle leider zu spät kam …

Die Trennung von Jonas war hart. Extrem hart! Es gab plötzlich Lisa – und es gab diesen furchtbaren Satz: »Ich liebe dich nicht mehr!« Er leitete das schmerzhafteste Jahr in

Merles bisherigem Leben ein. Sie musste quasi über Nacht aus der gemeinsamen Wohnung, deren Miete er bezahlte und die auf seinen Namen lief, ausziehen. Notunterkunft fand sie zunächst bei ihren Eltern – und dann zum Glück ziemlich schnell in ihrer jetzigen Zweizimmerwohnung, zwei Stadtteile weiter.

Bei der Trennung war sie siebenundvierzig und versank in Selbstmitleid. Jeden Abend nach der Arbeit verlor sie sich auf ihrem Sofa im Könnte-sollte-hätte-Karussell. Ihre Seelenlandschaft glich einem Wald nach einem verheerenden Brand. Fünfzehn gemeinsame Jahre lagen hinter ihr, und nie hätte sie geglaubt, dass ihr jemand so fehlen könnte. Merle ohne Jonas – das war wie das Meer ohne Schaum, wie »ganz« ohne »gar nicht«.

Verzweifelt studierte sie alle verfügbaren So-bekommen-Sie-ihn-zurück-Ratgeber, las *Leide nicht, liebe!*, bestellte tausendmal Jonas' reuige Rückkehr beim Universum und trug hoffnungsvoll ihr Glücks-T-Shirt. Erfolglos!

Bis sie eines Morgens vor dem Spiegel innehielt und bemerkte, dass sie abgenommen hatte! Acht Kilo! Sie drehte und wendete sich und kam nicht umhin, festzustellen, dass sie so gut aussah wie selten zuvor in ihrem Leben. Diese Erkenntnis war die Wende! Etwas in Merle begriff da plötzlich, dass eine Metamorphose stattgefunden hatte. Sie holte ihre Lieblingsjeans aus dem Schrank, die ihr so viele Jahre nicht gepasst hatten, bewunderte ihren fehlenden Bauch und ließ sich die wuschelige Kurzhaarfrisur verpassen, für die ihr zehn Jahre lang der Mut gefehlt hatte.

Natürlich hoffte dabei etwas in ihr still und heimlich, Jonas zufällig über den Weg zu laufen und dank ihrer neuen Optik wieder dieses Glitzern in seinen Augen zu entdecken. Doch bald wurde ihre neue Identität zum Selbstläufer: Sie hatte sich geschält, sich entpuppt und fühlte sich wie der Schmetterling, der aus der Raupe gekrochen war und nun schillernd durchs Leben flatterte.

Ihr wurde zunehmend klar, dass es eigentlich gar nicht so schlimm wäre, wenn er nicht mehr wiederkäme. Weil es ihr dann vermutlich besser ginge, weil sie endlich wieder sie selbst sein könnte – vorausgesetzt, sie würde sich daran erinnern können, wer sie noch mal war.

In den vergangenen fünfzehn Jahren hatte sie stets an alle und alles gedacht – und dabei die wichtigste Person vergessen: sich selbst! »Liebe deinen Nächsten wie dich selbst«, heißt es in der Bibel und nicht: »Liebe deinen Nächsten mehr als dich selbst.« Ihre Eigenliebe und das Selbstbewusstsein, für die eigenen Bedürfnisse einzustehen und sie auch durchzusetzen, waren ihr irgendwann irgendwie abhandengekommen.

Es war spannend, als sie endlich damit anfing, zu erforschen, was IHRE Ziele waren. Was SIE vom Leben wollte, was ihr Spaß machte, sie erfüllte und glücklich machte. Da das einfacher klang, als es war, begann sie damit, zumindest zu merken, was sie nicht mehr wollte!

Sie begann, gut für sich selbst zu sorgen, und an einem heißen Nachmittag im August waren die Sehnsucht und der Schmerz plötzlich weg. Merle konnte wieder durchatmen und vermisste Jonas nicht mehr. Sie saß in einem Café, blinzelte in die Sonne, fuhr sich mit den Fingern durchs Haar –

und eine tiefe, warme Zufriedenheit durchströmte ihren Körper.

Sie entschuldigte sich bei sich selbst, dass sie so viele Jahre ihres Lebens in dieser für sie toxischen Beziehung verbracht hatte. Sie hatte ihn über sich gestellt – aber so konnte sie unmöglich die beste Version ihrer selbst sein. Das würde sich nun ändern: Jonas hatte sie durch die Trennung in eine andere Umlaufbahn katapultiert, doch sie hatte im freien Fall fliegen gelernt.

Auch einigen Freundinnen, deren Langzeit-Beziehungen synchron zu ihrer scheiterten, ging es entscheidend viel besser, nachdem sie neunzig Kilo Ehemann abgespeckt hatten.

Und eines wusste Merle seitdem ganz sicher: Liebe verlor man nicht durch ein Nein. Eher durch zu viele Jas.

»Merle?? Hallo? Bist du noch da?«, riss Jonas' Stimme sie aus ihren Erinnerungen. »Hast du gehört, was ich gerade gesagt habe?«

»Lass gut sein, Jonas!«, sagte Merle plötzlich sehr entschlossen. »Aufgewärmte Suppe schmeckt nicht!« Sie stand auf, streichelte ihrem verdatterten Ex kurz liebevoll über die Schulter und machte sich auf den Weg, um wieder mal Zuflucht auf der Toilette zu suchen.

24

Nun war tatsächlich das eingetreten, worauf sie monatelang vergeblich gehofft hatte: Jonas wollte sie zurück! Aber die Tatsache fühlte sich nicht grandios, sondern im Gegenteil total schal an. In ihrer Verwirrung verwechselte Merle die Toilettentüren und fand sich auf einmal im Herren-WC wieder. Sie wollte sich gerade umdrehen und ihren Fehler korrigieren, als sie aus einer der Kabinen verdächtige, wohlbekannte Geräusche hörte: aufgeregtes Atmen, leises Stöhnen, wohliges Brummen, Kleidergeraschel – und eindeutige Knutschgeräusche.

Amüsiert und sehr neugierig bückte sie sich, um durch den Türspalt einen Blick auf Schuhe oder Beine des anonymen Liebespaares zu erhaschen. Was sie sah, trieb ihr ein Schmunzeln ins Gesicht: Da waren zwei Paar Männerschuhe zu sehen, und die Füße waren so ineinander verkeilt, dass es nach einer sehr innigen Umarmung aussah. Lustig, sie hatte gar nicht gewusst, dass sie ein schwules Paar im Freundes- oder Verwandtenkreis hatte.

Merle erhob sich wieder, bog den Rücken durch und wollte gerade leise und dezent wieder aus der Toilette verschwinden, als ihr das Bild des einen Paars Schuhe plötzlich wie eine Silvesterrakete in den Kopf schoss: Sie kannte diese Schuhe!! Es waren die Schuhe ihres Vaters!

Das Blut rauschte ihr in den Magen, und ihr wurde schlagartig übel. Sie war vollkommen geschockt. Was sollte sie denn jetzt machen? Die Tür eintreten? Fliehen und alles vergessen? War das tatsächlich wahr? War Rolf dort in der Kabine tatsächlich mit einem anderen Mann zugange? Vielleicht war ja auch alles ganz harmlos, versuchte sie, sich zu beschwichtigen. Vielleicht nähte der andere Mann ihm ja auch nur einen Knopf an oder so ähnlich. Sie beugte sich noch mal herunter, um sich zu vergewissern, dass sie sich nicht geirrt hatte. Doch es war eindeutig – das waren Rolfs Schuhe! Nur er hatte diese Vorliebe für Wildleder …

»Papa!«, rief sie im Affekt. »Bist du das?«

In der Kabine herrschte plötzlich Totenstille. Es war Schuhsohlen-Geschabe zu hören und das hektische Geraschel von Kleidern.

»Papa??«, fragte Merle noch mal.

»Ja?«, krächzte Rolf mit heiserer Stimme zurück. »Was gibt es denn, Merle?«

»Würdest du bitte mal die Tür aufmachen?«, forderte sie resolut.

»Sofort«, sagte ihr Vater.

Sekunden später öffnete er die Kabinentür und kam mit verwuscheltem Haar und roten Wangen heraus. Er sah so schockiert wie verlegen aus.

»Merle, es ist nicht«, stotterte er. Weiter kam er nicht,

denn hinter ihm erschien nun Herr Ludwig, ebenfalls sichtlich derangiert, und nestelte an seinem Reißverschluss.

Merle blieb der Mund offen stehen. »Ich fass es nicht!«, schrie sie und rannte, nicht mehr ganz Herrin ihrer Sinne, vollkommen paralysiert aus der Toilette.

Auf dem Flur prallte sie in die Arme ihrer Schwester Miriam, die gerade aufs Klo gehen wollte.

»Weißt du, wo Mama ist?«, fragte Merle mit sich hysterisch überschlagender Stimme.

»Ja, die sitzt ganz hinten im Saal mit Tante Hiltrud und Onkel Günther. Warum ...?«

Statt zu antworten, sprintete Merle den Flur hinunter und weiter durch den Saal, außer sich vor Verwirrung.

»Mama, ich muss mit dir reden«, forderte sie atemlos, als sie am Tisch ankam, an dem Renate gerade friedlich mit Hiltrud und Günther Suppe löffelte. »Sofort!«, setzte sie im Befehlston nach.

Ihre Mutter ließ irritiert den Löffel sinken, den sie sich gerade an den Mund führen wollte.

»Kommst du mal kurz mit raus?«, bat Merle.

»Ach, nein, Mäuschen«, sagte Renate. »Dazu habe ich jetzt wirklich keine Lust. Draußen ist es zu kalt, und wie du siehst, habe ich mir gerade eine Suppe geholt!« Sie zeigte auf ihren vollen Teller.

»Na schön! Tante Hiltrud, Onkel Günther, könntet ihr uns dann bitte mal kurz alleine lassen?«

Verwunderte Blicke.

»Ich meine es ernst! Könntet ihr eure Teller nehmen und euch an einen anderen Tisch setzen?«

»Aber Kindchen ...«, versuchte es Hiltrud.

»BITTE!!!«, rief Merle so scharf, dass die beiden endlich aufstanden und ihre Teller hochnahmen. »Schön, mein Kind, wenn es so wichtig ist«, sagte Hiltrud und machte sich sichtlich beleidigt von dannen.

Merle setzte sich.

»Was gibt es denn?«, erkundigte sich ihre Mutter. »Was machst du denn hier für einen Aufstand?«

»Ich muss dir was sagen, Mama ...«, begann Merle und versuchte, sich zu sammeln. Ihre Stimme war immer noch atemlos.

»Ja, was denn?« Renate löffelte weiter ihre Suppe.

»Ich habe Papa gerade auf der Toilette erwischt!«

Renate lachte laut auf. »Das ist ja ein Ding!« Sie schaute ihre Tochter belustigt an. »Davon, dass ein Mann auch mal auf die Toilette muss, hast du aber schon mal gehört, oder?« Amüsiert blinzelte sie Merle zu.

»Mit einem anderen Mann!«, ergänzte Merle.

»Ja, dass er da nicht alleine ist, ist ja wohl auch klar«, winkte Renate ab.

»MAMA, ER HAT DORT MIT EINEM ANDEREN MANN GEKNUTSCHT!«, rief Merle völlig entnervt. War Renate eigentlich total verblödet? »Genau genommen mit Herrn Ludwig ...«

Ihre Mutter legte ihren Löffel erneut auf ihrer Serviette ab.

»Ja, ich weiß.« Sie lächelte seltsam mild.

»Du weißt??« Völlig entgeistert starrte Merle sie an.

»Ja.« Renate räusperte sich und trank einen Schluck ihres Weins. »Rolf hat vor ein paar Jahren herausgefunden, dass er sich auch für Männer interessiert«, erklärte sie seltsam lapidar. »Er hat es mir sofort gesagt.« Sie machte eine Pause und tupfte sich mit der Serviette den Mund ab. »Ich hatte erst ein Problem damit, aber inzwischen bin ich damit ganz entspannt. Soll er sich doch austoben, man lebt ja nur einmal!«

Merle starrte sie fassungslos an.

»Wir haben ausgemacht, dass ich mir dafür auch meine Freiheiten nehmen darf, und damit bin ich einverstanden«, grinste ihre Mutter und sah dabei ungewohnt frech aus.

»Aber ...«, stotterte Merle.

»Natürlich darf er sich nur mit Kondom ausleben, und natürlich nur unter der Bedingung, dass er sich niemals verliebt und mich niemals verlässt«, verkündete ihre Mutter stolz.

»Und das glaubst du?«, fragte Merle entsetzt.

»Das hoffe ich! Garantien gibt es doch in der Liebe sowieso nie. Aber seit ich das toleriere, verstehen wir uns besser denn je.« Renate schaute sie herausfordernd an.

»Unfassbar, Mama!«, schüttelte Merle den Kopf. »Das muss ich erst mal sacken lassen.«

»Hier, nimm mal einen Schluck!« Renate reichte ihr ihr Weinglas, das Merle sofort exte.

»Aber warum hast du mir das nie gesagt?«, fragte sie.

»Wie hätte ich dir das denn sagen sollen?«, entgegnete ihre Mutter. »Sollte ich dich einfach anrufen und sagen: ›Du, Merle, dein Papa geht neuerdings auch mit Männern ins Bett‹?« Sie lachte laut auf. »Das wäre doch wohl etwas absurd gewesen! Und außerdem viel zu intim. Du sagst mir ja auch nicht, was du genau in deinem Schlafzimmer machst. Ich will es auch gar nicht wissen, denn es geht mich ja auch gar nichts an.«

Merle nickte. Dieser Abend war wirklich nichts für Anfänger.

»Aber ausgerechnet Herr Ludwig ...«, stammelte sie.

»Ach, das ist nur ab und an. Die kennen sich ja schon seit Jahren.« Renate winkte dem Kellner und bedeutete ihm, dass er für Weinnachschub sorgen solle.

In diesem Moment trat Rolf an den Tisch. »Hallo, Schatz«, begrüßte Renate ihn. »Da bist du ja wieder!«

Er beugte sich über sie, legte ihr die Hände auf die Schultern und gab ihr einen zärtlichen Kuss auf den Scheitel. Dann sah er Merle fragend an.

»Entschuldigt mich, ich muss mal kurz an die frische Luft«, sagte diese, stand auf, schob polternd ihren Stuhl beiseite und eilte Richtung Terrasse.

Rolf schaute ihr traurig hinterher.

Erst kifften sie, und nun war Rolf auch noch bisexuell! Einiges in ihrem Leben war offenbar nicht so, wie es lange Zeit den Anschein hatte. Schade, dass sie keine Beruhigungstabletten dabeihatte ...

25

»Na, Schwesterherz, bist du zufrieden mit deiner Party?«, begrüßten Miriam und Maren sie, als sie auf die Terrasse trat.

»Ja, vielen, vielen Dank«, sagte Merle. »Das ist so süß von euch!«

»Und warum siehst du dann trotzdem so aus, als wärest du gerade von einem D-Zug gerammt worden?«, fragte Miri.

Die Frage war typisch. Ihren Schwestern konnte sie einfach nichts vormachen. Miriam war zwei Jahre älter und Maren ein Jahr jünger als sie. Zwischen ihnen dreien hatte es stets eine Verbindung der ganz besonderen Art gegeben. Ihre beiden Schwestern brauchten sie – selbst wenn sie sich lange nicht gesehen hatten – nur anzusehen und wussten sofort, was mit ihr los war. Ein Zittern am Mundwinkel, eine Nuance in der Stimmlage, ein ungrader Blick – sie konnten sie lesen, wie ein Buch – und umgekehrt. Egal, ob frisch verliebt, verärgert oder an einer versuchten Lüge gescheitert – sie konnten sich gegenseitig nichts vormachen und hatten mittlerweile kapiert, dass sie es deshalb auch gar nicht erst zu versuchen brauchten.

Auch Telepathie funktionierte. Wenn es Merle schlecht ging, blinkte fast immer eine SMS ihrer großen Schwester auf ihrem Handy – und wenn ihre »Kleine« in Not war, wählte Merle intuitiv Marens Nummer.

»Ach …«, Merle winkte ab. »Was macht ihr denn hier draußen?«, versuchte sie, das Thema zu wechseln. »Konspirative Sitzung?«

»Wir beraten gerade, ob wir noch ein Spiel initiieren – oder jetzt einfach nur noch die Musik laufen lassen«, erklärte Maren.

»Lasst doch einfach laufen«, schlug Merle vor. »Ich glaube, Turbulenzen hatten wir schon genug!«

»Wohl wahr«, lachte Miri. »Hast du Onkel Günther beim Tantra beobachtet?«

»Nein?«

»Sei froh!«, grinste Miri vielsagend.

»Aber jetzt sag doch mal, welche Laus dir über die Leber gelaufen ist«, ließ Maren nicht locker.

»Jonas?«, fragte Miri treffsicher.

»Fast«, nickte Merle. »Aber viel schlimmer!«

»Schlimmer als Jonas?« Miri lachte. Ihre beiden Schwestern waren natürlich völlig solidarisch mit Merle gewesen und hatten Jonas nach der Trennung als Lügner und Betrüger verteufelt.

»Ich muss euch was sagen …«, begann Merle.

»Hui, das klingt mysteriös!« Gespannt schaute Maren sie an. »Schieß los!«

»Rolf ist bisexuell«, platzte es aus Merle heraus. »Ich

habe ihn gerade mit Herrn Ludwig auf dem Herrenklo erwischt!«

»Autsch!«, rief Miriam und brach in schallendes Gelächter aus. Maren dagegen starrte Merle vollkommen verblüfft an. »Ist nicht wahr!«

»Leider doch!«, bestätigte Merle mit ernstem Gesicht. »Findest du das wirklich so lustig, Miri?«

»Lustig ist nur dein schockiertes Gesicht«, gluckste Miri. »Ich weiß es schon länger«, setzte sie nach.

»Hä?«

»Vor einiger Zeit hat mich eine Freundin angerufen, die Rolf in einer Schwulenbar gesehen hat. Ich habe Renate sofort darauf angesprochen.«

»Und warum, bitte schön, hast du uns nichts gesagt?« Merle schaute sie vorwurfsvoll an.

»Warum sollte ich?«, zuckte Miri mit den Schultern. »Ich wollte euer Weltbild nicht erschüttern.«

»Wir sind doch keine Kleinkinder mehr!«, empörte sich Maren. »Ich bin durchaus in der Lage, sexuelle Kurswechsel zu verkraften!«

»Und wie hat Mama damals auf deinen Anruf reagiert?«, erkundigte sich Merle.

»Die wusste das schon und fand es hippiemäßig völlig okay ...«

»Und trennen die sich jetzt?«, fragte Maren ängstlich.

»Nein. Sie haben wohl beschlossen, dass er sich ausleben darf, solange er Renate nicht verlässt«, erzählte Merle.

»Und sie darf sich dann auch ein paar Freiheiten nehmen«, ergänzte Miri.

»Nimmt sie sich die denn?«, fragte Merle bestürzt. »Ich meine, hat sie auch Affären?« Ihre Mutter regelmäßig zum Beispiel in den Armen des ganzkörpertätowierten Nachbarn liegend zu wissen, wäre jetzt doch etwas zu viel für ihre überstrapazierte Toleranz.

»Ich glaube nicht«, beruhigte sie Miri. »Sie meinte, das wäre ihr viel zu anstrengend. Aber sie findet es gut, dass sie könnte, wenn sie wollte.«

»Eigentlich ziemlich cool von Mama«, fand Maren. »Aber sie hatte ja schon immer so unerwartete, unkonventionelle Anfälle. Wisst ihr noch, als sie Weihnachten einfach ausfallen lassen wollte?«

»Ja, das war geil«, kreischte Miri.

»Dieses Jahr machen wir es mal ganz anders!«, hatte Renate ihren drei Töchtern damals am Telefon verkündet. »Keine Geschenke, keinen Baum, keine Gans!« Sie wären ja schließlich alle längst erwachsen, und sie, Renate, hätte deswegen jetzt auch mal das Recht, ein entspanntes Weihnachten zu erleben. Das Fest sei eh eine Farce, durch Werbung und Wirtschaft längst zur sinnentleerten Kauforgie pervertiert. »Wir werden uns dem Konsumterror einfach entziehen und ganz entspannt durch die Vorweihnachtszeit gleiten, während die anderen sich in den Läden abhetzen«, hatte sie triumphiert.

Merles Mundwinkel waren damals so tief gesunken wie (voraussichtlich) Rolfs Cholesterinspiegel, wenn er in diesem Jahr keine Gans verzehren würde. Weihnachten ohne Geschenke – das war ungefähr so schlimm, als hätten ihre Eltern beschlossen, sich scheiden zu lassen. Manche Dinge hatten gefälligst immer so zu bleiben, wie Merle sie gewohnt war – und ein traditionelles Weihnachten gehörte definitiv dazu.

Aber fortschrittlich, aufgeschlossen und tolerant, wie sie nun mal erzogen worden waren, stimmten die Schwestern dennoch zu. Sie konnten ja wohl auch schlecht spießiger sein als ihre eigenen Eltern. Abgesehen davon hätte ein Veto sowieso nichts genützt.

Der Dezember verlief in dem weihnachtsfreien Jahr also ohne Geschenkelisten und die Vorgabe, dass alles liebevoll ausgesucht und unglaublich originell sein musste, ohne Lebensmittel-Großeinkauf in vierundzwanzig verschiedenen Geschäften und ohne stundenlanges Schlangestehen für die Weihnachtsgans. Stattdessen hatten Merle, Maren und Miri Zeit. Jede Menge Zeit:

Sie gingen in die Sauna, sahen schon nachmittags fern (es hatte ja niemand Zeit für sie – alle waren mit Weihnachten beschäftigt), verprassten ihr Weihnachtsgeld ausschließlich für sich selbst und betranken sich mit aller Zeit der Welt am Glühweinstand, während die anderen mit gestressten Gesichtern an ihnen vorbeihetzten und schwere Tüten schleppten. Und das war – ehrlich gesagt – herrlich!

Aber dann kam er schließlich – der Tag der Tage, der bislang immer folgendermaßen verlaufen war: Am Vorabend trafen alle Familienmitglieder aus allen Teilen Deutschlands ein, nachdem sie auf der Fahrt Chris Reas *Driving home for Christmas* im Auto gehört hatten und dementsprechend gerührt und mit familiärer Liebe angefüllt waren. Die verflüchtigte sich spätestens am nächsten Morgen, wenn Renate zum weihnachtlichen Großeinkauf blies (»Ich muss ja nicht immer alles alleine machen!«) und bereits beim Einparken (»Warum muss diese Scheißheckscheibe immer so beschlagen? Ich seh nix!«) den ersten Nervenzusammenbruch erlitt.

Mittags und nachmittags wurde die Gans ausgenommen, gefüllt und zugenäht (Maren mit grüner Gesichtsfarbe: »Ich brauch einen Schnaps!«), ein Stuten gebacken (Renate: »Dieser Scheißofen! Ich hasse Backen!«), der Baum aufgestellt und geschmückt (Rolf: »Dieser Scheißständer! Wer erfindet denn so was?«) und um siebzehn Uhr die Oma abgeholt.

Nach Kaffee, klietschigem Stuten und Sherry folgte die Bescherung mit Champagner. Die Spannung löste sich, alle lagen sich gerührt in den Armen, und nachdem als Krönung noch das Federtier verzehrt worden war, fiel die Familie schließlich satt, glücklich und betrunken ins Bett.

Tja, und in dem weihnachtslosen Jahr: Nichts! Nachdem sie ein mäßig leckeres Menü in einem halb leeren Restaurant eingenommen hatten, saßen sie da. Ohne Baum, ohne Geschenke – ohne Sinn.

Sie saßen ... und saßen ... und saßen ... Die fehlende Bescherung riss eine klaffende Lücke in das gewohnte Programm – und in ihre Herzen -, und sie standen ratlos davor. Schenken und Beschenktwerden, Geben und Nehmen – wie wichtig das doch offenbar war. Wie sehr sie doch fehlten, die strahlenden Augen, die Glückstränen, das Gefühl, geliebt und überrascht zu werden.

»Wir können ja Karten spielen«, schlug die Oma vor.

»Oder das Weihnachtsoratorium hören«, warf Renate ein.

»Oder fernsehen«, sagte Maren bissig. »Rocky ballert uns bestimmt souverän das letzte bisschen Weihnachtsgefühl weg!«

Um dreiundzwanzig Uhr, als die anderen Familien langsam die Kerzen ihrer Tannenbäume löschten und satt, zufrieden und reich beschenkt, mit warmem Herzen und glücklicher Seele ins Bett gingen, schworen Maren, Miri und Merle sich feierlich: Nie wieder Weihnachten »ohne«!

Und nun war Rolf also plötzlich bisexuell!

»Ich habe ja auch kein Problem damit, dass Rolf plötzlich bi ist – es fühlt sich für mich nur sehr seltsam an, dass ich jahrelang angenommen habe, die beiden wären ein spießiges, älteres Ehepaar – und dabei führten sie eigentlich ein ziemlich unkonventionelles Doppelleben!«, dachte Maren laut nach.

»Paralleluniversen!«, warf Miriam ein.

»Solange Rolf nicht meine Pumps klaut, ist alles für mich okay«, sagte Maren. »Kommt! Lasst uns auf den Schrecken mal anstoßen. Eigentlich ist es ja auch eher Mamas Problem als unseres!«

Sie holte eine Flasche Champagner und drei Gläser aus der Küche, öffnete sie mit lautem Ploppen – und schenkte ihren Schwestern großzügig ein.

»Schön, dass es euch gibt«, fand Merle plötzlich gerührt

und gab jeder einen Kuss. Sie stießen an. »Auf die nächsten fünfzig Jahre!«

Die Merbach-Schwestern! In der Schule galten sie als Trio Infernal, weil sie so frech und hübsch waren. Sie hatten sich zwar nicht immer so gut verstanden wie heute, weil sie trotz ihrer Blutsverwandtschaft charakterlich sehr unterschiedlich waren – aber in Krisenzeiten hatten sie stets zusammengehalten wie Pech und Schwefel. Wurde in der Schule eine von ihnen gedisst oder hatte Liebeskummer, war die Schwestern-Verteidigungsarmee sofort zur Stelle.

Plötzlich von Liebe geflutet, schaute Merle ihre Schwestern an, die dieses Fest mit so viel Aufwand für sie organisiert hatten. Maren, die »Kleine«, die für sie damals stets nur das nervige kleine Nesthäkchen gewesen war, das nie mithalten konnte und deshalb beim Spielen auch nicht mitmachen sollte. Wenn Miri oder Merle Freundinnen zu Besuch hatten, kam Maren dauernd rein, wollte immer beachtet werden und forderte, mitspielen zu dürfen. Irgendwann hatte Maren dann begonnen, sie damit zu erpressen, in den Parkteich zu springen, wenn sie sie nicht mitnahmen. Was sie dann auch tatsächlich getan hatte!

Miri und Merle hatten daraufhin riesigen Ärger gekriegt, weil sie ihre »Aufsichtspflicht« vernachlässigt hatten – und Maren besaß fortan ein prima Druckmittel!

Ihr Leben lang hatte Maren darunter gelitten, die »Kleine« zu sein, die noch nicht »so weit« war. Ihre älteren Schwestern waren einfach immer cooler, lässiger und in allem besser als sie …

Gewandelt hatte sich dieses Trauma erst vor ein paar

Jahren. Maren hatte Psychologie studiert und dadurch eine beeindruckende Menschen- und Seelenkenntnis gewonnen. Merle hörte gerade in der Zeit der Trennung von Jonas oft auf sie und suchte auch für andere Zipperlein ihren Rat.

Es war spannend, dass sich die Geschwister-Rangfolgen-Position plötzlich umdrehte.

Miri, Maren und Merle – die drei Ms – gaben sich sehr viel, obwohl sie sich nicht sehr oft sahen. Jede der Schwestern führte ihr eigenes Leben, Maren war gerade auf Weltreise, und auch Miri war wegen ihrer Malerei oft im Ausland. Aber wenn es einer von ihnen schlecht ging, waren die Schwestern die Ersten, die sie anrief. Da war dieses unzerstörbare, unglaublich feste Band zwischen ihnen und eine ganz große, irgendwie selbstverständliche Nähe. Merle wusste, dass die beiden sie bedingungslos liebten und sie sich immer auf sie verlassen konnte. Und umgekehrt.

Die Liebe zu ihren Schwestern, die Merle gerade flutete, ließ den Schock über Rolfs neue sexuelle Identität und das Doppelleben ihrer Eltern etwas verblassen. Maren schenkte ihnen nach, sie stießen noch mal an und schauten Arm in Arm in den beeindruckenden Sylter Sternenhimmel.

26

Ein lauter Aufschrei und beunruhigendes Gepolter schreckten die Schwestern aus ihrer innigen Verbundenheit. Sie stellten ihre Gläser ab und eilten in den Saal. Onkel Günther lag mit schmerzverzerrtem Gesicht auf dem Boden.

»Hat er einen Herzinfarkt?«, rief Miri erschrocken.

Tante Hiltrud fächelte ihm Luft zu, und er hielt sich mit leidender Miene seine Fußknöchel. Beim Näherkommen sahen sie, dass eine braune Spur unter seinem Bein hindurchlief. Hatte er in die Hose gemacht?

»Es tut mir so leid!«, brummte Mona Mutzke, die erstaunlich betroffen neben ihm stand. Doch ihre Betroffenheit galt gar nicht Onkel Günther, wie Merle erstaunt feststellte – sondern Charlie, ihrem Hund, der quiekend neben dem Bein des dicken Onkels lag.

»Was ist denn passiert?«, erkundigte sich Merle bei ihrer Mutter, die ratlos neben Tante Hiltrud stand.

»Der Köter von der Mutzke kackt überall hin«, flüsterte Renate ihr hinter vorgehaltener Hand zu und deutete auf Charlie, Monas Hund. »Hat anscheinend Durchfall.«

Merle nickte.

»Und Onkel Günther ist gerade darauf ausgerutscht!«

Merle konnte sich ein Lachen kaum verkneifen. »Während Charlie noch gekackt hat?«, fragte sie, sich mühsam zusammenreißend.

»Vermutlich ist Günther erst über den Hund gestolpert und anschließend auf seiner Hinterlassenschaft ausgerutscht«, erklärte Renate. »Aber ich bin auch nicht Sherlock Holmes ...«

»Charlie geht es viel schlechter als diesem Herrn«, motzte die Mutzke und streichelte besorgt das quiekende Tier.

»Günther ist über den Hund gefallen«, erklärte Tante Hiltrud. »Und jetzt haben beide Schmerzen.«

»Wo ist denn Frank?«, fragte Merle. »Der ist doch Tierarzt!«

»Frank und Cordula haben sich vorhin verabschiedet«, sagte Renate. »Sie konnten dich nirgends finden. Frank hat morgen früh irgendeinen wichtigen Termin. Sie lassen dich aber ganz herzlich grüßen und fanden das Fest wunderschön.«

»Lasst mich mal sehen!« Ben schob sich durch die Gruppe. »Ich habe mal ein Praktikum bei einem Tierarzt gemacht!«

Während die Perle und Gabi sich um Onkel Günthers Fußknöchel kümmerten, befühlte Ben vorsichtig das Bein des wimmernden Hundes, der ihn mit ängstlich aufgerissenen Augen anstarrte.

Mona Mutzkes Augen waren mindestens genauso weit aufgerissen, während sie jede von Bens Bemühungen argwöhnisch verfolgte. »Passen Sie bitte auf! Charlie ist mein Ein und Alles«, bat sie flehentlich.

»Ach!«, tönte es plötzlich mit rauchiger Stimme aus dem Hintergrund. »Ich dachte bislang immer, das sei ich!«

Ein dunkelhaariger Mann mit vollen Lippen und grünen Augen betrat den Saal und schaute Mona fragend an. Er trug eine schwarze Lederweste, die seine nackten, perfekt austrainierten Oberarme aufs Vorteilhafteste betonte, einen breiten Krokogürtel und eine dunkelbraune hautenge Lederhose. Es war Carlo, Monas dreißig Jahre jüngerer Lebensgefährte. Schon ewig waren die beiden zusammen, und wie schon so oft fragte Merle sich im Stillen, was dieser schöne Mann bloß für einen Kindheitsschaden erlitten haben mochte, dass er sich freiwillig an eine alte Schachtel wie Mona band. Auf ihr Geld konnte er es nicht abgesehen haben, denn erstens hielt er dafür schon viel zu lange durch – und zweitens verkündete sie stets überall und ungefragt, dass sie ihr gesamtes Vermögen Charlie vererben wolle. Carlo hätte jede haben können – lag aber ausgerechnet Mona Mutzke zu Füßen. Nicht zu fassen!

Geschmeichelt lächelte Mona ihn an, als er zu ihr kam, und gab ihm mit den Worten »Hallo, mein Liebling« einen Kuss. Führungsstärke und Dominanz schienen offenbar fesselnde Aphrodisiaka zu sein ...

»Komm, mein Kleiner«, flüsterte Ben dem verletzten Charlie ins flauschige Fell-Ohr, nahm ihn vorsichtig hoch und trug ihn in die leere Hotelküche, wo der Oberkellner schon den Verbandskasten bereithielt. Mona schob sich zutiefst besorgt hinterher, flankiert von Carlo, der ihr devot Luft zufächerte.

Ben bettete Charlie auf einer Arbeitsplatte auf zwei Geschirrtücher und redete beruhigend auf ihn ein. »Na, mein Kleiner? Dann wollen wir doch mal sehen, was du hast ...«

Sehr vorsichtig befühlte er nochmals das rechte Vorderbein und kam dann zu dem Schluss: »Möglicherweise ist es gebrochen – zumindest aber angebrochen.«

Mona wurde noch bleicher, als sie es ohnehin schon war. Carlo warf Ben einen vorwurfsvollen Blick zu nach dem Motto: »Können Sie die alte Dame nicht schonen?«

»Ich bastele ihm jetzt eine provisorische Schiene, und dann solltet ihr morgen früh gleich zum Röntgen in die nächste Tierarztpraxis«, konstatierte Ben.

Mona nickte in Schockstarre.

Erstaunlich geschickt bastelte er aus zwei Sushistäbchen eine Bruch-Stabilisation, die er vorsichtig und überraschend professionell mit einem Verband fixierte. Zur Beruhigung ließ er das tapfere Tier danach zwei Tropfen Bier von seinem Finger lecken.

Charlie, der schon wieder ganz munter aussah und aufgehört hatte zu jaulen, wurde auf seinen Samt-Thron auf Monas Rollator gepackt, wo er sofort erschöpft die Augen schloss. Erleichtert, aber nervlich am Ende, leerte Mona ihren Flachmann.

»Vielen Dank, Herr ...«

»Markmann«, sagte Ben.

»Ja, Herr Markmann.« Mona nickte gedankenverloren. »Das war sehr nett von Ihnen!« Sie streichelte Charlie über den Kopf. »Und jetzt brauche ich dringend ein Glas Champagner!«, verkündete sie. »Carlo?«

Der schöne Mann zuckte zusammen und bugsierte Mona Richtung Küchentür.

Das seltsame Trio schob sich zurück in den Festsaal, wo Onkel Günther bereits wieder in größerer Runde an einem Tisch saß und mit Grölstimme unwitzige Witze vortrug. Es schien also alles wieder in bester Ordnung. Zum Glück.

»Komm, wir genehmigen uns jetzt erst mal einen Drink!«, schlug Merle Ben vor. »Den hast du dir wirklich verdient.«

»Gerne«, erwiderte Ben und wollte sich an einen der freien Tische setzen.

»Nein, nicht hier«, sagte Merle bestimmt und hielt ihn am Arm zurück. »Lass uns in die Lounge gehen! Da ist es etwas gemütlicher.«

Ben nickte zustimmend.

»Und ruhiger«, sagte Merle und wies augenverdrehend mit dem Kopf Richtung Onkel Günther.

27

Die Lounge, die dem Festsaal vorgelagert war, war mit einladend chilligen Sitzgruppen möbliert, in gedämpftes orange- und fliederfarbenes Licht getaucht und in angenehm leise Loungemusik gehüllt. Merle kam die Atmosphäre nach all den Turbulenzen des Abends so wohltuend entspannend vor, als wäre sie nach einem anstrengenden Marathon in einer Wellnessoase gelandet. Erschöpft ließ sie sich in einen der herrlich bequemen Sofasessel fallen.

»Puh«, seufzte sie laut. »Was für ein Fest!«

»Kann man wohl sagen«, nickte Ben. »Du Arme! Wie verkraftest du das bloß alles?«

»Was meinst du?«, fragte Merle erstaunt. Was hatte er denn alles mitgekriegt?

»Na, die aggressiven Eskalationen«, lachte Ben. »Das Mitternachtsbad, die Tantra-Einheit – und jetzt noch der Einsatz als Veterinär-Krankenschwester …«

»Stimmt«, überlegte Merle schmunzelnd. »War wirklich ganz schön prall!« Wenn er wüsste, dass auch noch jede Menge emotionaler Beziehungsaufarbeitung, ein sexuelles Outing und ein ewig nicht gesehener Vater zu verarbeiten waren, würde er ihr vermutlich Valium verabreichen, dachte sie. »Man wird ja zum Glück nur einmal fünfzig«, wiegelte sie lässig ab.

Ben nickte und reichte ihr die Cocktailkarte. »Was möchtest du trinken?«

»Ich glaube, ich nehme erst mal einen heißen Tee«, entschied Merle.

»Einen Tee??«, fragte Ben entgeistert.

»Ja«, schmunzelte Merle. »Alter Barfrauen-Trick, wenn man von seinem Pegel runterkommen möchte. Heißes Wasser macht ganz schnell wieder einen klaren Kopf.«

»Und du möchtest jetzt einen klaren Kopf haben, wo du hier mit mir sitzt?« Er setzte eine gespielt beleidigte Miene auf.

»Das ist sicher besser, damit ich mir an dir nicht die Finger verbrenne«, flirtete sie und konnte nicht fassen, dass ihr das tatsächlich gerade rausgerutscht war.

»If you can't stand the heat, get out of the kitchen«, konterte er und schaute ihr mit einem derart intensiven Blick in die Augen, dass sie eine Gänsehaut bekam.

Er konnte ja nicht wissen, dass Tee stets ihr Beruhigungsmittel war. Die Wärme im Magen entspannte und entkrampfte sie. Und da ihre Nerven mittlerweile ziemlich blank lagen, konnte sie etwas Beruhigung gerade ziemlich gut gebrauchen.

»Okay, gewonnen«, gab sie trotzdem nach. »Ich nehme einen Pfefferminztee UND einen Caipirinha.«

»Gute Wahl«, sagte Ben. »Das mache ich auch!« Er klappte die Karte zu und winkte dem Barmann.

Der Kellner brachte zwei dampfende Glasbecher mit frischer aufgegossener Minze und kündigte an, die Caipis gleich nachzubringen.

Merle schlürfte an dem kochend heißen Tee, inhalierte dabei genussvoll die ätherischen Minzöle und überlegte, wie sie psychologisch geschickt vorgehen könnte, um diesen Rohdiamanten, der da vor ihr saß, für sich einzunehmen. Er flirtete ja schon den ganzen Abend mit ihr, aber sie konnte leider überhaupt nicht abschätzen, ob er wirklich ernsthaftes Interesse hatte – oder nur routiniert höflich war.

Bei dem Gedanken, sich noch mal zu verlieben, stieg zudem eine immense Angst in ihr auf. Zu tief waren die Wunden der Vergangenheit, zu riskant schien es ihr, ihr Herz noch mal wieder zu öffnen.

Sie schaute ihn an, während er in seinem Teeglas rührte und versuchte, die Minzblätter auszudrücken. Er war wirklich verdammt attraktiv. Total ihr Typ. Aber viel zu gefährlich schön. Er würde sie bestimmt verlassen, und dann säße sie da mit gebrochenem Herz.

»Greif zu! Jetzt oder nie!«, feuerte sie eine wagemutige innere Stimme an.

»Um Himmels willen! Lass bloß die Finger davon«, warnte sie dagegen ihre Angst.

»Finde wenigstens raus, ob er dich genauso toll findet wie du ihn«, forderte der Wagemut und setzte mit einem provokanten »Du Feigling!« noch einen drauf.

Aber wie sollte sie herausfinden, was Ben für sie empfand? Sollte sie vielleicht erst mal Desinteresse vorgeben? Ihn provozieren, herausfordern oder beleidigen? Sie könnte ja zur Abwechslung erstmalig in ihrem Leben strategisch vorgehen. Vielleicht ließ sich die Liebe ja umzingeln und einnehmen wie ein besetztes Land.

Aus den Augenwinkeln sah sie Carlo, der ihnen von der Bar aus zuwinkte und, als Merle den Gruß erwiderte, zu ihnen tänzelte. »Hier seid ihr! Ich habe euch schon gesucht! Mona würde Sie zum Dank gerne auf ein Getränk einladen«, sagte er zu Ben gewandt.

»Ach, das ist doch nicht nötig«, versuchte Ben, die Einladung zu umgehen. »Das habe ich gerne gemacht. Richten Sie ihr einfach einen schönen Gruß aus.« Er deutete auf das Glas Champagner, das Carlo in der Hand hielt.

Zu Merles großem Entsetzen stellte der schöne Mann es jedoch auf dem Tischchen ab und eilte mit den Worten »Moment, ich hole sie!« zurück in den Saal.

»Mist!«, murmelte Merle.

Ben zuckte hilflos mit den Schultern.

»Nicht so schnell, habe ich gesagt!«, hörten sie bereits die donnernde Bassstimme von Mona Mutzke um die Ecke tönen. »Charlie schläft doch, du Ignorant!«, zischte sie, setzte aber sofort ihr grelles Scheinwerfer-Lächeln auf, als sie Ben und Merle erkannte.

»Mein lieber Herr Markmann«, rief sie. »Ich möchte mich gerne mit irgendetwas bei Ihnen bedanken! Sie haben Charlie das Leben gerettet!« Sie deutete auf das friedlich schlafende Minitier.

»Also, das ist ja nun vollkommen übertrieben«, sagte Ben und stand höflich auf. Ob er damit die ausstehende Belohnung meinte oder die vermeintliche Lebensrettung, blieb offen.

Ächzend platzierte Mona Mutzke ihr mageres Untergewicht auf dem Loungesofa und bedeutete Carlo durch Klopfen auf ihre rechte Seite, sich neben sie zu setzen und den Hund samt Samt-Thron auf ihrem Schoß zu platzieren.

»Womit kann ich Ihnen denn etwas Gutes tun, Herr Markmann?«, erkundigte sich Mona Mutzke, als endlich alles zu ihrer Zufriedenheit arrangiert war.

»Einen Drink habe ich ja bereits«, sagte Ben und hielt zum Beweis seinen Caipi hoch. »Aber wenn Sie mir wirklich ernsthaft helfen wollen, hätte ich eine Idee ...« Er wandte sich ihr zu.

»Schießen Sie los!«, sagte Mona leicht hochnäsig, vorausahnend, dass jetzt ein komplizierteres Anliegen als die finanzielle Begleichung eines teuren Glases Whisky auf sie zukäme. Ihr war deutlich anzusehen, dass ihr ein Getränk als Entlohnung wesentlich lieber gewesen wäre. An Bens Stelle würde Merle sich vorkommen, als würde sie bei der Queen Hof halten und demütig um den Erlass irgendeiner Strafe bitten.

»Wie Sie vermutlich nicht wissen, habe ich hier auf der Insel gerade ein Start-up gegründet, das den Angestellten der Gastro- und Hotelbranche bei der Suche nach bezahlbarem Wohnraum helfen soll«, setzte Ben an, und Merle bewunderte heimlich, wie geschickt er die Steilvorlage, die ihm die erfahrene PR-Frau unwissentlich gewährt hatte, für sich nutzte.

»Aha«, sagte Mona und hörte ungewohnt aufmerksam

zu, was er über Zielsetzung, Pläne und Projekte seines Unternehmens zu berichten hatte. »Das ist ja großartig«, befand sie schließlich mit merklich entspannterer Miene. »In meinem Keitumer Stammhotel hatte neulich die Küche für vier Wochen wegen Personalmangels geschlossen. Es ist eine Katastrophe!«

»Genau!«, freute sich Ben. »Ich versuche gerade, öffentliche Gelder und prominente Unterstützung zu bekommen …«

» … und dabei könnten Sie meine Hilfe gut gebrauchen«, beendete Mona den Satz.

»So ist es!« Ben nickte begeistert.

»Das mache ich gerne«, sagte das schroffe Schlachtschiff zu Merles größtem Erstaunen. »Prima Projekt, Herr Markmann! Wirklich klasse!« Sie leerte ihr Glas und bedeutete Carlo, für Nachschub zu sorgen. Merle fragte sich heimlich, ob Ben jemals wirklich ein Praktikum bei einem Tierarzt gemacht hatte oder ob das Ganze ein von Anfang an kühl kalkulierter Plan war. Vielleicht hatte Charlie ja noch nicht mal eine Schramme an seinem Bein …

»Und jetzt gebe ich eine Flasche Ruinart aus!«, rief die euphorisierte Ex-Chefin, von ihrem bevorstehenden karitativen Einsatz anscheinend stark beflügelt. »Carlo?«

Ihr schöner Lakai sprang bereits auf und eilte beflissen zur Bar.

»Hier habt ihr euch also versteckt!«, rief ihre Mutter, als sie gerade wieder eine Unterhaltung beginnen wollten. »Ich habe dich schon überall gesucht. Dein Vater möchte sich gerne von dir verabschieden!« Wolfgang, der bei ihr untergehakt war, nickte bestätigend.

»Dein Vater, Merle?«, polterte die Mutzke amüsiert. »Ich dachte bislang, das sei der andere Herr?«

»Nein, das bin ich«, erklärte Wolfgang leicht pikiert. »Ich erinnere mich nämlich noch sehr genau an die Zeugung, genau hier in Kampen!«

»Stopp!«, rief Merle scharf. »Das interessiert hier jetzt, glaube ich, keinen, Wolfgang!«

»Doch, das klingt hochinteressant!«, hielt die Mutzke dagegen. »Setzen Sie sich doch zu uns!«

»Ich wollte eigentlich gerade gehen«, stammelte Wolfgang gequält.

»Ach was!«, rief die Mutzke entschlossen. »So jung kommen wir nicht mehr zusammen!« Sie lachte so dreckig, rau und kehlig, dass jedes Monster in einem Kinder-Zeichentrickfilm neidisch geworden wäre.

»Na gut, dann muss ich aber noch schnell Rolf holen«, sagte Renate. »Den haben wir nämlich im Saal einfach sitzen lassen!« Sie eilte davon.

»Kommen Sie, Herr Merbach«, sagte die Mutzke und klopfte auf ihre linke Seite.

28

Carlo kam mit einer Flasche Champagner und einem Tablett voller Gläser zurück und schenkte jedem eine Flöte ein.

»Kommen Sie, meine Lieben! Lassen Sie uns auf diesen einzigartigen Abend anstoßen«, befahl die Mutzke, nachdem Carlo ihr ein Glas gereicht hatte, und schaute auffordernd in die Runde. Aber genau in dem Moment, in dem sie ihre Gläser erhoben, schlenderten Maren und die Perle in den Raum. »Wir waren gerade draußen eine rauchen und haben uns etwas die Füße vertreten«, erklärten sie. »Hat sich die Party hierher verlagert?«

»Nicht wirklich«, antwortete Merle. »Wir haben hier nur eine kleine VIP-Lounge initiiert.«

»Oh, dürfen wir uns zu dem illustren Kreis dazugesellen?«, fragte die Perle begeistert und schielte gierig auf die Champagnerflasche.

»Na klar«, erwiderte Merle notgedrungen. »Setzt euch doch!«

Wolfgang und Ben erweiterten die Sitzgruppe, indem sie weitere Sessel heranschoben. Richtig gemütlich war es nun, mit Blick auf den riesigen Kamin in der Mitte des Raumes, dessen Flammen so dekorativ wie hypnotisierend vor sich hin loderten.

»Sag doch bitte auch noch Miri Bescheid, Schatz«, forderte Renate Merle auf, nachdem sie sich mit Rolf auf einem Sessel zurechtgeruckelt hatte.

Nachdem Merle mit Miriam, Wenke, Gabi und Birgit im Schlepptau zurückgekommen war und auch die drei sich gesetzt hatten und mit Champagner versorgt waren, stießen sie erneut an.

»Auf diesen einzigartigen Abend – und auf die zweite Jahrhunderthälfte, die nun vor mir liegt«, rief Merle. »Vermutlich wird sie etwas stützstrumpf- und zahnersatzlastiger als die erste«, lachte sie.

»Ach was«, rief die Mutzke. »Je oller, je doller! Nicht wahr, Carlo-Schnucki?« Sie gab ihm einen schmatzenden Kuss, wofür Merle sich erschauernd fremdschämte.

»Mach dir keine Illusionen, Schätzchen«, warf die Perle in den Raum. »Altwerden ist nichts für Weicheier! Es krümmt den Rücken, macht die Haut fleckig und faltig und die Augen kurzsichtig. Was früher straff war, knittert, was stand, hängt.«

Die Mutzke lachte laut auf. »*Well said*, altes Mädchen!« Sie prostete der irritierten Perle zu.

»Aber es schwindet nicht nur etwas – es kommt auch viel dazu«, fand die.

»Ja? Was denn?«, wollte Maren wissen.

»Na, Altersmilde, Weisheit, Lässigkeit.«

Renate nickte.

»Nicht für jeden ist die Zunahme der Lebensjahre ein

Fluch – viele empfinden es auch als Segen«, sinnierte die Mutzke. »Als ich jung war, wollte ich unbedingt Erfolg haben. Aber jetzt im Alter habe ich eine gewisse Gelassenheit entwickelt. Und je gelassener ich werde, desto mehr Angebote und schöne Dinge kommen auf mich zu. Ich erwarte es nicht. Deshalb bin ich heute so glücklich wie nie!«

Betretenes Schweigen in der Runde. Vermutlich, weil die Mutzke'schen Gesichtszüge alles andere als glücklich aussahen. Ihr Gesicht wirkte eher vollkommen verhärmt und frustriert.

»Geht mir ähnlich«, stimmte die Perle zu. »Als ich vierzig wurde, hatte ich furchtbare Probleme mit dem Älterwerden – heute genieße ich es!«

»Ich habe das Gefühl, die heute Fünfzigjährigen definieren Alter gerade neu«, warf Renate ein. »Man spricht doch überall von der Generation Silver Sex und davon, dass fünfzig das neue dreißig ist.«

»Richtig!«, befand die Mutzke. »Für die meisten gilt das gefühlte Alter, also das tatsächlich gelebte Alter minus fünfzehn Jahre! Das haben wir gerade für eine neue Werbekampagne recherchiert.« Sie räusperte sich und nahm einen Schluck Champagner. »Die Senioren von heute sind längst keine Doppelherz- oder Tai-Ginseng-Junkies mehr, die orgiastische Momente beim Kauf von Heizdecken und Magnetmatratzen erleben.« Die Runde lachte schallend.

»Nein, die alten Wilden sind zu Best Agern geworden – und zu Weltreisenden«, dozierte die Mutzke weiter. »Die Phase zwischen fünfzig und sechzig ist eine hochaktive. Man kann das zum Beispiel am Reiseverhalten ablesen. Das war früher bei den Vierzig- bis Fünfzigjährigen am stärksten ausgeprägt, heute sind es die Fünfzig- bis Sechzigjährigen, die am häufigsten verreisen. Deshalb müssen wir die AIDA-Kampagne ja auch gerade vollkommen neu überdenken.«

»Interessant«, fand Wolfgang und fegte sich mit neuer dynamischer Jugendlichkeit eine graue Haarsträhne aus der Stirn.

»Der Best Ager, der fünfundfünfzig ist, wie achtundvierzig aussieht, sich wie zweiundvierzig fühlt und wie neununddreißig verhält, wird in Zukunft eher die Regel denn die Ausnahme sein«, verriet die Mutzke.

»Die neue Jugendlichkeit der älteren Generation hat allerdings auch ziemlich fatale Folgen«, warnte die sonst so stille Wenke plötzlich. »Meine Mutter befindet sich nämlich neuerdings in einer Art drittem Frühling oder zweiter Pubertät!«

»Hä? Inwiefern?«, fragte Birgit, die neben ihr saß, verständnislos.

»Meine Mutter hat nach dem Tod meines Vaters, der nie mit ihr verreisen wollte, das totale Reisefieber gepackt. Wüsten durchqueren in Zentralafrika, im Arktischen Eismeer Walen auf klapprigen Holzbooten hinterherjagen, Urwälder erforschen am Amazonas – kein Reiseziel ist ihr zu absurd, kein Land zu gefährlich, kein Dorf zu weit von der Zivilisation abgeschnitten – sofern das Land überhaupt eine hat.«

Die Runde lachte laut.

»Wie cool!«, rief Maren. »Soll ich sie mal im Bus mitnehmen?«

»Vor ein paar Monaten rief sie mich morgens um vier knisternd vom anderen Ende der Welt an«, erzählte Wenke weiter, animiert durch das faszinierte Zuhören der Runde. »Ich mach den zweiten Teil der Expedition durch Südamerika auch noch mit«, hatte sie laut Wenke in den Hörer gerufen. Der »zweite Teil« bedeutete, auf Schotterpfaden stundenlang wandern, im dünnen Zelt auf einem eisigen Gletscher übernachten und in gefrorenen Bergseen baden! Während Wenke sich die nächsten Wochen sauertöpfisch Sorgen machte, sprang ihre Mutter (Lebensmotto: »Fange nie an, aufzuhören, und höre nie auf, anzufangen!«) fröhlich und unbeschwert wie eine Bergziege in den Anden herum.

»Plötzlich kam ich mir richtig spießig vor, mit meinen Sorgen zu Hause auf dem Sofa, kurz davor, ihr fernmündlich Ratschläge wie ›Zieh dich warm an!‹, ›Hast du auch genug zu essen dabei?‹ und – absolutes No-Go – ›Ist das nicht gefährlich?‹ durchzugeben«, klagte Wenke. »Ich kam mir vor, als wäre ich über Nacht die Mutter meiner Mutter geworden!«

Die Runde lachte wieder laut, und die Mutzke applaudierte sogar. »Sehr schön«, befand sie.

»Sich um die Eltern Sorgen machen – nicht, weil sie Gallensteine haben, sondern weil sie gerade den Amazonas erforschen –, das ist ein neues Phänomen«, stimmte Ben zu. »Davon kann ich auch ein Lied singen: Mein Vater startete mit dreiundsiebzig Jahren neulich seinen ersten Marathon und hat sich letzte Woche für den New-York-City-Run angemeldet. Sein Vorbild: dieser grillhuhnbraune, dauergrinsende Lauf-Papst Dr. Strunz, der auch erst mit Mitte fünfzig in die Laufschuhe fand.«

Die Runde applaudierte erneut.

»Meiner Mutter geht es mit zunehmendem Alter auch besser denn je«, erzählte Gabi. »Sie ist im Kulturverein der Gemeinde aktiv, bestückt eine Ausstellung nach der anderen mit ihren Bildern, hat sich die Haare frech geschnitten und grade entdeckt, dass Naturversandhäuser auch Onlineshops haben. Der smarte Herr von UPS bringt ihr nun jeden Tag neue Pakete.«

»Richtig so!« Mona klatschte Beifall.

»Vollkommen unerschrocken unternimmt sie stundenlange Wanderungen tief ins Watt – ohne ein Handy dabeizuhaben«, fuhr Gabi fort. »Auch ihre Reiselust ist nach wie vor groß: Letztes Jahr bereiste sie in 15.600 Höhenmetern den Himalaja. Die Luft dort war so dünn, dass die Reiseteilnehmer trotz Sauerstoffmasken der Reihe nach kollabierten. Nur eine nicht: meine Mutter! Mit ihren neunundsechzig Jahren war sie zwar doppelt so alt wie die meisten anderen Teilnehmer – aber offenbar auch doppelt so fit!«

»Juchuu! Die würde ich gerne mal kennenlernen«, rief Maren begeistert.

»Seit ich sie kürzlich in ihren neuen hautengen Dark-Denim-Replay-Röhrenjeans gesehen habe, vermute ich bei ihr das Benjamin-Button-Syndrom«, lachte Gabi. »Sie wird irgendwie immer jünger und agiler, trägt coolere Klamotten als ich, macht mutigere Sachen – und hat eine bessere Figur. Während ich mich grade in der naturgegebenen Fettheitsphase befinde, in der Frauen besonders ansetzen und der Speckgürtel wie Pattex an ihnen klebt, ist meine Mutter rank und schlank wie Heidi Klum. Ihre Fastenkuren zieht sie –

auch da unterscheiden wir uns – mit eiserner Disziplin regelmäßig durch wie so viele ihrer Freundinnen der Preußischen-Werte-Generation«, hörte Gabi gar nicht mehr auf, zu erzählen.

»Ja, unsere Generation hat noch eine sehr hohe Frustrationstoleranz«, bestätigte Renate.

»›Du musst dich mehr bewegen, Kind‹«, empfahl sie mir neulich angesichts meines Hüftgoldes und meldete uns gemeinsam im Fitnessstudio an«, empörte sich Gabi weiter. »Ich brauchte nach dem Besuch eine Therapiesitzung, denn: Auf dem Crosstrainer hatte meine Mutter einen besseren Belastungspuls als ich!«

Merle lachte laut auf.

»Keine Frage«, schloss Gabi ihren Vortrag. »Mutti legt mit Anfang siebzig gerade richtig los. Sogar Liebesglück kann sie sich plötzlich wieder vorstellen!«

»Richtig so«, fand die Perle. »Man bereut nur, was man nicht getan hat!«

»Mein Ex-Kollege lernt gerade, in einen engen Neoprenanzug gepresst, in der eisigen Nordseebrandung Kitesurfen«, ergänzte Wolfgang.

»Ein Hoch aufs Älterwerden also«, rief Merle und hielt erneut ihr Glas hoch. »Dann brauche ich mir um die nächsten vierzig Jahre ja keine Sorgen zu machen.«

»Nein, nicht die geringsten, Kindchen«, lachte die Mutzke.

»Ich finde, es ist sowieso höchste Zeit für eine Neujustierung der inneren Einstellung gegenüber dem Alter und den Alten«, sagte Ben. »Bei uns gilt Altwerden immer noch als etwas Peinliches, das verborgen, geglättet und überspielt werden muss! Bei den Indianern dagegen werden die Alten mit jedem Jahr mehr verehrt. Sie gelten als Weise, deren Ratschläge hoch geschätzt werden. Auch etliche afrikanische Naturvölker verehren die Stammesältesten als Schamanen und Medizinmänner, sprechen ihnen Heilkräfte und höchste Entscheidungsgewalt zu.«

»Wohl wahr«, nickte die Perle.

»Wusstet ihr, dass in früheren Zeiten den Älteren auch in Europa richterliche, lehrende und heilende Funktionen zugeschrieben wurden?«, fragte er in die Runde. »Sie genossen als erfahrene Menschen und Übermittler der Traditionen besondere Achtung. Was wären zum Beispiel König Artus' *Ritter der Tafelrunde* ohne Merlin, den alten, weisen Zauberer? Was *Harry Potter* ohne Albus Dumbledore? Was England ohne Queen Elizabeth?«

»Ganz genau«, rief die Perle.

»Zwar pflegen viele politische Systeme noch sogenannte Ältestenräte, trotzdem stehen in unserer Gesellschaft heute vor allem die Mankos der Alten im Vordergrund: Sie werden schwerhörig und begriffsstutzig, haben Hängehintern, krumme Rücken, gehen ständig zum Arzt, müssen gepflegt werden. Wir haben keinen Respekt mehr vor ihrer Lebensweisheit, hören ihnen nicht mehr zu und stopfen sie stattdessen in Seniorenstifte, die Gettos der Neuzeit. Wir sollten schleunigst umdenken!«

»Hui, was für eine Rede!«, lachte Merle. »Willst du eine Senioren-Partei gründen?«

»SPD hieße die dann«, witzelte Wolfgang. »Aber die gibt's ja schon ...«

»Jetzt mal weg vom Rentner-Thema«, verlor die Mutzke die Geduld. »Was mich viel mehr interessiert: Was ist hier eigentlich los, Herr Merbach und Herr Merbach?« Sie schaute Wolfgang und Rolf nacheinander scharf an. »Wer von Ihnen ist denn nun Merles Vater?«

»Ganz einfach, liebe Frau Mutzke«, erklärte Wolfgang geduldig. »Renate und ich haben uns scheiden lassen, als dieser Engel hier«, er streichelte Merle übers Knie, »drei Jahre alt war. Und Renate hat dann in Rolf einen neuen Ehemann gefunden.«

Rolf nickte und streichelte Renates Hand.

»Und wir endlich einen Vater«, ergänzte Miriam bissig in Richtung Wolfgang.

»Hui! Da haben Sie wohl nicht so geglänzt in Ihrer Vaterrolle!«, stellte die Mutzke fest.

»Äh«, entfuhr es dem verdatterten Wolfgang.

»Wo ist denn eigentlich Herr Ludwig?«, konnte sich Merle in diesem Zusammenhang nicht verkneifen. Sie sah Rolf scharf an, woraufhin der knallrot anlief.

»Der ist schon gegangen«, sagte Renate schnell. »Er ruft dich am Montag an wegen dieses Alterssicherungsangebots«, schob sie deeskalierend hinterher.

»Spannend«, sagte Merle und grinste ihre Mutter an, die ihr durch hektisches Kopfschütteln und flehentliche Blicke zu verstehen gab, doch bitte nicht weiter auf dem Thema herumzureiten.

»Und Sie haben dann den Namen Ihrer Frau angenommen, obwohl es bereits einen Herrn Merbach gab?«, bohrte die Mutzke unerbittlich weiter und schaute Rolf eindringlich an.

»Ja, ich wollte nicht, dass Renate und ich anders heißen als die Kinder.«

»Haben Sie Kinder?«, fragte Wolfgang die Mutzke.

»Nein! Um Gottes willen!« Die Mutzke winkte entsetzt ab. »Mir war es immer wichtig, beruflichen Erfolg zu haben. Das hätte ich mit Kindern nicht geschafft.«

»Warum nicht?«, erkundigte sich Wenke.

»Weil Kinder einen auslaugen und einem sämtliche Kräfte rauben!«, polterte die Mutzke. »Woher soll man da die Energie nehmen, Karriere zu machen? Und die Zeit?«

»Moment mal!«, schaltete Renate sich ein. »Das sehe ich aber ganz anders. Für mich waren Emotionen stets das Wichtigste im Leben – und die bekomme ich nicht, wenn ich Karriere mache. Mir ist ein warmes Umfeld wichtig, bei dem es nicht darum geht, eine Maske aufzusetzen, wo ich nicht tough, stark, unangreifbar, klug und so weiter sein muss – sondern wo ich ich selbst sein kann.«

»Schon mal etwas von Selbstverwirklichung gehört, meine Liebe?«, konterte die Mutzke. »Ich bin nirgends so sehr ich selbst wie in der Firma, die ich aufgebaut habe!« Triumphierend schaute sie sich um, doch nur Carlo nickte ihr bewundernd zu.

»Bei mir war es einfach so, dass meine Erfüllung schon immer ganz klar ›im Kleinen‹ lag«, hielt Renate weiter dagegen. »Das sogenannte kleine Glück ist in meinem Leben das größte und das Wichtigste! So abgeschmackt und klischeehaft es vielleicht klingt: Meine Töchter lachen zu sehen, mit meinem Mann abends Händchen zu halten – das macht mich total glücklich. Ich habe nichts Drängendes oder Suchendes in mir. Ich habe eher so dieses Bewahrende, habe ein großes Sicherheitsbedürfnis und möchte, dass alles so bleibt, wie es ist. Ich habe das Gefühl, dass ich genau da richtig bin, wo ich jetzt bin. Und dass nichts mehr fehlt.« Sie strahlte nacheinander Merle, Miriam und Maren an, gab Rolf einen Kuss auf die Wange und drückte seine Hand.

»Wow«, sagte Miriam. »Das war ja mal 'ne Ansage!«

»Ich finde es etwas gefährlich, den Lebenssinn nur auf Mann und Kinder zu fokussieren«, warf die Mutzke sauertöpfisch ein.

»Da haben Sie vollkommen recht, verehrte Frau Mutzke«, stimmte Renate zu. »Die Kinder oder den Mann zum Lebensinhalt zu instrumentalisieren geht voll nach hinten los – das ist mir klar! Ich bin aber nun mal total glücklich mit meinem Mann und betrachte diese Liebe absolut als Geschenk. Aber wenn ich dieses Geschenk wieder abgeben müsste, würde meine Welt nicht komplett zusammenbrechen. Ich definiere mich nicht über ihn. Das liegt vielleicht auch an den eben erwähnten Säulen. Ich habe ein solides Fundament aus Freundschaften, habe eine tolle Großfamilie im Hintergrund, meine Hobbys und sozialen Tätigkeiten – ich bin nicht nur Muttertier und Gattin!«

»Das freut mich für Sie, liebe Frau Merbach«, nickte Mona. »Mein Lebensziel war es jedoch schon immer, etwas zu bewegen. Ich habe mir auf die Fahnen geschrieben, dass ich etwas tun und hinterlassen möchte. Ich will im positiven

Sinne etwas bewirken und erreichen, meine Energie sinnvoll einbringen und die Visionen, die ich habe, in Taten umsetzen. Und um das zu können, brauchte ich eine gewichtige berufliche Position – und die habe ich mir mühsam erarbeitet!«

»Was wollen Sie denn bewegen?«, fragte Miriam.

»Ich möchte mit meinen Mitarbeitern Ziele erarbeiten und verwirklichen – und meine Firma dadurch voranbringen. Mir sind die Arbeitsplätze und Familien, die da dranhängen, sehr wichtig. In diesem Rahmen kann ich mittlerweile eindeutig etwas tun. Und ich möchte ein Vorbild sein für andere Frauen, möchte ihnen Mut machen, Führungspositionen anzustreben, indem ich durch mein Beispiel zeige: ›Seht her, es geht! Lasst euch nicht unterkriegen!‹ Ich möchte sozial etwas bewegen, auf Meetings interessante Menschen kennenlernen, neue Kunden akquirieren und auf einer Vernissage zum Beispiel die Möglichkeit haben, einem jungen Künstler meine Visitenkarte zu überreichen und zu sagen: ›Ich fördere Sie!‹ Mittlerweile habe ich viele Stellschrauben, an denen ich drehen kann – und das tue ich gerne!«

»Puh, ganz schön hohe Messlatte«, fand Merle. »Mein Ziel war es eigentlich immer, ein möglichst ruhiges, abgesichertes und normales Leben zu führen. Karriere war mir egal, ich wollte nur genug Geld für ein angenehmes, sorgenfreies Leben verdienen.«

»Ja, leider«, sagte die Mutzke. »Ich habe dir ja schon gesagt, dass du viel mehr aus deinem Talent hättest machen können, Merle!«

»Hattest du denn gar keinen Ehrgeiz?«, fragte Wenke. »Wolltest du nie wissen, wie weit du kommen kannst?«

»Nö.«

»Das ist bei mir anders. Ich möchte beruflich schon so weit nach oben kommen, wie es geht«, sagte Wenke.

»Haben Sie denn Kinder, Wenke?«, erkundigte sich Renate.

»Leider noch nicht. Ich kann mir aber gut vorstellen, Kinder und Beruf zu vereinen – getragen von einer glücklichen Beziehung. Und die suche ich gerade noch! Es ist mir sehr wichtig, eine neue Liebe zu finden, und bis vor ein paar Wochen habe ich quasi Tag und Nacht vor dem Computer gesessen und nach Dates gesucht. Seit Kurzem habe ich die Gewissheit, dass das schon irgendwann kommt. Ich hetze nicht mehr hinterher, weil ich es sowieso nicht in der Hand habe. Liebe wird ganz woanders entschieden. Die kann man weder planen noch gezielt suchen oder einkreisen. Die kommt wie ein Geschenk ...«

»Interessant!«, fand Birgit. »Und wodurch kam diese Erkenntniswende?«

»Ich saß mit einer Freundin, die auch Single ist, im Garten und jammerte, dass ich keine Lust mehr hätte, allein zu sein, und da sagte sie: ›Ich finde gar nicht, dass ich alleine bin!‹ Da dachte ich: Stimmt! Ich habe so viele Freunde, tolle Nachbarn, es geht mir gut – ich bin nicht alleine. Das wusste ich zwar vorher schon, aber plötzlich fiel der Groschen. Und ab diesem Moment dachte ich ganz entspannt: Wenn es kommen soll, passiert's. Und bis dahin entspann dich! Lass los! Das war ein gutes Gefühl ...«

»Loslassen ist sowieso der Trick schlechthin«, fand Ben. »Vielleicht sogar das Wichtigste im Leben!«

»Und ein gewisses Vertrauen, dass das Richtige schon kommen wird«, ergänzte Gabi.

»Und im Jetzt leben«, fand Maren. »Das ist wirklich Lebensqualität, wenn man das mal erreicht, für sich selbst!«

»Was heißt das für dich konkret?«, fragte Gabi nach.

»Das Jetzt dokumentiert sich in vielen kleinen Dingen: Auf dem Obstmarkt habe ich mir neulich die ersten frischen Erdbeeren des Jahres gekauft – da war ich schon glücklich, bevor ich wieder zu Hause war. Es sind die kleinen Dinge, die das Leben lebenswert machen. Meine Glücksgefühle sind sehr facettenreich – und nicht nur auf Liebe oder Erfolgserlebnisse beschränkt.«

»Eine gewisse Glücksbegabung erleichtert das Leben zweifellos«, fand die Perle. »Aber das sind ja meist nur kurze Momente und nichts, was über Stunden, Tage oder Jahre auf gleichem Niveau bleibt. Zufriedenheit scheint mir viel eher erreichbar. Man kann nicht ewig immer nur glücklich sein, und das ist auch gar nicht mein Ziel!«

»Nicht?«, fragte Renate erstaunt. »Aber was denn sonst? Ich finde, das Wichtigste im Leben ist, möglichst oft glücklich zu sein! Es geht doch darum, dass man die Buntheit dieses Lebens ausschöpft und erfüllt ist!«

»Absolut d'accord!«, stimmte Gabi ihr zu. »Aber ich habe die Erfahrung gemacht, dass es, um so richtig glücklich zu sein, paradoxerweise wichtig ist, auch mal eine Zeit lang total unglücklich zu sein. Bei mir zumindest war das so ...«

»Da kann ich auch ein Lied von singen«, rief Birgit.

»Rückschläge können sehr antreiben und motivieren, denn im günstigsten Fall entdeckt man dadurch auch bislang unbekannte Potenziale in sich selbst. Wenn alles wunderbar ist, zapft man diese Ressourcen nicht an. Große persönliche Entwicklungen und Quantensprünge hängen oft mit Krisen zusammen. Vermutlich weiß das in dieser Runde niemand besser als ich«, setzte sie nach und schaute traurig in ihr Glas.

Wenke streichelte ihr mitfühlend über den Rücken.

»Darf ich Sie mal was fragen?«, wandte sich Wenke unvermittelt an die Mutzke. »Der fünfzigste Geburtstag ist doch ein entscheidender Wendepunkt im Leben …«

»Ja, könnte man so sagen«, bestätigte die Mutzke und wartete gespannt auf die noch ausstehende Frage.

»Die Jugendlichkeit ist mit der Fünf vor der Altersangabe definitiv vorbei, und man rast unaufhaltsam auf den Seniorenstatus beziehungsweise die Rente zu«, führte Wenke fort. »Wenn Sie eine Werbekampagne für eine euphorische, optimistische, Glück verheißende zweite Lebenshälfte entwerfen müssten, wie würde die dann aussehen?« Wenke schaute sie herausfordernd an. »Sie sind doch Profi!«, setzte sie nach.

»Gute Frage, Frau Miele!« Die Mutzke nickte anerkennend. »Interessanter Ansatz!«

Sie nahm einen Schluck Champagner und beugte sich vor, um beim Sprechen besser Luft zu bekommen.

»Die finnische Glücksforschung hat in einer Dreiklang-Formel festgelegt, was wirklich wichtig ist im Leben«, legte sie los. »Nämlich Haben, Lieben und Sein. Also genug Geld, viele Freundschaften und ein erfüllender Beruf. Ab fünfzig kommt meiner Ansicht nach aber auf jeden Fall noch der Punkt Gesundheit ins Spiel.«

Die Runde stimmte geschlossen zu.

»Ich würde in so einer Kampagne deshalb vermutlich dazu aufrufen, das Leben noch mal voll auszukosten, solange man kann«, überlegte die Mutzke laut. »Die Früchte der Arbeit – also finanzielle Rücklagen, einen gehobenen Lebensstandard – auszuschöpfen und noch mal so richtig, verzeihen Sie den Kraftausdruck, auf die Kacke zu hauen!«

»Wie würde Ihr Slogan lauten?«, fragte Wenke.

»Je oller, je doller?«, schlug Ben vor. Die Runde lachte.

»Nein, ich würde eher so nach dem Motto denken: Jetzt geht's erst richtig los!«, sinnierte die Mutzke. »Wir haben ja gerade darüber gesprochen, dass viele Menschen im reiferen Lebensalter noch mal so richtig aufdrehen. Ich würde deshalb auf die Kombination von geistiger Reife, Lebenserfahrung, finanziellen und zeitlichen Möglichkeiten plus eine Prise ›Nichts mehr zu verlieren‹ setzen.«

»Und der Slogan?«, bohrte Wenke unerbittlich nach.

»Alter findet nicht im Körper, sondern im Kopf statt«, schmetterte sie. »Das ist übrigens auch das Motto unserer neuen AIDA-Kampagne.«

Der Barmann trat an den Tisch und schaute demonstrativ auf seine Uhr. »Wir würden gerne demnächst schließen und deshalb jetzt die letzte Runde einläuten«, sagte der müde aussehende Mann. »Haben Sie noch Getränkewünsche?«

»Schon so spät? Wie viel Uhr ist es denn?«, erkundigte sich Renate.

»Halb vier«, sagte Wolfgang.

»Ich gebe einen Absacker für alle aus!«, schaltete sich Rolf erstmalig ins Gespräch ein. »Was wollt ihr? Whisky? Cognac? Brandy? Gin?«

»Ich nehme einen Cardenal Mendoza«, bestellte die Mutzke auskennerisch.

»Was ist das?«, erkundigte sich Birgit.

»Einer der besten spanischen Brandys!«

»Nehme ich auch«, beschloss Birgit, und Merle fragte sich, wie in so eine kleine, zierliche Person wie die Mutzke so viel Alkohol passen konnte, wie sie im Laufe des Abends zu sich genommen hatte. Und vor allem: Warum wurde sie nicht betrunken?

»Hört sich gut an«, fand Rolf.

»Dann eine Runde Cardenal für alle!«

»Ist recht«, nickte der Barmann und verschwand Richtung Tresen.

»Es gibt ja heute viele, die sagen, sie wollen nichts vererben, sondern lieber alles selbst verbrauchen«, sagte Gabi, die die ganze Absacker-Diskussion hindurch still vor sich hin gegrübelt hatte. »Also statt am Ende alles, was man im Leben erwirtschaftet hat, den Kindern oder dem Tierheim zu überlassen, verprassen sie ab fünfzig oder sechzig das gesamte Vermögen, lösen ihre Sparkonten auf und schwelgen im Luxus. Gar nicht mal so blöd, oder?«

»Auf der Zielgeraden noch mal alles auszukosten ist doch 'ne Superidee«, fand Ben.

»Finde ich auch«, stimmte Birgit zu. »Man kann ja eh nichts mitnehmen.«

»Aber mit totalem Luxus müsste ich mich dabei nicht überschütten«, überlegte Merle. »Solange ich gut zurechtkäme, würde mir das vollkommen ausreichen. Klar, eine neue Handtasche ist toll und ein Chanel-Kostüm schick – aber bestimmt nicht dauerhaft erfüllend. Glück ist nicht käuflich!«

»Viele haben die Zielsetzung, einfach mehr haben zu wollen«, stimmte Ben ihr zu. »Ich möchte noch das und das – und dann bin ich glücklich! Bei solchen Menschen wird es immer ein ›Ich möchte noch‹ geben. Das ist ein Spiel ohne Ende, bei dem man nie satt wird, weil es im Grunde eine Ersatzbefriedigung ist.«

»Man braucht sicher nicht die zwanzigste Rolex und den siebten Porsche«, warf Wolfgang ein. »Aber gegen ein bisschen gehobene Lebensqualität ist auch nicht wirklich etwas einzuwenden.«

»Luxusüberlegungen, die man sich erst mal leisten können muss«, sagte Birgit bitter. »Wie wäre es denn zur Abwechslung mal mit einer gewissen Fähigkeit zur Bescheidenheit? Zur Zufriedenheit auch im Kleinen?«

»Du hast absolut recht«, fand Ben. »Dieses Wenn-dann-Denken halte ich echt für extrem gefährlich: Wenn ich fünf Kilo weniger wiege, dann ist mein Leben toll. Wenn ich den neuen BMW-SUV fahre, bin ich glücklich. Das ist eine Falle! Die einzige Möglichkeit, ihr zu entkommen, ist, den Istzustand – auch den körperlichen – zu akzeptieren und zufrieden zu sein.«

»Ich finde, man sollte sehen und als Geschenk empfinden, was man hat – und wenn man darüber hinaus ein Ziel hat, alles daransetzen, es zu erreichen«, sagte Wenke.

»Und wenn man es nicht erreicht und wie ich als Putzhilfe im Wohnwagen endet?«, fragte Birgit.

Mona Mutzke zog irritiert die Augenbrauen hoch. »Sie arbeiten als Putzhilfe??«

»Ja«, sagte Birgit. »Leider.«

Betroffenes Schweigen in der Runde.

»Aber wenigstens muss ich mir keine Gedanken darüber machen, ob ich mein Vermögen lieber vererbe oder selbst verprasse«, ergänzte sie mit Galgenhumor.

»Ich bin der tiefen Überzeugung, wenn man etwas wirklich will, dann kriegt man das auch«, schmetterte die Mutzke ihr besserwisserisch entgegen.

»Das glaube ich nicht«, schüttelte Birgit den Kopf. »Das hört sich immer so markig an, aber manche Menschen – so wie ich zum Beispiel – können nicht wollen! Weil sie zu wenig Selbstbewusstsein haben, keine Visionen, keinen Mut, keine Fantasie – oder weil sie Wollen nie gelernt haben.«

»Hmpf«, machte die Mutzke, von dieser Art, die Hosen runterzulassen, offenbar schachmatt gesetzt.

»Ängste und Selbstzweifel sind die größten Glücksverhinderer im Leben …«, sinnierte die Perle.

»Und Gier!«, rief Ben.

»Vor allem Neid!«, ergänzte Renate. »Unglaublich viele Menschen sind unglaublich neidisch auf andere. Die verhindern ihr eigenes Glück dadurch, dass sie ständig nach links und rechts gucken und alles wollen, was andere haben. Dadurch werden sie total grantig und geraten regelrecht in einen Teufelskreis.«

»Nicht zu sehen, was man hat, sondern nur zu beklagen, was man NICHT hat, ist echt total bescheuert«, fand Gabi. »Es gibt viele Sichtweisen auf Dinge – und man kann sich seine Sichtweise selbst aussuchen. Es ist ein totaler Glücksverhinderer, nicht das zu sehen, was man hat!«

»Ihr seid ja zu dieser späten Stunde noch richtig tiefgründig«, lachte Wenke. »Ich fasse mal zusammen: Tiefpunkte sind wichtig und die Fähigkeit zur Zufriedenheit, zum Erleben von Glücksmomenten, zur Bescheidenheit, zum Im-Jetzt-Leben – und Selbstverwirklichung, in welcher Richtung auch immer.«

»Und vielleicht ist das Wichtigste ja auch, nicht dauernd darüber nachzudenken, was das Wichtigste ist«, schmunzelte Ben.

»Das würde ich auch unterschreiben«, gluckste Merle.

»Ein erfülltes Leben setzt sich auf jeden Fall aus verschiedenen Komponenten zusammen, aber die Prioritäten verschieben sich auch immer wieder, wie ich gerade feststelle: Mein Sohn und mein neuer Partner sind nach wie vor wichtig – aber ich auch!« Die Perle zupfte demonstrativ an ihrer Federboa. »Das Thema ›Familie‹ habe ich für mich mehr oder weniger abgehakt. Nun bin ich auf der Suche nach einer neuen Gewichtung und will lernen, in mir Ressourcen anzuzapfen, um selbstbestimmter leben zu können und mich mehr auf mich zu fokussieren.«

»Und was heißt das genau?«, fragte Wenke.

»Ich habe dreißig Jahre lang als Kunstlehrerin gearbeitet, dazu meinen Sohn alleine erzogen und weiß, dass ich den Job als Lehrerin nicht mehr ewig machen kann. Kräfte- und motivationsmäßig. Auf dieser Erkenntnis basiert mein Bedürfnis nach neuen Wegen. Nach Zeit und Raum, herauszufinden, wo ich in der zweiten Lebenshälfte hinmöchte. Beruflich möchte ich weiter mit Menschen in Beziehung sein, aber in einer anderen Form. Und die würde ich mir gerne selbst gestalten. Ich bin im Umbruch, suche eine andere Lebenstaktung und weiß noch nicht so ganz genau, wohin die Reise geht.«

»Wo und wie suchen Sie denn?«, ließ Wenke nicht locker.

»In mir selbst«, rief die Perle. Sie schien begeistert über die Selbstpräsentationsplattform, die Wenke ihr gerade gab. »Meine Reise geht nach innen. Ich will versuchen, mich zu hören und zu spüren – das habe ich bislang vernachlässigt.«

»Ja, herauszufinden, was man wirklich will und was einen glücklich macht und erfüllt, ist echt nicht so einfach«, fand Gabi.

»Hui, jetzt wird es auch noch philosophisch«, freute sich Ben. »Dann lasst uns doch mal in die Vollen gehen: Wie wichtig ist euch denn eigentlich Erkenntnis? Also zu verstehen, was diese Welt im Innersten zusammenhält – und was das hier alles eigentlich soll?«

»Diese Frage stelle ich mir nicht!«, antwortete die Mutzke resolut.

»Wir sollen das Beste draus machen!«, fand Renate. »Das Leben genießen und so leben, dass es für uns und unsere Umwelt am schönsten ist – das ist für mich der Sinn des Lebens!«

»Oder zweiundvierzig?«, warf Ben ein.

»Zweiundvierzig??«, fragte Wenke irritiert.

»Ja«, lachte Ben. »In dem Kultroman *Per Anhalter durch die Galaxis* ist diese Zahl am Ende der Sinn des Lebens!«

Die Runde lachte. Der Barmann brachte die Brandys, und sie stießen an.

»Apropos Galaxis«, sagte Rolf und schwenkte den hochprozentigen Edel-Weinbrand mit langsamen Kreisbewegungen in seinem Glas. »Der Gedanke, wie klein und unwichtig wir angesichts des unendlichen Universums und des ganzen Mysteriums eigentlich sind, entspannt mich immer total, weil ich dann denke: Es ist doch eigentlich vollkommen egal!«

Und deshalb ist es offenbar auch egal, mit welchem Geschlecht du Sex hast, dachte Merle im Stillen. Super Lebensphilosophie ...

»Daraus resultiert vielleicht die Zufriedenheit, die Sie ausstrahlen«, lobte die Perle.

»Ich strahle Zufriedenheit aus?«, wunderte sich Rolf.

»Ich finde schon«, lächelte die Perle.

»Erstaunlich«, murmelte Rolf.

»Ich finde auch, dass du gerade ganz zufrieden aussiehst, Schatz«, streichelte Renate ihm über den Rücken und zwinkerte ihm zu. Merle konnte es nicht fassen. War ihre Mutter wirklich so tolerant, dass es ihr tatsächlich nichts ausmachte, wenn ihr Lebenspartner mit anderen rumknutschte? Sie würde dringend mal ausgiebig mit ihr sprechen müssen.

»Das geht mir in der Natur so«, sagte Wolfgang. »Neulich stand ich in Irland an den Klippen, die Gischt sprühte, und ich war so überwältigt von der Schönheit der Natur, dass ich dachte: Es ist alles so relativ! Ich bin so ein kleiner Fliegenschiss hier auf diesem Planeten. Das war merkwürdig wohltuend.«

»Das kann ich nachempfinden, Wolfgang«, sagte Renate und sah ihren Ex-Mann liebevoll an.

»Jetzt wird's mir aber zu schmalzig hier«, polterte die Mutzke. »Wenn ihr mal ehrlich seid, seid ihr doch alle nicht richtig glücklich, Kinder!« Durchdringend schaute sie Ben, Merle, Gabi, Wenke und Birgit nacheinander an. »Ihr seid vermutlich alle um die fünfzig, die Hälfte eures Lebens ist vorbei, also müsstet ihr jetzt gefälligst endlich mal die Arschbacken zusammenkneifen!«

Renate fiel vor Schreck über diesen vehementen Ausbruch fast das Glas aus der Hand.

»Geht raus und erlebt was!«, feuerte die Mutzke die Angesprochenen an wie ein unter Starkstrom stehender Motivationscoach. »Man bereut bekanntlich nur, was man nicht getan hat. Also, um Himmels willen, nutzt die letzten zwanzig, dreißig Jahre, um mal ordentlich auf die Kacke zu hauen! Macht 'ne Weltreise, habt ausschweifend Sex, gebt all euer Geld aus, riskiert was!«

Stille im Raum, während die letzten Silben verhallten.

»Das war ein gutes Fazit«, sagte Wenke.

»Ein perfektes Schlusswort«, stimmte Merle zu. »Ich werde es mir zu Herzen nehmen!« Sie nickte bestätigend Richtung Mutzke. »Und nun möchte ich mich noch mal bei euch allen für dieses wunderbare Fest bedanken.« Sie lächelte alle nacheinander an. »Ich hoffe, wir können das zu meinem Hundertsten wiederholen.«

»Gerne«, lachte Ben. »Motto: Rock 'n' Rollator!«

Die Runde lachte, erhob sich müde aus den Polstern und streckte die Glieder.

»Lasst uns mal schauen, was mit den anderen Gästen geschehen ist«, schlug Rolf vor. Mit innigen Umarmungen und ernst gemeinten Dankesbezeugungen verabschiedete sich Merle von der Mutzke, Wolfgang, Birgit, Gabi und Wenke und folgte ihren Eltern in den Saal. Ben schien irgendwie verschwunden. War er etwa gegangen, ohne ihr »Tschüss« zu sagen?

Im Saal befanden sich nur noch Tante Hiltrud, die den schnarchenden Günther bewachte, und ein Grüppchen junger, niemals müde werdender Cousins und Cousinen, die sich gegenseitig auf ihren Handys die neuesten Instagram-Postings zeigten. Die Kellner räumten die Tische ab und stellten die Stühle zusammen. Die Musik war aus, stattdessen war das grelle Rausschmeißlicht eingeschaltet, das beabsichtigt eine ernüchternde, ungemütliche Atmosphäre schuf und die Gäste dadurch aufforderte, endlich zu gehen.

Merle merkte plötzlich, wie müde sie war. Ihre Füße waren geschwollen und taten weh – und auch der Rücken machte sich bemerkbar.

»Na? Zufrieden mit deinem Ehrentag?«, fragte plötzlich eine Stimme hinter ihr.

Merle drehte sich überrascht um. Es war Ben, der bereits seine Jacke angezogen hatte.

»Oh, wo kommst du denn her? Ich dachte, du wärst schon gegangen …«

»Ich gehe doch nicht, ohne mich zu verabschieden«, sagte er und lächelte sie mit seinen grünen Augen an. »Würde mich freuen, dich mal wiederzusehen!« Er hauchte ihr einen Kuss auf die Wange. »War wirklich ein schönes Fest! Vielen Dank, dass ich dabei sein durfte.«

»Vielen Dank, dass du da warst«, stammelte Merle verlegen.

»Ja, dann, bis bald vielleicht mal …« Unschlüssig stand Ben noch einige Sekunden vor ihr, dann drehte er sich um und winkte ihr, ohne sich umzuschauen, über die Schulter noch mal zu.

Sehr lässige Geste, fand Merle.

Die Sonne ging apfelsinenrot über der Ostküste auf und tauchte den Himmel in die farbenprächtigsten Pastelltöne, von Flieder über Rosa bis zu dunklem Lila, als Merle restlos erledigt, aber dennoch euphorisiert und seltsam belebt gegen fünf Uhr mit ihren Eltern zurück ins Hotel fuhr. Auf ihrem Zimmer ließ sie sich rücklings auf ihr Bett fallen, wo sie, von den Ereignissen der Nacht vollkommen überwältigt, augenblicklich einschlief.

Was für ein Tag, was für ein Fest!

29

Und wieder riss sie lautes Klopfen an ihrer Zimmertür aus dem Schlaf.

»Es ist schon nach zehn Uhr, Schatz!«, rief ihre Mutter vor der Tür. »Wir gehen jetzt runter zum Frühstück. Kommst du auch?«

»Ja, in fünf Minuten!«, rief Merle zurück, wühlte sich müde und ziemlich widerwillig aus den Kissen und schleppte sich unter die heiße Dusche. Das warme Wasser war äußerst wohltuend für ihre schmerzenden Glieder. Irgendwie tat ihr alles weh. Durchfeierte Nächte hinterließen mit fünfzig anscheinend deutlich andere Spuren als mit zwanzig.

Sie schloss die Augen und ließ sich das wohltemperierte Nass auf den Kopf prasseln. Nach und nach ploppten Szenen der vergangenen Nacht vor ihrem geistigen Auge auf: der Überraschungsauftritt ihrer Schwestern, die Tantra-Einheit, das Versöhnungsgespräch mit Susanne, die Beinahe-Schlägereien, das Mitternachtsbad, das Liebesgeständnis von Jonas, ihr leiblicher Vater …

ZONGGG! Wie ein Blitz schoss ihr die Erinnerung an ihren Stiefvater in inniger Umarmung mit Herrn Ludwig auf dem Herrenklo in den Kopf. Sie öffnete die Augen und stellte die Dusche ab. Das war vermutlich der Punkt, an dem sie in den nächsten Tagen noch am meisten zu knabbern haben würde. Ihr gesamtes Weltbild war dadurch zusammengestürzt. Na ja, vielleicht nicht ihre gesamte Realität, gestand sie sich ein, während sie sich mit den flauschigweichen vorgewärmten Hotel-Handtüchern abtrocknete – zumindest aber hatte sich ihre Vorstellung der Ehe von Renate und Rolf als totale Illusion entpuppt. Sie mochte ihnen gleich beim Frühstück gar nicht in die Augen schauen ...

Als sie wenig später den Frühstücksraum betrat, in dem ein leckerer Kaffee- und Brötchenduft in der Luft lag, saßen außer ihren Eltern auch noch Miriam und Maren am Tisch.

»Guten Morgen, ihr Süßen, das ist ja schön«, freute sich Merle darüber, nicht mit ihren Eltern alleine sein zu müssen. Um die Geburtstagsüberraschung nicht zu gefährden, hatten die beiden im Nachbarhotel übernachtet.

»Na, wie hast du alles verkraftet?«, erkundigte sich Maren, als Merle von einer Kellnerin eine erste Tasse Kaffee eingeschenkt wurde.

»Ich habe geschlafen wie ein Stein«, lachte Merle und inhalierte den Kaffeeduft, als sie die Tasse an ihren Mund führte.

»Kann ich mir vorstellen!« Maren schmierte Butter auf ein Brötchen und zwinkerte ihr zu.

»Bisschen viel Dramen für eine Nacht, oder?«, fragte Miriam.

»Kann man wohl sagen! Die totale emotionale Overdose«, bestätigte Merle. »Ich hole mir mal was zu essen. Mein Magen knurrt!«

»Ich komme mit!«, sagte Miriam, als Merle aufstand, um zum Büfett zu gehen.

Am üppigen Frühstücksbüfett entschied Merle sich für ein Katerfrühstück, bestehend aus frisch gepresstem Orangensaft, Spiegeleiern mit kross gebratenem Speck, Räucherlachs und Rollmöpsen.

»Du machst da aber keinen Ketchup drauf, oder?«, rief ihre Schwester entsetzt, als Merle gerade die *Heinz*-Flasche öffnete.

»Doch, natürlich!«

»Manche Dinge ändern sich nie!«, resignierte Miriam. »Das hast du schon als Kind gemacht. Ich habe das nie verstanden. Bei der Vorstellung wird mir echt übel!«

»Dann guck halt weg«, sagte Merle und begoss ihre Spiegeleier mit der roten Soße. »Die Geschmäcker sind eben verschieden.«

Miriam schaute angeekelt zu und deutete Würgegeräusche an.

»Ich komme einfach nicht darüber hinweg, dass Rolf bisexuell ist«, gestand Merle leise ihrer Schwester, während die sich Rührei und Tomaten auf den Teller schaufelte.

»Warum nicht? Ich wusste gar nicht, dass du so homophob bist ...« Miriam schaute sie verwundert an.

»Quatsch! Wer mit wem ins Bett geht, ist mir vollkommen wurscht«, echauffierte sich Merle, während sie zwei Brötchen an den Rand ihres Tellers stapelte. »Es geht eher darum, dass er Mama ja dauernd betrügt ... Ich kann mir einfach nicht vorstellen, dass das für sie wirklich alles so easy ist.«

»Ist es aber!«, versicherte ihr Miriam. »Ich habe sehr lange mit ihr darüber gesprochen und sie echt auf den Pott gesetzt. Sie ist im Grunde froh, dass sie nicht mehr so oft mit ihm schlafen muss«, flüsterte sie ihr unter vorgehaltener Hand ins Ohr und kicherte dazu.

»Verstehe«, sagte Merle. »Hat sie denn auch Affären?«

»Nein, das ist ihr viel zu anstrengend. Aber ich glaube, sie geißelt den armen Rolf ganz schön mit seinem dauerschlechten Gewissen. Der muss jetzt alles machen, was sie will.«

Merle schaute sie fragend an.

»Zum Beispiel im Herbst mit ihr nach Neuseeland fliegen«, erklärte Miriam.

»Echt?«, staunte Merle. »Aber er hasst es doch, zu verreisen!«

»Nun muss er aber, wenn er sein fortschrittliches Ehemodell aufrechterhalten will«, lachte Miriam. »Nützt ja nix.«

Merle zuckte nur ratlos mit den Schultern.

»Wir reflektieren gerade den Abend«, begrüßte Maren sie, als sie mit ihren voll beladenen Tellern zurück zum Tisch kamen. »Wir haben gerade ein Ranking der erstaunlichsten Paarungen erstellt. Habt ihr mitbekommen, dass Sananda mit Max verschwunden ist?«

»Nee! Echt??«, rief Merle.

»Ja. Und Susanne hat mit Jan geknutscht!«

Das gab Merle einen Stich ins Herz. Diese blöde Kuh! Jetzt vergriff sie sich schon wieder an einem ihrer Lebensgefährten. Sie würde ihr nachher mal eine bissige SMS schreiben, ob diese Art Ex-Lover-Recycling eine Dauereinrichtung werden würde.

»Was war eigentlich mit Julia alias Sananda los?«, erkundigte sich Renate. »Diese Tantra-Einheit war ja hart an der Grenze, fandet ihr nicht?«

»Und wie sie die Perle angegiftet hat«, erinnerte sich Miriam laut.

Die Runde nickte bestätigend.

»Aber die Haschkekse waren klasse!«, kicherte ihre Mutter.

Ach ja, fiel es Merle wieder ein. Das war ja auch noch! Das Geständnis ihrer Mutter, schon öfter mal »Heilkräuter« konsumiert zu haben. Sie würde das Bild, das sie vom Leben ihrer Eltern gehabt hatte, tatsächlich gründlich überarbeiten müssen.

»Und die Mutzke mit ihrem devoten Schönling!«, warf Maren ein.

»Der will doch nur ihr Geld«, fand Miriam.

»Das glaubst auch nur du«, lachte Merle. »Die hat ein knallhartes Testament, das alles ihrem Hund zukommen lässt! Nee, der Typ muss irgendeine seltsame Macke haben. Einen Vogelscheuchen-Fetisch oder so was!«

Renate lachte laut auf und verschluckte sich dabei fast an ihrem Prosecco. »Merle, also wirklich!!«

»Der muss hochgradig masochistisch sein«, diagnostizierte Maren.

»Vermutlich kettet sie ihn nachts nackt in den Kohlenkeller«, witzelte Miriam.

»Mädels! Jetzt ist aber gut!«, mahnte Renate. »Die Leute gucken schon!« Sie deutete auf den Nachbartisch, an dem zu ihnen herübergesehen und getuschelt wurde.

»Wer hat eigentlich Wolfgang eingeladen?«, wechselte Merle das Thema und schob sich einen weiteren Bissen des köstlichen Ketchup-Spiegeleis mit dem knackig-krossen Speck in den Mund.

»Er sich selber«, sagte Maren. »Er hat mich gefühlte tausendmal angerufen und gefragt, was du an deinem Fünfzigsten vorhast. Irgendwann habe ich es ihm dann gesagt, und er hat sich sofort ein Hotel gebucht. Tut mir leid«, setzte sie nach. »Es war nicht zu verhindern!«

»Schon gut«, beschwichtigte Merle. »Ist aber immer irgendwie komisch, wenn er auftaucht. Findet ihr nicht?«

»Absolut«, stimmte Miriam zu.

»Ich bin dann immer so unangenehm beklemmt«, offenbarte Merle.

»Ich auch!«, sagte Maren.

»Das wird sich in diesem Leben wohl nicht mehr ändern«, resümierte Renate.

»Sagst du eigentlich auch mal was, Rolfi?«, fragte Miriam ihren Stiefvater unvermittelt provokant.

»Was??«, fragte der erschrocken und schaute verwirrt von der Zeitung hoch, die neben seinem Teller lag und die er bis eben konzentriert durchgelesen hatte.

»Schon gut«, sagte Miriam und winkte ab. »Die Männer

spielen in dieser Familie eh keine besonders große Rolle«, lachte sie.

»Dreimädelhaus« wurde ihre Familie in ihrer Kindheit stets genannt, erinnerte sich Merle. Warum Rolf, das männliche Familienoberhaupt, dabei komplett ignoriert wurde, hatte sie nie entschlüsseln können. Vermutlich bezog sich die Dreimädel-Klassifizierung auf die drei Schwestern, überlegte sie. Denn zusammen mit Renate bestand der Haushalt ja eigentlich aus vier Frauen ...

»Fliegst du morgen zurück nach Bangkok, Maren?«, erkundigte Rolf sich nun pflichtbewusst und legte seine Lesebrille zur Seite.

»Ja. Leif will dringend irgendeinen Freund in Kambodscha treffen und sitzt deswegen schon auf heißen Kohlen.«

»Und wie lange wirst du noch durch die Welt tingeln?«, fragte Merle.

»Mal schauen«, lächelte Maren. »So lange, wie wir Lust dazu haben.«

»Wie finanziert ihr euch eigentlich?«, fragte Rolf.

»Wir basteln Ketten und Armbänder und verkaufen sie auf dem Markt oder am Strand.«

»Und das klappt?«

»Nicht immer. Manchmal übernehmen wir auch für ein, zwei Wochen irgendwelche Jobs. Neulich haben wir als Erntehelfer bei einem Winzer gearbeitet. Das war ganz spannend.«

»Inwiefern?«, wollte Merle wissen.

»Wir durften nach Feierabend so viel Wein trinken, wie wir wollten«, lachte sie. »Und der war sehr gut!«

»Aha!« Merle zog die Augenbrauen hoch. »Machst du dir eigentlich gar keine Sorgen um deine Alterssicherung? Die Allerjüngste bist du ja mittlerweile auch nicht mehr.«

»Spaßbremse!«, rief Miriam Richtung Merle.

»Nö«, sagte Maren. »Ich kann mir ehrlich gesagt gut vorstellen, auch mit achtzig noch mit dem Bus durch die Gegend zu reisen.«

»Verstehe.« Merle rührte etwas neidisch in ihrem Kaffee. Maren hatte schon immer das beneidenswerte Talent gehabt, sorgenfrei und mit jeder Menge Leichtigkeit durchs Leben zu tänzeln. Und es war auch immer gut gegangen. Vermutlich genau deshalb.

»Und du, Miriam? Was hast du in nächster Zeit vor?«, hakte Rolf nach.

»Ich muss tatsächlich nach New York! Da gibt es eine kleine Galerie in Brooklyn, die sich für meine Bilder interessiert.«

»Großartig!«, fand Renate.

»Und deine Pläne, Merli?«, fragte Miriam.

»Ich habe wie immer keine! Business as usual. Ich bleibe mit Rolf und Renate noch zwei Tage hier auf der Insel – und dann geht der Alltag wieder los.«

»Willst du nach Monas leidenschaftlichem Aufruf gestern dein Leben nicht noch mal neu justieren? Du sollst doch die Arschbacken zusammenkneifen und so viel Sex haben wie möglich!«, tönte Miriam mit übertrieben tiefer Reibeisenstimme.

»Is klar!« Merle zwinkerte ihrer Schwester zu. »Ich glaube nicht, dass ein Sexmarathon meinem Leben eine neue Wende gibt.«

»Willst du denn eine neue Wende?«, fragte Maren.

»Nein, ich bin eigentlich sehr zufrieden so, wie es ist.«

»Eigentlich?«

»Na ja, ein bisschen einsam ist es ab und an durchaus manchmal«, gab Merle zu. »Amor könnte schon noch mal einen Pfeil abschießen.« Sie lächelte unsicher.

»Also doch Sex?«, lachte Miriam.

»Jetzt lasst mal den Quatsch, Kinder!«, entschied Renate resolut und erhob sich. »Kommt! Lasst uns mal einen Verdauungsspaziergang machen! Mein Kreislauf braucht dringend ein bisschen frische Luft!«

30

Vor dem Hotel verabschiedeten sich Miriam und Maren von ihnen. Sie wollten den Zwölf-Uhr-Shuttle Richtung Hamburg noch erwischen. Merle stiegen die Tränen in die Augen, als sie ihre Schwestern umarmte. Jetzt würden sie wieder so weit weg sein – und es war so wahnsinnig lieb von ihnen gewesen, das Fest zu organisieren.

»Vielen, vielen Dank, ihr habt mir eine riesige Freude gemacht«, gab sie ihnen mit auf den Weg.

Der Himmel war strahlend blau, die Temperatur hatte angenehme zwanzig Grad, und der Wind war lau. Genau das richtige Wetter, um barfuß am Strand zu schlendern. Mit den Schuhen in der Hand spazierte das Trio am Wassersaum entlang.

»Ich würde gerne noch ein, zwei Sätze zu gestern sagen«, begann Rolf plötzlich und schaute Merle unsicher an. Nach tiefgehenden Problemgesprächen stand ihr zwar gerade überhaupt nicht der Sinn, dennoch wollte sie ihrem Stiefvater natürlich die Chance geben, sich zu erklären.

»Schieß los!«, sagte sie deshalb.

»Ich kann mir vorstellen, wie sehr dich die gestrige Szene schockiert hat«, begann Rolf.

»Nein, ich glaube, das kannst du nicht«, widersprach Merle.

»Jetzt lass ihn doch mal ausreden«, schaltete ihre Mutter sich ein.

»Danke, Renate, aber ich kann durchaus für mich selbst sprechen«, beschwichtigte Rolf.

»Wann hast du denn gemerkt, dass du auch Männer liebst?«, fragte Merle direkt, um ein mögliches Um-den-heißen-Brei-Geschleiche abzukürzen. »Oder bist du eigentlich schwul, und deine heterosexuelle Phase war nur ein Versehen?«

Rolf schaute sie verblüfft an. Er sah beschämt und gekränkt aus.

»Also, so hart musst du nun auch nicht sein!«, empörte sich Renate.

»Es war eher ein Zufall«, erklärte Rolf. »Auf einem Betriebsausflug hatte ich deutlich zu viel getrunken und bin mit einem Mitarbeiter aus dem Ausland noch in einer Kneipe versackt. Auf dem Nachhauseweg hat er mich plötzlich umarmt und geküsst. Einfach so!«

»Und das hat dir gefallen?«

»Erst war ich entsetzt, aber dann fand ich es erstaunlich aufregend«, gab Rolf ehrlich zu. »Es war irgendwie ein ganz anderes Gefühl als die Liebe zu einer Frau.«

»Hm«, machte Merle. »Verstehe.« Intimere Details wollte sie gar nicht wissen.

»Und wie lange ist das her?«, erkundigte sie sich.

»Zehn Jahre.«

»Und seitdem lebst du also ein Doppelleben«, stellte Merle fest. »Ohne dass deine Töchter etwas davon mitbekommen haben!« Der Vorwurf war deutlich.

»Nein!«, schüttelte Rolf den Kopf. »So war es natürlich nicht! Ich musste das erst mal für mich selbst klarkriegen und habe es Renate auch sofort erzählt. Das Problem war nur: Ich konnte es nicht vergessen! Es hat irgendetwas in mir getriggert.«

»Er muss sich doch jetzt nicht vor dir rechtfertigen, Merle!«, wies ihre Mutter sie zurecht.

»Nein?«, fragte sie provokant. »Weil es total normal ist, dass einem zehn Jahre lang etwas vorgemacht wird?«

Rolf schaute im Gehen betreten auf seine Füße. »Vielleicht sollten wir das Gespräch an dieser Stelle beenden«, schlug er vor.

»Auf keinen Fall«, forderte Merle. »Wie ist es denn dann weitergegangen? Bist du nach dieser Nacht dann gezielt auf die Pirsch gegangen?«

»Nein. Ich habe mich erst mal einem homosexuellen Kollegen anvertraut. Der hat mich dann ein paarmal zu irgendwelchen Partys mitgenommen …« Er schaute sie unsicher von der Seite an.

»Und von da an hast du Mama regelmäßig betrogen?« Merle starrte stur geradeaus.

»Also davon kann ja nun keine Rede sein!«, empörte sich Renate. »Rolf war immer ehrlich zu mir. Wir haben gemeinsam beschlossen, dass er das ausleben muss.«

»Und sich einfach mal zu beherrschen und zusammenzureißen wäre keine Möglichkeit gewesen?«, erkundigte Merle sich mit scharfem Unterton.

»Warum denn?«, rief Renate. »Dann wäre er doch nur todunglücklich geworden!«

Merle schüttelte negierend den Kopf.

»Wenn du jemanden wirklich liebst, lass ihn frei, heißt es doch«, sagte ihre Mutter. »Und wenn er zu dir zurückkommt, liebt er dich auch. Ich wollte keinen Mann an meiner Seite, der total frustriert ist und nur aus Pflichtgefühl bei mir bleibt.«

»Wir haben einfach beschlossen, unsere Beziehung etwas unkonventioneller zu gestalten«, bestätigte Rolf. »Und dafür habe ich Renate umso mehr geliebt.« Er streichelte ihr zärtlich über den Rücken.

»Und du kommst gut damit klar?« Merle schaute ihre Mutter fragend an.

»Bestens«, behauptete Renate. »Rolf ist seitdem total ausgeglichen – und ich bin es auch.«

»Weil er es ist!«, ergänzte Merle. »Und was ist mit dir? Willst du dich nicht auch ausleben?«

»Nein, ich habe diese Sehnsucht nicht«, behauptete sie. »Ich freue mich einfach an der Harmonie und Ruhe, die seitdem in unserer Beziehung herrschen.«

»Hättest du lieber einen Mann geheiratet?«, fragte Merle provokant.

»Nein, um Himmels willen«, rief er laut aus. »Ich liebe keinen Menschen auf diesem Planeten so sehr wie deine Mutter!« Er schaute Renate voller Liebe an. »Und euch natürlich!« Er nahm Merles Hand und drückte sie.

Sie zog sie wieder weg.

»Ich hoffe, du kannst mir irgendwann verzeihen oder mich sogar verstehen«, bat Rolf.

»Schauen wir mal«, brummte Merle.

»Ist es, weil er mit Männern schläft?«, wollte Renate wissen.

»Nein, das ist mir völlig egal! Ich komme nur nicht so gut damit klar, dass er sich alle Freiheiten rausnimmt – und du nicht.«

»Aber ich brauche sie nicht!«, rief ihre Mutter aus. »Wenn es so wäre, würde ich es doch tun! Und Rolf würde es sicher tolerieren!«

Rolf nickte bestätigend.

»Und was ist, wenn er sich in eine seiner Affären verliebt?«

»Dann ist es eben so! Das kann man doch eh nicht verhindern«, behauptete Renate resolut.

»Deine Langmut und deine Toleranz sind wirklich bewundernswert, Mama«, fand Merle. Mittlerweile waren sie im *Kaamps* 7 angekommen und erklommen die Treppen, um einen Kaffee zu trinken.

Als sie sich setzten, erkannten sie an einem Tisch am anderen Ende der Terrasse Jonas und Lisa, die sich offenbar gerade heftig stritten. Sie winkten Jonas kurz zu, er winkte schlecht gelaunt zurück.

»Siehst du? Lisa ist nicht so tolerant wie du!«, stupste Merle ihre Mutter grinsend in die Seite.

»Tja«, sagte die nur und hob entschuldigend die Schultern. »Und da siehst du, was dann dabei herauskommt: Streit, Frust und schlechte Laune.«

»Wäre es etwas anderes, wenn Rolf dich – wie Jonas – mit anderen Frauen betrügen würde?«, fragte Merle plötzlich.

»Auf jeden Fall«, nickte ihre Mutter. »Die Männer empfinde ich nicht wirklich als Konkurrenz.«

»Musst du auch nicht, meine Liebe«, bestätigte Rolf.

Vielleicht war das die Erklärung, dachte Merle sich im Stillen. Das ganze Geheimnis. Renate nahm Rolfs Sex-Eskapaden einfach nicht ernst. Vermutlich war es für sie so, als würde er auf einen Kegelabend gehen.

Während ihre Eltern die Karte studierten, schaute Merle auf ihr Handy. Zahlreiche SMS und Whatsapp-Nachrichten waren eingegangen, in denen sich die Gäste für das schöne Fest bedankten. Als sie das Display gerade wieder schließen wollte, ploppte unvermittelt eine SMS von Wolfgang auf. Er sei noch bis morgen auf der Insel und würde sich gerne heute Abend auf einen Sundowner mit ihr treffen.

Nie hätte Merle gedacht, dass ausgerechnet ihr fünfzigster Geburtstag derart von ihren Eltern dominiert werden würde. Aber vielleicht war man ja erst dann richtig erwachsen, wenn man die Beziehung zu seinen Eltern geklärt hatte, überlegte sie und sagte Wolfgang für ein Date um siebzehn Uhr in Wenningstedt zu. Ihre Eltern wollten derweil die Geschenkeberge aus der *Sturmhaube* holen – und vermutlich auch die Rechnung begleichen, wie Merle annahm.

Sie schaute ihre Mutter an, die sich die Lesebrille von Rolf ausgeliehen hatte und gründlich das Speisenangebot checkte. Im Vergleich zu der Toleranz, die sie Rolf entgegenbrachte, kam Merle sich gerade ziemlich spießig vor. Vierundzwanzig Jahre Altersunterschied lagen zwischen ihnen – nicht besonders viel! Wenn Renate vierundneunzig wurde, wäre Merle siebzig, und sie könnten sich auf ihrem Geburtstag über Kukident und Senioren-Kreuzfahrten unterhalten. Oder über junge Lover und die Qualität des Silver Sex. Bei dem Gedanken schmunzelte Merle in sich hinein. Sie schaute auf Renates mittlerweile fast gänzlich weiße Haare, die Falten um ihre Augen und die Flecken auf ihrem Handrücken. Renates und Rolfs Älterwerden war untrennbar gekoppelt an ihr eigenes Älterwerden. Und mit jedem dazugekommenen Lebensjahr konnte Merle vieles besser verstehen, hatte zunehmenden Respekt vor den Gewichtungen in ihrem Leben. Seit längerer Zeit schon war Renate mehr Freundin für sie als Mutter.

Im Grunde war es faszinierend, zu beobachten, wie ihre Eltern mit dem Alter umgingen, dachte sie. Es war quasi, als würden sie auf unwegsamem Gelände vorausgehen und den Weg für Merle sichern. Natürlich würden auch sie irgendwann kleiner, dünner, schrumpeliger und tüdeliger werden. Sexuelle Eskapaden oder Haschkekse würden dann kein Thema mehr sein. Sollte sie sich an dem bisschen Rock 'n' Roll, den die beiden jetzt erstaunlicherweise noch aufbrachten, nicht lieber erfreuen, statt den moralischen Zeigefinger zu erheben und sie empört in ihre Schranken zu weisen? Wer war sie denn, ihren Eltern irgendwelche Vorschriften zu machen? Merle beschloss in dieser Sekunde, Rolf und Renate in Würde ausflippen zu lassen, solange sie noch konnten.

»Ach, Papa!«, seufzte sie deshalb auf dem Rückweg, plötzlich von Toleranz und Liebe für ihn geflutet, und legte den Arm um ihn. »Ich hab dich doch auch so lieb! Eure Beziehungsmodalitäten gehen mich im Grunde ja auch gar nichts an. Hauptsache, ihr seid glücklich!« Sie strahlte ihn an und gab ihm einen Kuss auf die Wange.

»Echt jetzt?« Er konnte es gar nicht fassen, blieb stehen und umarmte sie. »Da fällt mir jetzt wirklich ein Stein vom Herzen.«

»Komm, Mama!«, sagte Merle und löste sich aus Rolfs Umarmung. »Dich möchte ich jetzt auch mal ganz fest in den Arm nehmen!« Sie umschlang ihre Mutter. »Vielen Dank, ihr beiden, für dieses tolle Fest und eure Mühe!«

Zu dritt beieinander eingehakt, schlenderten sie, jeweils in Gedanken versunken, am Wasser zurück nach Wenningstedt.

»Ist das nicht Susanne da vorne?«, fragte ihre Mutter auf einmal.

»Wo denn?«, erkundigte sich Merle.

»Na, die Frau, die da am Wasser sitzt?« Renate deutete auf eine etwa zwanzig Meter entfernte Person.

»Ja, du hast recht. Das ist sie!«

»Hey, Susanne! Du bist noch hier?«, begrüßte Merle ihre Ex-Feindin beim Näherkommen.

»Ja, ich habe ein paar Tage Urlaub drangehängt, wo ich schon mal auf meiner Lieblingsinsel bin«, erklärte sie. Sie hatte sehr rote Augen und wischte sich mit einem Taschentuch über die Wange. Sie sah erschütternd traurig aus.

»Ist irgendwas los?«, fragte Merle bestürzt und ließ sich neben sie in den Sand fallen.

»Wir gehen schon mal langsam vor!«, riefen Rolf und Renate und schlenderten weiter, vertraut beieinander eingehakt und vollkommene Harmonie ausstrahlend.

»Ach, ich habe anscheinend immer Pech in der Liebe«, entfuhr es Susanne.

»Jan?«, fragte Merle.

»Ja.« Sie schaute Merle schuldbewusst und betreten an.

Und täglich grüßt das Murmeltier, dachte Merle. Manche Ereignisse wiederholten sich offenbar immer wieder.

»Meine Partnerwahl hat es dir offenbar angetan«, bemerkte sie zynisch. »Soll ich dir künftig vielleicht gleich die Telefonnummer weitergeben, wenn ich mich getrennt habe? Oder lieber schon vorher, wie bei Max?«, stichelte sie. Das konnte sie sich einfach nicht verkneifen.

»Sehr witzig«, murmelte Susanne.

»Sorry, das musste noch mal raus«, entschuldigte Merle sich und legte den Arm um Susanne. »Jetzt mal konkret und lösungsorientiert: Jan ist doch unglücklich in seiner Ehe! Wo ist das Problem? Der müsste doch mit fliegenden Fahnen zu dir überwechseln!«

»Er hat gleich klargestellt, dass er seine Frau nicht verlassen wird.« Susanne schaute sie aus traurigen Augen an. »Wegen der Kinder.«

»Ach, das würde ich nicht so ernst nehmen. Bleib einfach dran«, riet Merle.

»Ich weiß nicht«, zögerte Susanne. »Ich habe echt keine

Lust mehr, immer nur die Nummer zwei zu sein. Das hatte ich schon zu oft in meinem Leben.«

»Du, ich muss leider los!«, rief Merle unvermittelt, nachdem sie demonstrativ auf ihr Handy geschaut hatte. Sie hatte wirklich keine Lust, Beziehungsberaterin für ihren Ex-Freund und ihre Ex-Feindin zu spielen. Diese Suppe musste Susanne jetzt mal alleine auslöffeln.

Sie verabschiedeten sich, und Merle beschloss, dass es mit Susanne nicht unbedingt ein Freundschafts-Revival in ihrem Leben geben musste.

31

Merle erkannte Wolfgang schon von Weitem. Er hatte so eine ganz bestimmte Körperhaltung, steif und stolz zugleich, die seine Silhouette unverwechselbar für sie machte. Er saß an einem Tisch vor dem *Café Meeresblick* an der Strandpromenade, auf einer der sonnenbeschienenen und mit weißen Schaffellen gepolsterten Bänke.

»Hallo, Wolfgang!«, begrüßte sie ihn.

Er hatte sie gar nicht kommen hören und blickte überrascht von seinem Handy auf.

»Merle! Wie schön! Freut mich sehr, dass es noch geklappt hat. Setz dich doch!« Er schob ihr im Sitzen einen der beiden Stühle zurecht, die am Tisch standen.

Merle setzte sich ihm gegenüber.

»Was möchtest du trinken?«, begann er ihr Treffen möglichst harmlos.

Merle entschied sich für einen Aperol Spritz und Wolfgang für ein Bier.

Der Kellner brachte ihre Getränke, und sie stießen an.

»Wie fandest du denn dein fulminantes Fest?«, erkundigte Wolfgang sich.

»Großartig!«, strahlte Merle. »Erst fand ich die Idee furchtbar – aber dann ist die Überraschung ja doch noch überraschend schön geworden.«

»Das freut mich«, sagte Wolfgang und strich sich eine graue Haarsträhne zurück.

Und da war sie wieder, diese Beklemmung zwischen ihnen. Diese ratlose Gesprächspause. Sie hatten sich einfach nichts zu sagen, dachte Merle. Er wusste nichts über sie. Weder über ihr Seelenleben noch über ihre Ängste, ihre glücklichen Momente oder ihre tiefsten Sehnsüchte – und sie interessierte sich nicht für sein ewig gleiches Geschäftsgelaber, mit dem er gerade wieder begann. Während sein stets identischer Monolog über die schlechte wirtschaftliche Gesamtsituation, steigende Rohstoffpreise und Ärger mit den Angestellten über sie schwappte, versuchte sie (auch das war wie jedes Mal, wenn sie sich trafen), ihn heimlich zu studieren: Auch an ihm, dem toughen, kernigen Segler, nagte allmählich sichtlich der Zahn der Zeit: Sechsundsiebzig Jahre war er inzwischen alt, und Merle bemerkte erschrocken, wie das Bierglas in seiner Hand jedes Mal leicht zitterte, wenn er es anhob. Sein Haar wurde schütter, sein Gang unsicher – und die Fingergelenke seiner Hände sahen merkwürdig geschwollen aus.

»Sag mal, bevor ich es vergesse«, hielt er plötzlich inne. »Kannst du mir Marens E-Mail-Adresse geben? Sie fliegt doch morgen zurück nach Thailand, und ich wollte ihr so gerne mal schreiben.«

»Klar!« Äußerst erstaunt über diesen väterlichen Anfall,

der so gar nicht zu ihm passte, zückte Merle ihr Handy und rief Marens Kontaktdaten auf.

Auch Wolfgang griff zu seinem iPhone und pulte eine Lesebrille aus dem Etui. Merle sah der umständlichen Prozedur gerührt zu. Obwohl Wolfgang immer so stolz darauf gewesen war, auch mit Ende sechzig noch so scharf sehen zu können wie ein Adler, brauchte auch er nun schon seit ein paar Jahren eine Sehhilfe, um die Speisekarte im Restaurant zu lesen – oder sein Handydisplay zu entziffern. Aber diese »tragbaren Telefone« lagen ihm sowieso nicht. Er, der in seinem Leben höchstens dreißig Minuten ferngesehen hatte und bei dem sie als Kind nie das Autoradio aufdrehen durfte (außer, wenn beim Einschalten zufällig *Deine Spuren im Sand* von Howard Carpendale lief, das er aus irgendeinem, ihr bis heute schleierhaften Grund mochte), schaffte es kaum, sein iPhone zu bedienen: Sein Daumen war dreimal so dick wie Merles Zeigefinger. Wie sollte er damit jemals filigran über die millimetergroßen Tasten tänzeln? Ihm beim unbeholfenen Umgang mit der Touchscreen-Oberfläche zuzugucken, war rührend und bizarr zugleich. Unfassbar, dass diese Urgewalt von einem Mann sich tatsächlich dem technischen Fortschritt gebeugt hatte und die Demütigung auf sich nahm, nun bereits zum dritten Mal vergeblich die E-Mail-Adresse ihrer Schwester einzuspeichern. Unfassbar auch die zahlreichen Altersflecken auf seinem Handrücken, die Merle dabei registrierte.

Nach dem vierten Anlauf hatte er die Aufgabe bewältigt, legte das iPhone erschöpft zur Seite, nahm die Lesebrille ab und sah ihr direkt in die Augen. »Wie geht es dir denn eigentlich so?« Nicht nur die Frage, auf die sie ihr Leben lang gewartet hatte, war erstaunlich – noch mehr verblüffte Merle die Tatsache, dass er nun über den Tisch griff und Merles Hand nahm. Die ungewohnte Berührung machte Merle kurzzeitig sprachlos. Seine Hand fühlte sich angenehm warm und weich an. Irgendwie vertraut – und Vertrauen gebend. So wie ein Vater seine Tochter eben anfassen sollte: behutsam und beschützend! Merle merkte, wie ihr die Tränen in die Augen stiegen, so sehr erschütterte sie diese kleine Geste. Und nicht nur, weil sie nicht wusste, wo sie anfangen sollte, fand sie keine Antwort auf seine Frage. Um ihm zu verdeutlichen, wie es ihr ging und wer sie eigentlich war, hätte sie ihm ihre komplette Lebensgeschichte, die leider weitgehend ohne ihn stattgefunden hatte, erzählen müssen.

»Ach, Wolfgang«, seufzte sie deshalb. »Was ist das für eine Frage? Wo soll ich denn da anfangen?«

»Einfach irgendwo«, lächelte er.

»Ich überlege, wie ich die zweite Jahrhunderthälfte meines Lebens gestalten soll«, sagte sie schwammig.

»Ich kann dir nur raten, jede Minute auszukosten«, riet ihr Vater. »Noch bist du fit, aber wenn die ersten Blessuren kommen – und die kommen unweigerlich –, ist es vielleicht für manches zu spät.«

»Soll heißen?«

»Verwirkliche alle deine Träume! Sofort – und nicht erst morgen oder nächstes Jahr! Moment!«, sagte er. »Es gibt doch dieses wunderschöne Gedicht, das immer alle Joseph

Beuys zuschreiben. Es ist aber eigentlich von Susan Ariel Rainbow Kennedy. Das trage ich immer bei mir!«

Er kramte ein zerknittertes, mehrfach gefaltetes Papier aus seiner Jacketttasche, setzte seine Lesebrille auf, entfaltete das Dokument und las vor:

Werde ein Freund von Freiheit und Unsicherheit.
Freue dich auf Träume.
Lass dich fallen.
Lerne, Schnecken zu beobachten.
Pflanze unmögliche Gärten.
Lade jemand Gefährlichen zum Tee ein.
Mache kleine Zeichen, die »Ja« sagen, und verteile sie überall in deinem Haus.
Weine bei Kinofilmen.
Schaukel, so hoch du kannst, mit einer Schaukel bei Mondlicht.
Pflege verschiedene Stimmungen.
Verweigere dich, »verantwortlich« zu sein.
Tue es aus Liebe.
Mache eine Menge Nickerchen.
Gib weiter Geld aus. Mache es jetzt. Das Geld wird folgen.
Glaube an Zauberei.
Lache eine Menge.
Bade im Mondlicht.
Träume wilde, fantastische Träume.
Zeichne auf die Wände.
Lies jeden Tag.
Stell dir vor, du wärst verzaubert.
Kichere mit Kindern.

Höre alten Leuten zu.
Öffne dich. Tauche ein. Sei frei.
Preise dich selbst.
Lass die Angst fallen.
Spiele mit allem.
Unterhalte das Kind in dir.
Du bist unschuldig.
Baue eine Burg aus Decken.
Werde nass.
Umarme Bäume.
Schreibe Liebesbriefe.
Und ich sage: Tanze so viel wie möglich!

Er nahm seine Lesebrille wieder ab, faltete den Zettel wieder zusammen und schaute Merle an. Sie war wie vom Donner gerührt und konnte nicht fassen, dass ihr immer als gefühlsamputierter, grobschlächtiger Klotz eingestufter Vater tatsächlich so ein wunderschönes Gedicht bei sich führte. Und mehr noch: offenbar ganz andere Lebensmaximen hatte, als sie immer gedacht hatte.

»Warum hast du uns eigentlich verlassen, Wolfgang?«, fragte sie unvermittelt.

»Weil ich damals leider der dummen Überzeugung war, dass Geldverdienen und Karrieremachen wichtiger sei als alles andere«, sagte ihr Vater. »Was natürlich absoluter Blödsinn ist.«

Merle nickte.

»Aber das erkennen so verbohrte Kerle wie ich leider erst sehr spät«, schloss er. »Außerdem hatte deine Mutter sich in

Rolf verliebt und war nicht dazu zu bewegen, mir eine zweite Chance zu geben«, sagte er traurig.

»Du wolltest eine zweite Chance?«, fragte Merle erstaunt.

»Ja, ich habe Renate noch im Gerichtssaal beim Scheidungstermin angefleht, es sich noch mal zu überlegen. Wegen euch!«, sagte er. »Aber auch, weil ich viel zu spät gemerkt habe, wie sehr ich sie geliebt habe.«

Er sah sie ernst an. »Es ist wirklich wahr: Viel zu oft weißt du erst dann zu schätzen, was du hattest, wenn du es verloren hast.«

»Das heißt, du würdest heute vieles anders machen? Bereust du etwas?«

»Natürlich!« Er nickte ernst und schaute lange in sein Bierglas. »Ich war viel zu oft weg. Viel zu sehr mit meinem Unternehmen beschäftigt. Vollkommen falsche Maßstäbe«, schalt er sich selbst. »Ich habe Renate total vernachlässigt. Rolf hat offene Türen bei ihr eingerannt.«

»Und warum hast du dich nicht mehr um uns gekümmert, nachdem du alles bereut hast?«, fragte Merle provokant.

»Weil es mir wehgetan hat, euch zu sehen. Und bei jedem Treffen daran erinnert zu werden, dass ich in puncto Familie auf ganzer Linie versagt habe.« Er gab dem Kellner ein Zeichen für ein weiteres Bier. »Und außerdem wollte ich eure Beziehung zu Rolf nicht irritieren.«

Ups! Das musste Merle erst mal verdauen. Das stellte sich ja plötzlich alles diametral anders dar, als sie und ihre

Therapeutin sich die Psyche ihres Vaters zurechtgelegt hatten.

»Aber vielleicht können wir ja noch mal neu anfangen«, lächelte ihr Vater sie nun an. Er kramte in seiner Hosentasche und holte einen Bernstein heraus. »Den habe ich mal auf Anholt gefunden. Er hat mir immer Glück gebracht«, sagte er und schob ihr den orange schimmernden Edelstein über die Tischplatte zu. Wollte er ihn ihr schenken?

Grinsend griff auch Merle in die Tasche ihrer Jeans und legte den Bernstein auf den Tisch, den sie letztes Jahr am Strand von St. Peter-Ording entdeckt hatte und der sie seitdem stets begleitete. Ein Lächeln erschien auf dem Gesicht ihres Vaters. Ein Verstehen. Er nahm ihre Hand – und hielt sie ganz fest.

32

Die Abenddämmerung hatte schon eingesetzt, als Merle zurück zum Hotel ging und dabei gedanklich dem ungewöhnlich emotionalen Treffen mit ihrem Vater nachhing. Das Klingeln ihres Handys riss sie aus ihrer emotionalen Aufruhr und Verwirrung. Das Display zeigte eine Nummer, die sie nicht kannte. Kurz überlegte sie, den Anrufer zu ignorieren, ging dann aber doch dran.

»Hallo, schöne Frau!«, säuselte ihr eine wohlbekannte Stimme ins Ohr.

»Hallo, Ben«, sagte sie erfreut. »Das ist ja eine Überraschung! Woher hast du denn meine Nummer?«

»Von Max natürlich!«, antwortete Ben. »Schlimm?«

»Natürlich nicht«, lachte Merle. »Was kann ich denn für dich tun?«

»Du kannst mir die Freude machen, mich morgen zum Frühstück zu treffen«, schlug Ben vor.

»Gerne«, willigte Merle ein. »Aber nachmittags muss ich nach Hamburg zurück«, setzte sie nach.

»Ich nehme, was ich kriegen kann«, scherzte Ben. »Dann morgen um zehn im *Manne Pahl* in Kampen?«

»Von mir aus, ich habe aber kein Auto!«

»Okay, dann hol ich dich um halb zehn in deinem Hotel ab! Wo wohnst du?«

»Im *Lindner* in Wenningstedt.«

»Alles klar, dann bis morgen. Ich freue mich!« Er legte auf.

Verwundert schaute sie auf ihr Handydisplay. Nie hätte sie gedacht, dass er sich so schnell bei ihr melden würde. Was er wohl von ihr wollte? Zum Rumrätseln und Interpretieren, so wie sie es als Teenager in solchen Fällen immer mit ihrer besten Freundin getan hatte, fehlten ihr allerdings gerade Energie und Nerven. Sie beschloss, dass jetzt eine entspannende Saunarunde mit Renate genau das Richtige wäre.

Gesagt, getan! Sie brauchte Renate nicht lange zu überreden, denn die hatte bereits dieselbe Idee gehabt. Nach zwei herrlichen Relaxrunden in Sauna, Ruheraum und Pool beschlossen sie, früh ins Bett zu gehen.

»Hier!«, sagte Renate plötzlich, als sie vor Merles Zimmertür standen, und drückte ihr ein Kuvert in die Hand. »Das ist Rolfs und mein Geburtstagsgeschenk für dich!«

»Danke«, stotterte Merle verblüfft. »Soll ich das jetzt gleich aufmachen?«

»Wenn du möchtest ...«

Merle öffnete den Umschlag. Darin befand sich eine Karte, auf der Koordinaten standen.

»Die gibst du morgen in dein Handy ein und lässt dich von Google Maps navigieren. An dem Ort, an dem du landest, kannst du dir dein Geschenk abholen. Die Leute dort wissen Bescheid«, verkündete Renate stolz.

Merle sah ihre Mutter verwundert an. Noch eine Überraschung? Solche Art virtueller Schnitzeljagd passte gar nicht zu ihren Eltern.

»Danke, Mama«, sagte Merle gerührt und schob die Karte in ihre Bademanteltasche. »Das klingt ja mysteriös.«

»Wir wollten es ein wenig spannend machen«, erklärte Renate lächelnd. »Miriam hat Rolf bei der technischen Umsetzung geholfen. Mit Google kennen wir uns ja nicht so aus.« Sie lachte verlegen.

»Ihr seid süß«, sagte Merle gerührt und nahm ihre Mutter innig in den Arm. »Vielen Dank - für alles!« Mit einem dicken Kuss verabschiedeten sie sich und wünschten sich eine gute Nacht.

Um Punkt 9:30 Uhr stand Ben am nächsten Morgen mit einem offenen alten Jeep vor dem Eingangsportal und hielt Merle, gut erzogen wie ein echter Gentleman, die Beifahrertür auf. Umwerfend gut sah er aus mit seinen blonden Wuschelhaaren und der leichten Sonnenbräune. Außerdem trug er eine Pilotenbrille und steckte in lässig-ausgewaschenen Jeans und einem dunkelblauen T-Shirt. Uneitel schlicht und gerade deshalb sehr sexy. Merle bekam ein bisschen Angst vor ihren eigenen Gefühlen. Sich in diesen Kerl zu verlieben würde ihr bestimmt nicht guttun. Sie schwor sich, extrem gut auf ihr Herz aufzupassen, während sie einstieg. Was würde das jetzt werden? Was wollte er von ihr? Nervös schnallte sie sich an.

Schon wieder schenkte die Insel ihnen einen traumhaften Sonnentag. Offenbar hatte sich irgendein Hoch festgesetzt, das für dauerblauen Himmel sorgte. Bei milden Temperaturen brausten sie im offenen Auto und mit wehenden Haaren Richtung Kampen, wo sie bei *Manne Pahl* auf der Terrasse ein üppiges Frühstück zu sich nahmen.

»Ich habe dir auf deiner Party doch von meinem Projekt erzählt, den Angestellten der Sylter Dienstleistungsbetriebe zu bezahlbarem Wohnraum zu verhelfen«, begann Ben, als sie synchron Brötchen halbierten und die beiden Hälften mit Butter bestrichen.

Merle nickte bestätigend.

»Du wirst es kaum glauben, aber Mona Mutzke hat sich gestern tatsächlich bei mir gemeldet und will uns mit einer großen Kampagne unterstützen«, berichtete er stolz.

»Wow, toll!«

»Soll ich dir nach dem Frühstück mal live und in Farbe zeigen, worum es eigentlich geht?«

»Ja, gerne!« Merle belegte eine Brötchenhälfte mit Lachs und biss ab.

Eine halbe Stunde später saßen sie wieder in Bens Jeep und fuhren auf dem Wenningstedter Weg Richtung Westerland. Ben steuerte den Jeep durch die Häuserzeilen und zeigte ihr das genossenschaftliche Wohnprojekt Bastianplatz, das einige der raren bezahlbaren Wohnräume für Einwohner geschaffen hatte. Sie stiegen aus und flanierten durch eine hübsche Anlage mit modernen Gebäuden im Bauhausstil und viel Grün. Die Konzeption sah toll aus – und sehr lebenswert.

»Das ist schon mal super hier«, lobte Ben. »Vierzig Neubauwohnungen in zentraler Innenstadtlage! Doch Projekte wie dieses gibt es auf der Insel immer noch viel zu wenige! Bislang darf nur im Zentralbereich der Insel, also vor allem in Westerland, neuer Wohnraum entstehen. Doch da gibt es natürlich kaum geeignete Flächen!«

»Und was bedeutet das in der Konsequenz?«, erkundigte sich Merle interessiert.

»Alle anderen Gemeinden dürfen ihren Wohnungsbestand bis zum Jahr 2030 um maximal zehn Prozent im Vergleich zu Ende 2017 erhöhen«, erklärte Ben. »Aber sowohl in List als auch in Hörnum und Kampen existieren Flächen, auf denen kurzfristig rund fünfhundert Wohnungen neu errichtet werden könnten.«

»Die aber nicht genutzt werden«, schlussfolgerte Merle.

»Bingo!«, freute sich Ben über Merles Kombinationsgabe.

»2017 wurden auf der Insel sechshunderttausend Gäste und 4,6 Millionen Übernachtungen gezählt«, referierte er, während sie zurück nach Kampen fuhren. »Mit den achtzehntausend Einwohnern können nicht alle Arbeiten rund um den Tourismus geregelt werden. Deshalb pendeln in der Sommersaison bis zu viertausend Arbeitnehmerinnen per Bahn über den Hindenburgdamm. Maurer, Klempner, Maler, Dachdecker ebenso wie Pflege- und Servicepersonal, Einzelhandelskaufleute, Gebäudereiniger, Polizisten und Verwaltungsleute.«

»Ich weiß«, stimmte Merle zu.

»Und das Erstaunliche ist: Obwohl das Pendeln wegen der vielen Zugausfälle und Verspätungen extrem nervig und anstrengend ist, sind viele froh, nicht auf Sylt wohnen zu müssen.«

»Hä?«, entfuhr es Merle erstaunt und deshalb unkontrolliert.

»Die sind froh, aus dem Trubel rauszukommen und nach ihrem wohlverdienten Feierabend Ruhe vor den Touristen zu haben. Und die, die das Glück hatten, auf der Insel eine Unterkunft zu finden, hausen in extrem überteuerten Kellern, Garagen, Dachböden oder klitzekleinen Zimmern. Die Wohnungsnot auf Sylt ist so groß, dass viele Beschäftigte im Sommer in Zelten auf dem Campingplatz leben.«

»Krass!«, meinte Merle.

»Diese Dynamik hat natürlich dramatische Folgen für die Infrastruktur der Insel«, fuhr Ben fort. »Drei kommunale Grundschulen und die dänische Schule wurden bereits geschlossen. Etliche Kitas mussten zumachen, weil einfach zu wenige Kinder da sind. Die Feuerwehren suchen händeringend nach Mitgliedern, und im Winter liegen ganze Straßenzüge und Wege im Dunkeln, weil dann die vielen Ferienwohnungen leer stehen und niemand darin wohnt.«

Er sah wütend aus.

»Ach ja: Und die Geburtsstation in der Nordseeklinik wurde auch geschlossen! Die Schwangeren haben jetzt nur noch die Möglichkeit, ein oder zwei Wochen vor dem Geburtstermin nach Niebüll oder Flensburg in die dortigen Kliniken zu gehen.«

Ben sah sie echauffiert an, und Merle wusste nicht, was sie dazu sagen sollte. Natürlich war das alles schrecklich und lief vollkommen falsch – aber warum erzählte er ihr das alles? Was hatte sie damit zu tun – und warum ging er davon aus, dass diese Problematik sie interessierte?

Auf der Party hatte er ja kundgetan, dass sein Unternehmen noch eine Grafikerin brauchte. Wollte er sie als Mitarbeiterin für sein Projekt engagieren – oder sollte das hier ein etwas verkrampft laufendes erstes Date sein? Hatte er sein Herz neu zu besetzen – oder einen Arbeitsplatz? Sie war sich gerade nicht mehr so sicher …

In Kampen bogen sie von der Hauptstraße ab und fuhren über den Wattweg Richtung Ostküste auf die teuerste Straße Deutschlands, den Hobokenweg, zu. »Die Paläste hier«, sagte Ben und zeigte nach links und rechts, wo imposante Reetdachbauten auf parkähnliche Grundstücke gebettet waren, »stehen den Großteil des Jahres leer! Den Rest der Zeit muss Anwesenheit vorgetäuscht werden, deshalb ist hier der seltsame Beruf des Anwesenheitsvortäuschers entstanden: Angestellte, die leere Mülltonnen auf die Straße schieben, Briefkästen leeren, CDs mit Haushaltsgeräuschen abspielen und die Zimmerlichter ein- und ausschalten.« Er lachte verächtlich. »Alles, um die Anwesenheit der Eigentümer vorzutäuschen. Dabei wissen die Profi-Einbrecher ja längst, dass hier niemand wohnt und vor dem Einschlafen seine Zweihunderttausend-Euro-Uhr auf den Nachttisch legt.« Er fuhr sich aufgebracht durchs Haar. »Das Problem der Einbrecher ist wohl auch eher, dass sie mit ihrer Beute von der Insel nicht wieder wegkommen. Der letzte Shuttle fährt um zweiundzwanzig Uhr, und Schwimmen ist auch keine gute Idee!« Er zwinkerte Merle zu.

»Schrecklich«, fand Merle und ließ Ben im Unklaren darüber, was sie mit diesem Urteil eigentlich genau meinte.

»Luxus-Leerstand in Extrem-Perversion«, fasste Ben zusammen. »Und wenn man dem gegenüberstellt, dass es für die wenigen sozialen Wohnprojekte für Einheimische in List und Westerland über vierhundert Bewerber pro Wohnung gibt, wird es richtig düster.«

»Das wusste ich nicht«, sagte Merle betroffen.

»Die in Auftrag gegebenen Studien zur Ermittlung des Wohnraumbedarfs«, fuhr Ben fort, während er seinen Jeep auf der Lister Straße Richtung Norden steuerte, »kamen zu dem Ergebnis, dass bis 2025 fast dreitausend Wohneinheiten auf Sylt gebaut werden müssten, um dem Bedarf zu genügen. Dafür bräuchte es allerdings eine deutliche Intensivierung der Bautätigkeit vor Ort. Es fehlt vor allem bezahlbarer Wohnraum – also Wohnungen mit Mieten unter zehn Euro pro Quadratmeter!«

Sie fuhren durch List, parkten vor dem ehemaligen Marinegelände und stiegen aus. »Hier entsteht der *Dünenpark List*«, erklärte Ben, während sie am Bauzaun entlanggingen. »Die alten Militärgebäude werden in etwa dreihundert bezahlbare Wohnungen für Einheimische umgewandelt.«

»Ist doch super!«, fand Merle.

»Ja! Denn es dürfen tatsächlich nur Menschen einziehen, die ihren Erstwohnsitz auf der Insel haben«, nickte Ben zustimmend. »Der städtebauliche Vertrag ist sehr rigide. Im Grundbuch sind Vertragsstrafen eingetragen, die bis zur Enteignung reichen.«

»Besser isses«, warf Merle unqualifiziert ein. Irgendwie bekam sie gerade schlechte Laune. Eine Besichtigungstour durch Sylts soziale Wohnungsbauprojekte entsprach nicht gerade ihrer Idealvorstellung von einem ersten Date.

»Die beiden Großbaustellen hier in List beweisen den fast schon perversen Kontrast«, empörte sich Ben, als sie kurze Zeit später an der Giga-Baustelle des gerade entstehenden *Lanserhof Sylt* parkten. »Auf der einen Seite hier der *Lanserhof*, ein Luxusresort, in dem die Übernachtung mindestens zweitausend Euro kosten wird – und auf der anderen Seite das soziale Wohnungsbauprojekt *Dünenpark*, das dem *Lanserhof* letztlich zu ausreichend Personal verhelfen soll.«

»Aber das *Dünenpark*-Projekt nützt doch nicht nur dem *Lanserhof*«, wandte Merle ein. »Ich hatte dich so verstanden, dass die Zielsetzung ist, dass nicht nur noch ausschließlich Millionäre auf Sylt leben dürfen sollen!«

»Stimmt genau!«, lobte Ben. »Aber der ganze Hustle um Wohnraum hier auf Sylt ist ein bisschen wie Reich gegen Arm. Interessiert dich das alles überhaupt?«, hielt er plötzlich mitten im Satz inne, als hätte er ihre Gedanken gelesen. »Du siehst gerade etwas genervt aus.«

Merle musste grinsen. So bestürzt, wie er sie jetzt ansah, tat er ihr schon wieder leid. Offenbar hatte sie ihre Gesichtszüge kurzzeitig nicht im Griff gehabt. »Ehrlich gesagt ist diese ganze Problematik bislang komplett an mir vorbeigegangen«, gab sie zu. »Deshalb habe ich mich auch nicht besonders dafür interessiert. Aber jetzt finde ich es ziemlich toll, was du da machst!«

»Sorry, dass ich dich damit so zutexte und über die halbe Insel schleife, aber das Thema liegt mir echt am Herzen. Und wenn ich einmal damit angefangen habe, steigere ich mich immer so hinein, dass ich nicht merke, wann ich aufhören muss.« Entschuldigend hob er die Hände.

»Kein Problem«, sagte Merle.

»Wahrscheinlich denkst du jetzt, ich habe die totale Macke«, lachte er. »Ich rede leider immer zu viel, wenn ich nervös bin.«

»Und jetzt bist du nervös?«, fragte Merle erstaunt.

»Sehr!«, gab er verlegen zu.

»Warum das denn?«, fragte sie, obwohl ihr der Grund ziemlich klar war und ihr Herz hüpfen ließ.

»Wegen dir!«, sagte er und schaute sie unsicher an.

Sie guckte gespielt erstaunt zurück.

»Jetzt tu nicht so tumb«, lachte er. »Du merkst doch wohl auch, dass da etwas zwischen uns ist, oder nicht?« Er schaute verlegen auf seine Knie und dann wieder direkt in ihre Augen.

»Du bist seit Jahren die erste Frau, für die ich etwas empfinde«, setzte er nach.

»Äh«, machte Merle.

»Schon gut«, winkte er ab. »Musst jetzt nichts dazu sagen.«

Er zündete den Motor, bog von der Listlandstraße ab und in die Dünenstraße ein.

»Mit dem Projekt komme ich mir eh manchmal vor wie Don Quichotte im Kampf gegen die Windmühlen«, lachte er bitter auf.

»Dann bist du also so eine Art Robin Hood des Wohnungsmarktes?«, fragte Merle mit liebevoller Stimme, denn abgesehen davon, dass sie sein emotionales Interesse an ihr wesentlich mehr interessierte als seine beruflichen Pläne, fand sie es wirklich toll, wofür er sich engagierte.

»Könnte man so sagen«, lachte er. »Wir lassen zumindest nichts unversucht: Wir sprechen mit den reichen Kampener Zweitwohnungsbesitzern, ob sie ihre Häuser nicht zumindest teilweise untervermieten wollen, bevor sie das ganze Jahr über leer stehen und für teures Geld Anwesenheit vorgetäuscht werden muss.«

»Gute Idee!«, fand Merle. »Im Grunde versucht ihr eine Insel-Infrastruktur-Reanimation, oder?«

»Ganz genau!«, lobte er. »Wir nerven die zahlreichen Ferienwohnungsvermieter, die Makler und setzen die Bürgermeister der einzelnen Gemeinden auf den Pott. Wir boxen uns durch bis hinauf zu den Landräten und Ministern.« Er sah sie kampfeslustig an. »Wir versuchen, öffentliche Gelder lockerzumachen, und tun wirklich alles, was uns einfällt«, fuhr er fort. »Dennoch bleibt die Frage nach einer Regulierung über Bebauungspläne, Erhaltungssatzung – und was das Baurecht so hergeben würde. Ich bin überzeugt, da könnte man stärker eingreifen, gestalten, begrenzen.«

»Bestimmt!«, behauptete Merle, ohne die geringste Ahnung davon zu haben. Dieser nicht mehr ganz junge Retter der

Armen und Geknechteten, der sie gerade durch die Gegend chauffierte, gefiel ihr sekündlich besser.

»Mittlerweile bekommen aber auch die Reichen endlich die Konsequenzen ihrer rücksichtslosen Gewinnsucht zu spüren«, lachte er schadenfroh. »Letztes Jahr mussten etliche Restaurants, Läden und sogar Hotels schließen, weil kein Personal zu bekommen ist. Und Arzt- oder Physiotermine bekommt man auch nicht mehr, weil die alle vom *Lanserhof* angeheuert wurden. Die gesamte Infrastruktur bricht langsam weg – so kann es echt nicht weitergehen!«

»Nein«, bestätigte Merle. »Wie heißt dein Projekt eigentlich? Wie nennt ihr euch?«

»Rüm Hart Rooms«, lachte Ben. »Frei nach dem Sylter Leitspruch: *Rüm hart, klaar Kiming.*«

»Und was soll das heißen?«

»Weites Herz, klarer Horizont«, erklärte er. »Die Lebensmaxime der Ursylter! Aber jetzt beenden wir die Inselrundfahrt des Grauens mal, und ich zeige dir, wo ich aufgewachsen bin«, schlug er vor. »Einverstanden?«

»Gerne«, sagte Merle. »Du bist Sylter?« Sie schaute ihn fasziniert an.

»Ja. Sogar Hausgeburt. Eine echte Rarität!«, lachte er.

Sie hielten in der Möwenbergstraße vor einem entzückenden, von Kletterrosen bewachsenen Rotklinker-Reihenhaus. »Willkommen in meinem Geburtshaus«, rief Ben, während er die Tür aufschloss und sie durchs Haus in den traumhaften Garten mit Blick auf die Dünenlandschaft geleitete.

»Was für ein wunderschöner Ort«, entfuhr es Merle, ehrlich verzückt.

»Finde ich auch«, bestätigte er. »Hast du Hunger? Dann würde ich noch mal kurz um die Ecke düsen und uns von *Sylter Suppen* eine leckere Mahlzeit holen!«

»Oh ja, das wäre toll!«, fand Merle.

»Dann lass dich doch einfach hier auf die Lounge fallen«, schlug er vor und deutete auf eine gemütlich aussehende Sitzgruppe, »und genieß den Garten. Ich bin gleich wieder da!«

Er entschwand ins Haus, kam aber sofort mit einem leeren Topf in der Hand wieder heraus.

»Was möchtest du denn eigentlich? Kartoffel-Lauch-Cremesuppe, Möhren-Kokos-Suppe – oder lieber grüne Gazpacho?«

»Entscheide du einfach«, beschloss Merle.

»Okay, bis gleich!«, rief er und eilte zur Terrassentür. Grinsend steckte er noch mal den Kopf heraus: »Nicht weglaufen!«

Merle setzte sich auf die Lounge und lauschte den Geräuschen des Gartens. Der Wind, der durch das Dünengras und die Kiefern fuhr, das ferne Kreischen der Möwen, das Tuten der nahenden Sylt-Fähre, das Rauschen des Meeres. Sie schloss die Augen. Die letzten beiden Tage waren doch wirklich der Wahnsinn, dachte sie. Und nun hatte ihr gerade auch noch ein Traummann gestanden, dass er etwas für sie empfand. Wie sollte sie das alles eigentlich verarbeiten? Ihr fielen die Augen zu, wie immer, wenn sie emotional überlastet war, und sie schlief ein.

Leises Geschirrklappern weckte sie wenig später wieder auf, und sie blinzelte verschlafen zur Terrassentür. Mit einem Tablett, auf dem sich zwei dampfende Teller köstlich duftender Suppe und frisch aufgeschnittenes Baguette befanden, kam Ben zurück in den Garten.

»Aufwachen, schöne Frau!«, rief er belustigt. »Jetzt gibt es erst mal etwas Anständiges zu essen!«

Er deckte schnell den Loungetisch und bedeutete Merle, sich zu setzen.

»Guten Appetit«, wünschte er, bevor er hungrig seinen Löffel in die Suppe tauchte.

»Mmh, das riecht ja köstlich«, fand Merle. »Was ist es denn?«

»Ich habe mich für Kartoffel-Lauch entschieden«, antwortete Ben. »Ich hoffe, die magst du?« Er reichte ihr einen Salzstreuer. »Hier, mit etwas Rauchsalz wird es laut Maurice erst richtig lecker!«

»Wow«, entfuhr es Merle. »Absolut köstlich! Wo hast du die denn her?

»Ach, das ist ein cooles Start-up von Maurice, einem ehemaligen PR-Manager, der seinem Leben mit über fünfzig noch mal eine vollkommen neue Wende gegeben hat«, erklärte Ben. »Er steht mit seinem Suppenwagen auf dem Gelände der *Sylter Eismanufaktur*, gegenüber dem *Arosa*, und kocht, wenn möglich, ausschließlich mit Sylter Zutaten.«

»Fantastisch!«, rief Merle aus, denn die Suppe war wirklich köstlich.

»Er verarbeitet original Braderuper, Morsumer oder Kampener Kartoffeln, mit Möhren, Lauch, Kohl, Pastinaken und Rote Bete aus Braderup, Morsum, Tinnum«, erklärte Ben. »Mit Lister Meersalz, mit Tinnumer Zwiebeln, Lister Kräutern und weichem Sylter Wasser – und natürlich mit viel Liebe«, las er mit Blick auf sein Handy vor, hielt aber plötzlich inne, schaute wie von einer Wespe gestochen hoch und guckte sie schuldbewusst an. »Ich rede schon wieder zu viel, oder?« Er zuckte entschuldigend mit den Schultern. »Den Grund kennst du ja jetzt.«

»Quatsch«, beruhigte sie ihn und freute sich insgeheim diebisch über seine Verlegenheit. »Ich finde das sehr spannend! Erzähl weiter!«

»Ich halte jetzt die Klappe«, beschloss er und sprang abrupt auf. »Aber wenn du wirklich noch etwas darüber wissen möchtest, habe ich etwas für dich!« Er sprintete mit erstaunlich lockeren Bewegungen ins Haus und kam kurz darauf mit einem Buch in der Hand zurück. »Hier«, sagte er und legte das Buch vor ihr auf den Tisch. »Das hat Maurice geschrieben. Da steht alles über ihn, seine innere Umkehr, seinen neuen Lebensansatz und sein Suppenprojekt drin.«

Merle nahm das Buch in die Hand und sah sich das Cover an, auf dem ein äußerst gut aussehender südländischer Typ vor einem Suppen-Imbisswagen lächelte. *Wie ich lernte, meine eigene Suppe zu kochen, und damit glücklich wurde: Vom Aussteigen und Neuanfangen.* Der Titel schoss Merle direkt ins Herz, denn irgendwie kam er ihr gerade wie ein Wink mit dem Zaunpfahl vor. »Ist er das selbst auf dem Cover?«, fragte sie verwirrt. »Klar«, lachte Ben. »Cooler Typ, oder?«

»Ziemlich«, bestätigte Merle.

»Aber sooo toll musst du ihn nun auch wieder nicht finden«, zischte er gespielt empört und nahm ihr das Buch aus den Händen.

»Alle Suppen werden konsequent frisch gemacht«, las er vor. »Vornehmlich feinheimisch, saisonal und bio – und stets vegan, also ohne Tierisches. Im Winter gibt es gehaltvolle Cremesuppen, im Sommer eher Leichteres wie eine Minestrone, Gazpacho auf Eis oder ein Risotto. Alle Suppen werden frisch am Morgen vor Ort zubereitet. Bis zwölf Uhr ist die letzte Suppe abgeschmeckt.«

»Wirklich unglaublich lecker«, fand Merle und wischte den letzten Rest Suppe mit einem Stück Baguette auf.

»Ja, aber man muss sich echt beeilen«, lachte Ben und klappte das Buch wieder zu. »Spätestens um fünfzehn Uhr ist meist alles ausverkauft!«

»Und wie viel Uhr ist es jetzt?«, erkundigte sich Merle, die jegliches Zeitgefühl verloren hatte.

»Kurz vor halb drei!«

»Oh nein«, rief Merle plötzlich erschrocken aus. »Ich muss noch das Geschenk meiner Eltern abholen!«

»Na dann: Nichts wie los!« Ben deckte in Rekordzeit den Tisch ab, platzierte die leeren Teller auf dem Tablett und trug alles ins Haus.

»Wo darf ich dich denn hinfahren?«, erkundigte er sich, als er zurück in den Garten kam.

»Tja, das ist ein kleines Problem«, lachte Merle und winkte mit der Karte, auf der die Koordinaten standen.

»Meine Eltern wollten es diesmal extra spannend machen. Kannst du damit etwas anfangen?«

»Klar«, sagte Ben, zückte sein Handy und tippte die Zahlen ein.

Die Koordinaten ergaben die kleine *Wempe*-Niederlassung in Kampen. »Soll ich warten und dich danach zum Bahnhof bringen?«, schlug Ben vor.

»Das wäre fantastisch«, nahm Merle sein Angebot gerne an.

»Dann nach Ihnen, schöne Frau«, sagte er und wies Richtung Terrassentür. »Aber einen kleinen Moment bitte noch! So viel Zeit muss sein ...«

Er hielt sie sanft am Arm fest, sodass sie sich plötzlich sehr dicht gegenüberstanden. »Das Wichtigste habe ich fast vergessen: Wir könnten noch eine gute Grafikerin gebrauchen! Hättest du nicht Lust, dich für etwas total Sinnhaftes zu engagieren? Du würdest vielen Menschen helfen, statt deine wertvolle Lebenszeit für konsumorientierte Werbekampagnen dranzugeben, die den Gigafirmen immer mehr Geld in die Kasse spülen!«, sagte er provokativ und zwinkerte ihr zu.

»Wohnen könntest du erst mal hier«, kam er ihr zuvor, als sie gerade etwas erwidern wollte. »Meine Eltern sind letztes Jahr verstorben, und für mich alleine ist das Haus eh viel zu groß.« Er strich ihr sanft übers Haar und schaute ihr tief in die Augen.

Merle wurde schwindelig. Er roch so gut, und die geradezu magnetische Anziehungskraft seiner körperlichen Nähe war kaum auszuhalten.

Ben beugte sich zu ihr herunter, und seine Lippen näherten sich ihren. Die Aufregung, die dadurch in Merle hochschoss, war kaum zu ertragen. Das ging ihr alles viel zu schnell. Erschrocken wandte sie sich ab.

»Puh! Interessantes Angebot!«, krächzte sie. »Ich überleg es mir!« Benommen schritt sie Richtung Terrassentür.

»Okay«, sagte er grinsend. »Ist vielleicht alles gerade ein bisschen viel!« Er holte sie ein, hielt ihr die Tür auf und zwinkerte ihr schelmisch zu. »Dann mal los! Lass uns die Beute schnappen!«

Sie eilten zur Straße, stiegen in den Jeep und düsten durch die herrliche Lister Dünenlandschaft Richtung Kampen. Ben fuhr auf den Parkplatz *Strönwai*, stellte den Motor ab. »Viel Glück!«, wünschte er und sah Merle hinterher, als sie die Straße überquerte.

Von den Ereignissen des Tages emotional vollkommen überflutet, marschierte Merle auf die *Wempe*-Filiale zu und hing gedanklich noch dem Beinahe-Kuss hinterher, der in der Nachwirkung fast noch prickelnder war, als wenn sie sich wirklich geküsst hätten.

Und fast genauso aufregend waren seine Worte gewesen: Hatte er sie wirklich gerade eingeladen, Job und Leben mit ihm zu teilen? War womöglich genau jetzt der Zeitpunkt, noch mal volles Risiko zu gehen und ihrem Leben eine radikale Wende zu geben? Neuer Job, neuer Mann, neuer Wohnort?

33

Der Juwelier war in einem wunderschönen Reetdachhaus untergebracht. Ein Security-Mann öffnete Merle die Ladentür. Sie trat ein und wurde sofort von einer äußerst freundlichen Mitarbeiterin begrüßt. »Einen wunderschönen guten Tag!«, sagte die Frau mit leicht österreichischem Akzent. »Was kann ich für Sie tun?«

»Meine Eltern, Herr und Frau Merbach, sagten mir, hier würde ein Geschenk für mich hinterlegt sein«, sagte Merle.

»Ach, Frau Merbach!«, rief die Frau erfreut. »Sie sind das! Wie schön! Ich habe Sie schon erwartet. Wie wäre es erst mal mit einem Glas Champagner?«

»Auf jeden Fall«, stimmte Merle überrascht zu. Etwas sedierender Alkohol war jetzt genau das Richtige.

»Kleinen Moment, bitte!« Die sympathische Mitarbeiterin entschwand in einem Hinterraum und kam kurz darauf mit zwei beschlagenen, großzügig befüllten Gläsern zurück.

»Herzlichen Glückwunsch zum Geburtstag auch von uns, liebe Frau Merbach – und auf Ihr Wohl!«

Während Merle ihr Glas leerte, holte die Juwelierin ein

kleines Kästchen aus einer Schublade. »Dieses Präsent darf ich Ihnen nun von Ihren Eltern überreichen.«

Merle stellte ihr Glas ab, nahm das Kästchen entgegen und öffnete es. Es war eine wunderschöne stählerne Uhr mit silbernem Zifferblatt, in deren Gehäuseboden die folgenden Worte eingraviert waren: *In a world, where you can be anything – be kind!*

Dazu eine Karte, auf die Renate in ihrer schönen Handschrift geschrieben hatte:

Für eine neue Zeitrechnung! Es ist nie zu spät, neu anzufangen – und allem Anfang wohnt bekanntlich ein Zauber inne.
In Liebe, Renate und Rolf

»Neue Zeitrechnung«, »*Be kind*« – das waren genau die Stichworte, die ihr für ihre innere Kehrtwende noch gefehlt hatten. Der letzte, entscheidende Schubs! Sozial sein, gütig, empathisch – und mutig. Endlich fiel bei ihr der Groschen.

Mit Tränen in den Augen kam sie zurück zum Auto, in dem Ben sie freudig anstrahlte, jedoch schlagartig besorgt aussah, als er ihre geröteten Augen registrierte.

»Alles in Ordnung?«, fragte er erschrocken.

»Ja, keine Sorge«, lachte sie und stieg ein. »Ich bin nur gerührt.«

»So schön?«

Sie nickte.

»Und jetzt zum Bahnhof?«

Merle drehte sich zu ihm und grinste ihn an. »Ist noch Suppe da? Ich habe plötzlich etwas Hunger.« Sie schmunzelte breit. »Vielleicht sollte ich meine Abreise noch einen Moment verschieben«, überlegte sie laut.

»Das solltest du ganz sicher«, rief er begeistert. »Diese Suppe darf man auf keinen Fall anbrennen lassen!«

Sehr zärtlich nahm er ihre Hand und schaute ihr so warm in die Augen, dass ihr ein Gänsehaut-Schauer über den Rücken lief. Er streichelte ihr sanft übers Haar, beugte sich zu ihr – und da war er, der erste Kuss!

Viel zu schön, um ihn jemals wieder zu beenden.

Ende

Ich danke …

… meiner Mutter Gisela für ihre niemals endende Unterstützung und Liebe – und für die erfolgreiche Aussaat von sprudelnder Kreativität in die Seelen ihrer Töchter.

… meinen Schwestern Julia und Lara für ihre Liebe.

… der »anderen« Claudia für Wärme, Wellness und Witze.

… meinem Vater Klaus für Stärke, das Immer-nach-den-Sternen-greifen-Gen und Liebe.

… Lini-Bini für ständiges Entzücken und Dauergrinsen in meinem Gesicht. Kein Kind ist hübscher, smarter, intelligenter – und charmanter. Vor allem hat kein anderes Mädchen grünere Augen. ☺

… Pauline, dafür, dass sie ihr weiches Wuschelfell stets bereitwillig für meine Streichelattacken hergibt, ihre wunderschönen orange-braunen Bernsteinaugen, ihr hundertprozentiges Gespür für meine Stimmungen, ihre unvergleichliche Treue, ihren elvisartigen Hüftschwung beim Spazierengehen und ihr beruhigend ruhiges Atmen nachts vor dem Sofa.

… der großartigen Susanne Matthiessen für Austausch und Inspiration.

… Angelika Gamsjäger und Sandra Finzel von *Wempe* in Kampen für ihren grandiosen Service und ihre einmalige Freundlichkeit und Kompetenz.

… meiner Cousine Anja und Schwippschwager Christian für Anregung und Inspiration während der Nordsee-Spaziergänge.

… Andreas Blumenthal von *Wempe* Hamburg für stets grandiosen Service.

… meinen Tanten Frauke und Barbara dafür, dass sie meine geliebten Tanten sind.

… meiner geliebten Oma Annemarie.

… meinen Cousinen und Cousins Kerstin, Jan, Stefan und Nina und deren »besseren Hälften« Viola, Heike, Olli und Ingo – einfach fürs Da-Sein.

… meinen toughen coolen Cousinen väterlicherseits: Juliane und Franziska.

… den zahlreichen Nichten und Neffen »um die Ecke« – Ben, Maria-Fee, Theresa, Antonia, Alena, Julian, Tom, Laurin und Julian Nr. 2 – genauso.

… Susanna für Freundschaft, Nervenstärke, Geduld und Unterstützung.

… Veronika und Friedhelm für Liebe, Wärme, Respekt, Großzügigkeit, Humor – und ihr wirklich absolut wundervolles Kind.

… meinen Schwestern Katharina, Alexandra und Friederike und deren Kinderhorden.

... Christina G. für unterhaltsame Feierabend-Drinks und bewundernswerte Frost-Resistenz. 😉

... Karina L. für kommende Bestseller. Wir sind ein Winning Team wie die Beatles!

... Angela J. für tolle, ungewöhnlich reflektierte Gedanken und Gespräche.

... meiner Agentin Meike Herrmann für feinfühliges Verständnis auch zwischen den Zeilen, Unterstützung, Motivation und ihr tolles Management.

... Heinke Hager für mögliche Verfilmungen.

... allen anderen Mitarbeitern der *Agentur Graf* für ihren großartigen Support.

... ganz besonders diesmal Claudia Winkler vom Ullstein Verlag fürs unbeirrbare und erfolgreiche »An-mich-Glauben«, ungewöhnlich große Geduld und die wie immer inspirierende und produktive Zusammenarbeit.

.. Jörg Auf dem Hövel von *Rock Lobster Webdesign* (www.rocklobsterweb.de) für die Gestaltung und Wartung meiner Website www.claudiathesenfitz.de.

... meinem exzellenten Steuerberater Dirk Thomsen-Timon vom Steuerbüro Advertido für stets erstklassige Beratung und hochkompetente Bearbeitung

... Dr. Imke Konter und Dr. Ulrich Konter von der kieferchirurgischen Praxis Dres. Konter & Kanehl (www.konter-kanehl.de) für ihre erstklassige, absolut schmerzfreie und super-empathische Entfernung meines Weisheitszahns. Besser geht's nicht!

... Marina und André vom *Kino Nordlicht* für ihr tolles

werbeunabhängiges Programm, Freundlichkeit und Freundschaft! www.kino-nordlicht.de

... Elke Wenning für die tollen Lesungen im Kursaal Hoch 3.

... Urte, Hjarn und Sven für die vielen tollen Stunden mit Cleo und Pauli in meinem Garten.

... und zum Schluss natürlich Sylt, du wundervolle Insel, für deine ganz besondere Magie, das grüne Meer, die wilde Brandung und das Glück, das jedes Mal in mir aufsteigt, wenn ich deinen sandigen Boden betrete.